Tanja Russ

Ich seh dich

BDSM Liebesroman

SCHWARZE ZEILEN Verlag

Bibliografische Information der Deutschen Nationalbibliothek

Die Deutsche Nationalbibliothek verzeichnet diese Publikation in der Deutschen Nationalbibliografie; detaillierte bibliografische Daten sind im Internet über http://dnb.d-nb.de abrufbar.

ISBN 978-3-945967-83-6

1.Auflage 2020

www.schwarze-zeilen.de

© 2020 Schwarze-Zeilen Verlag

Ein Imprint des footstep-Verlag

Reichenaustr. 81c, 78467 Konstanz

Alle Rechte vorbehalten

Coverfoto: © Wisky – stock.adobe.com

Hintergrundfoto: © BillionPhotos.com – stock.adobe.com

Printed in Germany

Hinweis

Ähnlichkeiten mit lebenden Personen sind nicht beabsichtigt und rein zufällig. Die auf dem Cover abgebildeten Personen stehen in keinem Zusammenhang mit dem Inhalt dieses Buches!

Dieses Buch enthält erotischen Szenen mit BDSM-Hintergrund. Deshalb ist es nur für Erwachsene geeignet. Bitte achten Sie darauf, dass das Buch Minderjährigen nicht zugänglich gemacht wird.

*

Julian erinnerte sich an den Tag, als er die nackte Schönheit zum ersten Mal im Vierfüßlerstand auf ihrem Bett knien sah, als wäre es gestern gewesen. Fasziniert bewunderte er ihr Profil, während der Typ hinter ihr mit einer Gerte Muster auf ihren makellosen Körper zeichnete. Der Anblick, wie der Kerl das Schlaginstrument fallen ließ und stattdessen seinen Kopf zwischen ihre Schenkel schob, ein Genuss. Schwierig, den Blick von ihrem Fenster loszureißen, damals wie heute.

Wenige Wochen nach seinem Einzug war ihm in einer lauen Sommernacht in seiner Wohnung die Decke auf den Kopf gefallen. Er brauchte dringend frische Luft, mied jedoch gern den Trouble auf der Straße. So kam er auf die Idee, aus der Dachgaube im Schlafzimmer auf das leer stehende Bürogebäude nebenan zu klettern. Eine Aufgabe, die für einen sportlichen Mann wie ihn, keine Herausforderung darstellte.

Das Dach bot jede Menge Aussicht, Frischluft, interessante Einblicke und die Abgeschiedenheit, die er sich wünschte. Immer am Abgrund entlang schlendernd, hatte er sich die Nachbarschaft in allen Himmelsrichtungen angeschaut. Dabei entdeckte er auf der gegenüberliegenden Straßenseite ein Fenster, das seine Aufmerksamkeit mehr als alle anderen erregte. Sein Blick war in eine Einraumwohnung, ein Stockwerk tiefer, gefallen. Nicht besonders groß und damit für ihn recht gut überschaubar, zumal die Bewohnerin erfreulicherweise eine Abneigung gegen Gardinen zu hegen schien.

Gleich nachdem er von diesem ersten Ausflug in seine Bude zurückgekehrt war, hatte er sich in einem Onlineshop ein sündhaft teures, qualitativ hochwertiges Fernglas bestellt. Außerdem fand er einen bequemen anthrazitfarbenen Stuhl, robust genug, um bei Wind und Wetter draußen zu stehen. Mit dem Rücken gegen den Fahrstuhlschacht gelehnt, fiel der auf dem gleichfarbigen Dach nicht auf. Julian selbst trug fast ausschließlich dunkle Kleidung und verschmolz mit seiner Umgebung. Für die Leute auf der Straße blieb er unsichtbar und niemand, der zufällig aus dem Fenster in seine Richtung schaute, hatte ihn bisher bewusst wahrgenommen.

Verrückt, so viel Geld für einen Feldstecher auszugeben, nur um seine Nachbarin zu beobachten. Aber er gönnte sich das Vergnügen ohne das geringste schlechte Gewissen. Früher war er ein attraktiver Mann gewesen, dem die Frauen zu Füßen lagen. Seit sein Gesicht durch diesen schrecklichen Unfall vor zweieinhalb Jahren entstellt ist, war es damit vorbei. Sobald er aus dem Krankenhaus entlassen worden war, hatte er sein Heimatdorf in Schleswig-Holstein, wo er jeden Stein und jede lebende Seele kannte, verlassen. Mit großem Bedauern, jedoch ohne zu zaudern oder zurückzublicken, ließ er Freunde, Nachbarn und Familienangehörige zurück und zog nach Köln. Er vermisste seine Lieben jeden Tag, doch er bereute seinen Entschluss nicht. Den Tapetenwechsel hatte er dringend gebraucht.

Das Flachdach betrachtete er inzwischen als seine persönliche Dachterrasse und nutzte es täglich. Hier fand er Ruhe. Seine schöne Nachbarin, die ihm ahnungslos ihre verführerischen Kurven präsentierte, sorgte für die Ablenkung, die ihm die Freizeit versüßte.

Egal, ob sie leicht bekleidet auf dem Boden kniete und Fitnessübungen absolvierte oder nackt aus dem Bad stolzierte, um ihr langes schwarzes Haar im Schneidersitz auf dem Bett zu kämmen. Er sah ihr gerne zu. Erfreulicherweise war Sara nicht nur eine lebenslustige, sondern auch eine leidenschaftliche, sexhungrige Frau. Mit der Zeit hatte er ihre Gewohnheiten herausgefunden. Fast jeden Morgen, bevor sie aufstand, knüllte sie die Bettdecke zwischen ihren Schenkeln zusammen und besorgte es sich selbst. Und wenn sie abends geduscht und ihre Mähne gekämmt hatte, legte sie sich nicht selten auf die Matratze und spreizte die Beine, um ein zweites Mal zu masturbieren. Gleichgültig ob sie mit dem Vibrator in ihre rasierte Pussy stieß oder ihre Klit gefühlvoll mit dem Finger bearbeitete. Beides hatte seinen Reiz, da war er nicht wählerisch.

Ab und zu brachte sie einen Kerl mit nach Hause, allerdings nie zweimal denselben. Dann erfreute er sich an Szenen, die er schärfer und sinnlicher fand, als jedes Pornokino, denn Sara Lohmanns Neigungen ergänzten sich perfekt mit seinen Vorlieben. Sie lieferte ihm so höllisch heiße Sessions, dass ihn beim Zuschauen Sehnsucht erfasste. Die eigene Hand um seinen Schwanz fühlte sich dann verdammt gut an. Ganz so als wäre es mehr als Selbstbefriedigung, als wäre er mittendrin, obwohl er nicht dabei war.

Reihenweise hatten ihm die Frauen zu Füßen gelegen, im wahrsten Sinne des Wortes. Doch das war vor dem Unfall gewesen, in einem anderen Leben. Aber er war nicht der Typ Mann, der Vergangenem hinterher weinte. Er hatte seine Leidenschaften exzessiv ausgelebt und genossen. Fast so, als hätte er geahnt, dass dies nur eine Phase in seinem Leben war, die nicht ewig anhalten würde.

Heute spielte er nur noch virtuell. Seine Fantasien lebte er im Whip-Web aus, einem großen BDSM-Internetportal, wo er jede Menge submissive, untervögelte Frauen zum Spielen fand. Mit denen baute er erotische Luftschlösser, heißer als jeder Pornofilm. Sein Kopfkino hatte immer schon gut funktioniert und hier konnte er sich ausleben. Oft genug schickten seine Online-Gespielinnen ihm Nacktfotos von sich. Die schaute er sich lieber an, als irgendein Pornoheft, denn sie waren echt. Julian besaß die Fähigkeit, zwischen den Zeilen zu lesen. Er stimmte sich auf die jeweilige Sub ein und führte sie sanft oder streng, je nachdem, wie sie es brauchte. Und Sara, ihren Namen und Beruf hatte er durch langwierige Internetrecherchen herausgefunden, bot ihm in der Wohnung gegenüber sein ganz persönliches Heimkino.

Zu Beginn seiner Beobachtungen stellte es ihn zufrieden, sich einfach nur an ihrem Anblick zu erfreuen. Doch schnell sehnte er sich nach mehr. Das Klatschen, wenn die Gerte traf, ihre Schreie, ihr Stöhnen. Diese süße Melodie blieb ihm verborgen, da sie die Fenster, während einer Session, stets geschlossen hielt. Außerdem lechzte er danach, den Taktstock zu schwingen, der ihr dieses Lied entlockte. Die Vorstellung, sie zu spüren, zu riechen, zu schmecken, leider nur ein geiler Traum, der niemals wahr werden würde.

Ein tiefer Seufzer entfuhr ihm. Gerade mal dreiunddreißig Jahre alt, hatte er sich damit abgefunden, dass die Zeit, Sex aktiv zu erleben, für ihn vorbei war. Mit einer ungeduldigen Geste strich er sich eine Strähne seiner schulterlangen schwarzen Haare aus dem Gesicht. Er war nun mal nicht mehr der gut aussehende Kerl, auf den die Frauen flogen. Im Moment stellte ihn sein zurückgezogenes Leben in der Großstadt durchaus zufrieden.

Sara war nach seinem Eindruck ein geselliger Mensch. Sie ging häufig aus oder bewirtete einen bunten Haufen gut gelaunter Leute in ihrer kleinen Wohnung. Manchmal kochte sie für ihre Gäste. Dann zauberte sie eine so liebevolle, aufwendige Tischdeko, dass er sich beim Anblick der gedeckten Tafel einsam fühlte. Er selbst wärmte sich meistens nur eine Dose Eintopf auf, den er nicht selten gleich aus dem Topf aß.

Wenn seine Nachbarin ausging, war sie gewöhnlich mit zwei Freundinnen unterwegs. Die eine klein, zierlich und rothaarig, eine Kreuzung zwischen einem Kobold und einer Fee. Die Andere groß, mit langen weißblonden Haaren, erinnerte ihn an eine Barbie. Bevor er Saras Namen herausfand, hatte er sie Schneewittchen genannt. Die drei Mädels bildeten ein scharfes Trio, das bestimmt für eine Menge feuchter Männerträume sorgte, wenn sie sich ins Kölner Nachtleben stürzten.

Gerade trat Sara mit ihrem Geigenkasten in der Hand auf die Straße und stieg in ihr Auto. Dreimal pro Woche probte ihr Orchester. Freitags, samstags und sonntags gab das Ensemble jeweils ein bis zwei Vorstellungen pro Tag. Vor einigen Monaten hatte er seinen Rückzugsort für ein paar Stunden verlassen, um eines ihrer Konzerte zu besuchen. Er stand eher auf ordentlichen Rock, als auf klassische Musik, doch die Melodie hatte ihn auf seinem Platz in der Loge

8

abgeholt und fortgetragen. Weit weg von der harten Realität in eine andere Welt. Die Musik hatte ihn berührt, aufgewühlt und gleichzeitig beruhigt. Nie hätte er so etwas für möglich gehalten. Er hatte sich bemüht, sich auf die Geige zu konzentrieren, sich der Illusion hingegeben, sie spiele nur für ihn. Und sie spielte wundervoll. Sehr gefühlvoll nahm sie ihn mit sich, entführte ihn. An einer besonders gefühlsbeladenen Stelle trieben ihm die Klänge sogar Tränen in die Augenwinkel, die er ungeduldig fortwischte.

Es hatte sich angefühlt, als würde Sara ihn mit ihrer Melodie streicheln. Für die begrenzte Zeit des Konzerts hatte er diese vermeintliche Nähe zugelassen und die Wärme genossen, die sich in seinem Inneren ausbreitete.

*

Donnerstag. Auf ihrem Weg von der Orchesterprobe nach Hause besorgte Sara schnell noch eine Flasche Wein und einen Strauß frischer Schnittblumen. Die vier Stockwerke, hinauf in ihr Miniloft lief sie, ohne aus der Puste zu geraten. Wie immer legte sie den Geigenkasten behutsam auf der Kommode neben der Tür ab. Während sie in ihrer offenen Küche eine Vase mit Wasser füllte, ließ sie ihre Blicke grübelnd durch den Raum schweifen. Dann schüttelte sie mit einem spitzbübischen Grinsen auf den Lippen den Kopf.›Nicht auf den Esstisch. Vielleicht verspürt der Herr ja Lust, mich auf dem Tisch zu bespielen. Eine aufmerksame Sub achtet schon im Vorfeld darauf, dass in diesem Fall nichts im Weg steht.‹

Schmunzelnd arrangierte sie den Blumenstrauß auf dem Tresen, der die Küche vom Wohnbereich trennte. ›Hier kommt er gut zur Geltung‹, dachte sie zufrieden. Sara hielt inne, betrachtete den bunten Strauß gedankenverloren. ›Ne Menge Leute würden mich vermutlich für verantwortungslos halten, wenn sie wüssten, dass ich einen Kerl beim ersten Date in meine Wohnung eingeladen habe.‹ Sie zuckte mit den Schultern. ›Was solls, ich konnte mich schon immer auf mein Bauchgefühl verlassen. Das wird eine heiße Nacht und die möchte ich in einer Umgebung verbringen, in der ich mich wohlfühle. Würde ich ihm nicht vertrauen, hätte ich mich gar nicht erst auf ihn einlassen. Außerdem sind die Möglichkeiten hier vielfältiger. Welches Hotel könnte schon mit meinem Himmelbett aufwarten, mit Pfosten in denen sich Ösen in unterschiedlichen Höhen befinden?‹

Sie lachte und tanzte durch den Raum. Ein bisschen überdreht war sie schon vor diesem Date, das musste sie zugeben. Merkwürdig eigentlich, denn das war ja nicht der erste Kerl, den sie in ihr Zuhause eingeladen hatte. Ob es an dem großen Altersunterschied zwischen ihnen lag? Sie zuckte die Schultern. Wen interessierten schon die zwanzig Jahre, die sie trennten? Konrad war ein erfahrener Herr, bei dem sie sich gut aufgehoben fühlte. Immerhin chattete sie schon seit einigen Wochen mit ihm. Kennengelernt hatte sie ihn im WhipWeb. Das BDSM-Portal stellte ihre bevorzugte Gesprächsplattform im Internet dar. Seitdem sie sich mit ihm austauschte, trieb sie sich häufiger dort herum als gewöhnlich.

Er war ein Mann nach ihrem Geschmack, dominant und zielgerichtet in seinem Führungsstil. In ihrem Höschen kribbelte es mächtig, wenn sie sich mit ihm unterhielt. Dabei ließ er sich noch nicht einmal auf ein heißes Rollenspiel ein. Unmissverständlich hatte er ihr zu verstehen gegeben, dass er kein Tastaturwichser, wie er es nannte, sei. »Real oder gar nicht!«, hatte er resolut gesagt und sie mit der Behauptung gelockt, er könne ihr geben, wonach sie sich sehnte und sie werde sich ihm mit Freuden unterwerfen. Nun, reden konnten die meisten Doms im WhipWeb gut. Heute durfte er den Beweis antreten. Sara war gespannt, ob er tatsächlich so toll war, wie er behauptete.

Ob Konrad ihr Zuhause gefallen würde? Sie fühlte sich pudelwohl hier, aber wie würde ihre Wohnung auf einen achtundvierzig Jahre alten Mann wirken? Die türkisfarbene Ledercouch mit dem passenden Sessel traf nicht jedermanns Geschmack. Ihr gefiel der Farbtupfer sehr und auch ihre Freundinnen fanden die Couch total stylish. Die Ledergarnitur dominierte den Raum und bildete einen fröhlichen Kontrast zu ihren dezenten, hellen Pinienholzmöbeln.

Gleich bei der ersten Besichtigung hatte sie sich in die geräumige Einraumwohnung verliebt. Vier Jahre war das inzwischen her. Als einen der größten Pluspunkte empfand sie nach wie vor, dass sie sich trotz bodentiefer Fenster erlauben konnte, komplett auf Gardinen zu verzichten. Tagsüber war ihr Zuhause lichtdurchflutet und nachts konnte sie vom Bett aus in die Sterne schauen. Das Bürogebäude gegenüber stand schon seit vielen Jahren leer. Kein Problem, nackt durchs Zimmer zu tanzen, niemand sah sie hier oben.

Sie zuckte die Schultern. ›Eigentlich egal, ob ihm mein Miniloft gefällt oder nicht. Er soll ja nicht hier einziehen.‹

In gespannter Erwartung sprang sie unter die Dusche, pflegte und rasierte sich sorgfältig. Weil das Bad klein war, cremte sie sich im Wohnzimmer mit ihrer nach Jasmin duftenden Bodylotion ein. Bevor sie sich nach seiner Anweisung ankleidete, kämmte und föhnte sie ihr langes Haar. Schwarzer, enger Rock, der kurz über den Knien endete, rote hochgeschlossene Bluse, nur der oberste Knopf sollte geöffnet sein. Dazu Halterlose und die roten High Heels, die sie sich extra gestern noch gekauft hatte, um ihr Outfit zu vervollständigen. Seinem Wunsch entsprechend trug sie keine Unterwäsche und kniete pünktlich um siebzehn Uhr dreißig auf ihrem Himmelbett. Konrad wünschte, dass sie eine halbe Stunde vor seinem Eintreffen in dieser Position verharrte. Das Gesicht dem Fußende ihres Bettes zugewandt, damit sie sich in der vollständig mit Mosaikspiegeln beklebten Badezimmertür, sehen konnte. Sie sollte sich ausschließlich auf die Sub in ihr konzentrieren, darauf, was sie zu geben hatte und was sie zu nehmen in der Lage war. So lautete die Anweisung des Herrn.

Ihre eigenen Atemzüge klangen überlaut in ihren Ohren. Das Herz pochte genauso wild, wie ihre Pussy. Dreißig Minuten hatte sie hier zu knien und jede Sekunde schien wie eine kleine Ewigkeit dahinzukriechen. Die Musikanlage oder den Fernseher anzuschalten, hatte er ihr verboten. Sogar das Gurren einer Taube konnte sie trotz des geschlossenen Fensters in der Stille hören. Obwohl ihre Position in dem engen Rock schnell unbequem wurde, zwang sie sich, ruhig und ohne Herumrutschen zu verharren. Sie hatte jegliches Zeitgefühl verloren, denn vom Bett aus konnte sie die Uhr nicht ablesen, die im Küchenbereich an der Wand hing und leise vor sich hin tickte.

Sara legte Wert darauf, dass er sie exakt so vorfand, wie er es befohlen hatte. Deshalb bewegte sie sich nicht. Ihr Mund war trocken, ihre auf den Oberschenkeln ruhenden Hände dafür schweißnass. Die Achterbahn in ihrem Magen drehte immer rasantere Doppelloopings. Doch neben der ganzen Nervosität, vermittelte ihr diese halbe Stunde des Wartens, auch ein Gefühl von Dankbarkeit. Einfach nur, weil sie seinem Willen folgen durfte.

Endlich hörte sie das Geräusch des Wohnungsschlüssels im Schloss, den sie vereinbarungsgemäß von außen hatte stecken lassen. Schnell senkte sie den Blick auf die Matratze. Lauschte dem leisen Klicken der sich schließenden Tür.

Schritte.

Herzklopfen.

Ihre feuchte Mitte pochte.

Schwarze, blank geputzte Schuhspitzen kamen vor dem Bett zum Stehen. Dann seine erste Berührung. Zwei Finger unter ihrem Kinn, die ihren Kopf energisch hoben, bis sie in kühle eisblaue Augen sah.

Gänsehaut.

Unwillkürlich verzog sich ihr Mund zu einem Lächeln.

»Guten Abend, Sir.«

»Scht! Habe ich dir erlaubt zu sprechen?«

Sie schluckte, schüttelte den Kopf. Er krallte eine Hand in ihre Bluse, da wo der oberste, offene Knopf ihr ein wenig Platz zum Atmen ließ. Dann riss er an dem Stoff, dass die Knöpfe in alle Richtungen flogen. Ein erschrockener Schrei entfuhr ihr, den Konrad sofort mit einem heißen Kuss erstickte. Energisch durchpflügte er ihren Mund mit seiner Zunge, entlockte ihr einen wohligen Seufzer. Doch schließlich griff er in ihre Haare und zog ihren Kopf ein Stück zurück.

»Zieh die Bluse aus«, knurrte er. »Und dann wirst du im Vierfüßlerstand durch das Zimmer kriechen und die Knöpfe suchen. Du möchtest sie doch morgen sicher wieder annähen.«

Sara schluckte. ›Wow, der hält sich nicht mit langen Vorreden auf.‹ Mit gesenktem Blick folgte sie seiner Anweisung. Eine Herausforderung, sich von einem Dom erniedrigen zu lassen, den sie noch nie zuvor real getroffen hatte. Und das, noch bevor die Session überhaupt richtig begann.

Als sie anfing, ihre submissive Ader auszuleben, hatte sie viel sinnlose Zeit darauf verplempert, mit sich zu hadern. Wie war es möglich, dass eine selbstbewusste, lebenslustige Frau wie sie, die mit beiden Beinen im Leben stand, sich in eine unterwürfige Sklavin verwandelte und dabei auch noch Lust empfand? Warum akzeptierte sie irgendeinen Kerl als ihren Herrn? Wieso durfte der ihr Befehle erteilen, sie schlagen und demütigen und warum befolgte sie mit Freude und Dankbarkeit jede seiner Anordnungen? Wieso fühlte sich das so gut an, dass sie nicht genug davon bekam?

Lange hatte sie gebraucht, bis sie erkannte, dass sie gar keine Verwandlung vollzog, sondern nur einen Teil ihrer Persönlichkeit auslebte. Ihre Sehnsucht nach Führung, danach, die Kontrolle abgeben zu dürfen und sich mit ganzer Hingabe auf einen dominanten Mann einzulassen, musste wohl schon immer in ihr geschlummert haben.

Das Einzige, was sie im Moment bedauerte, war, dass sie immer noch ihren engen schwarzen Rock trug. Das erschwerte ihre Fortbewegung erheblich und verwehrte Konrad den Blick auf ihren knackigen nackten Arsch. Aber sie spürte, dass er sie beobachtete, und war sicher, dass ihm nicht die kleinste Bewegung entging. Das machte sie stolz. Sie kroch kreuz und quer durch den Raum und sammelte die Knöpfe auf. Nur gut, dass die kleinen hellroten Dinger auf ihrem dunklen Echtholzboden deutlich zu erkennen waren und sie schnell alle gefunden hatte.

Kniend überreichte sie ihm schließlich sechs rote Knöpfe, die er für einen Moment lächelnd in der Hand wog. Dann legte er sie achtlos beiseite und sein aufmerksamer Blick aus eisblauen Augen traf sie erneut.

»Steh auf und zieh den Rock aus!«

Ohne zu zögern, befolgte sie seine Anweisung und stand wenige Sekunden später nackt, nur noch in ihren schwarzen Halterlosen, vor ihm.

Schweigen.

14

Seine Augen schienen jeden Zentimeter ihres Körpers abzutasten. Reglos verharrte sie, während er einmal um sie herum ging. In ihren Ohren wummerte ihr schneller Herzschlag. Als er plötzlich nach ihren Pobacken griff und fest hinein kniff, hätte sie vor Schreck beinahe einen Hopser nach vorn gemacht. Aber sie beherrschte sich im letzten Moment, spannte ihren Körper nur an wie einen Flitzebogen.

»Bleib locker! Los, reib deinen süßen Arsch an meinem Becken.«

Sie schmiegte ihre Backen gegen seine Hüften, rieb über den rauen Stoff seiner Hose, spürte seinen harten Schwanz und keuchte leise, während sie ihn massierte. Er packte ihre Brüste, knetete sie. Sara erbebte unter dem Druck seiner langen, leicht schwieligen Finger. Sie spreizte die Beine etwas weiter und lehnte sich gegen seine Brust. Er kniff so fest in ihre Nippel, dass sie kurz die Luft anhielt, spielte dann wieder sanft mit ihren Knospen und drückte wenig später ohne Vorwarnung erneut kräftig zu. Schmerz und wohliges Kribbeln, immer im Wechsel, bis sie laut stöhnte und sich heftiger an ihm rieb. Er schob eine Hand in ihren Schritt, presste sie noch enger an sich. Dann stieß er zwei Finger in sie, gab dabei ein lang gezogenes animalisches Knurren von sich. »Was bist du nur für eine nasse, geile Schlampe! Beug den Oberkörper weiter runter und stütz dich mit den Händen auf der Matratze ab.«

Willig positionierte sie sich nach seiner Anweisung, streckte ihm sehnsüchtig ihren Arsch entgegen. Das Geräusch seines Gürtels, den er aus der Hose zog, sorgte dafür, dass ihr der Atem stockte. Er tätschelte kurz ihre Backen, dann schlug er zu.

Fest.

Feurig.

Das Leder zischte durch die Luft, klatschte auf ihr Hinterteil. Ihr eigener Schrei hallte in ihren Ohren und alles, was sie noch wahrnahm, waren der scharfe Schmerz, ihre pochende Pussy und seine Präsenz.

»Ja, genauso! Deine Schreie bringen mein Blut zum Kochen, Schlampe! Deine Haut ist herrlich empfindlich. Du solltest diese geilen roten Striemen sehen. Stehen dir verdammt gut!«

Sie wusste nicht, wie oft das Leder traf, nur das ihre Kehrseite heißer loderte als das Höllenfeuer. Froh darüber, sich mit den Händen auf dem Bett abstützen zu dürfen, hörte sie schließlich, wie er den Gürtel auf den Boden warf. Obwohl ihr eigener schwerer Atem in ihren Ohren dröhnte, vernahm sie das leise Geräusch seines Reißverschlusses. Im nächsten Moment spürte sie seinen harten Schwanz an ihrem Eingang. Mit einem festen Stoß füllte er sie aus, verharrte einen Augenblick, um sich ihre lange Mähne um eine Hand zu wickeln. Dann stieß er zu. So hart, dass Sara ihre Position nur mit Mühe hielt. Seine Eier klatschten gegen ihre Schenkel. Immer, wenn er sich zurückzog, ziepte ihre Kopfhaut. Verdammt, das war genau das, was sie jetzt brauchte. Wilder, animalischer Sex, der ihr den Verstand raubte. Wieder und wieder rammte er sich in sie. Schweißtropfen standen ihr auf der Stirn. Ihre Brüste wippten im Takt seiner Stöße. Ihre eigenen Schreie peitschten sie zusätzlich hoch, bis kurz vor den Gipfel. Als er nach ihrer Scham griff und über ihre Perle rieb, explodierte sie so heftig, dass ihr die Beine wegknickten. Heiß spritzte er seinen Saft auf ihre glühenden Backen, während sie kraftlos mit dem Oberkörper auf der Matratze hing und nach Luft rang. Mit einem Papiertuch säuberte er ihren Hintern, dann setzte er sich aufs Bett und zog sie auf seinen Schoß. Dass er immer noch fast vollständig bekleidet war, störte sie ein wenig. Doch er drückte sie sanft an sich und streichelte ihren Rücken.

»Wow, das war ein geiler Ritt. Du gefällst mir. Du bist etwas ganz Besonderes«, flüsterte er ihr ins Ohr. Eine Gänsehaut kroch über ihren Körper. Sie war total erledigt und ihr Hirn noch nicht in der Lage, eine intelligente Antwort zu formulieren. Deshalb blieb sie stumm, genoss die Wärme, die seine Worte in ihrem Inneren auslösten und strahlte ihn einfach nur an.

Er küsste sie lang und zärtlich, hielt sie eine Weile in seinen Armen. Sie hoffte, er würde über Nacht bleiben, damit sie eng an ihn geschmiegt einschlafen konnte.

»Ich muss leider gehen. Aber wir sehen uns wieder. Nächsten Donnerstag, gleiche Uhrzeit«, sagte er für ihren Geschmack viel zu schnell. Trotzdem lächelte sie ihn an. »Ich freue mich jetzt schon darauf. Danke, Sir.«

*

Wow, was für ein geiler Ritt! Schmunzelnd ließ Julian das Fernglas sinken. »Das hatte echt Pfeffer, Kätzchen. So ne Nummer kannst du gern öfter abziehen«, murmelte er zufrieden in die Dunkelheit. Sein Schwanz war noch immer steinhart. Er hatte ihn nur leicht mit der Linken massiert, während er mit der Rechten den Feldstecher hielt, um nur ja keine Sekunde der Show zu verpassen. ›Hätte ruhig noch ein bisschen länger dauern können, die Session. Ein bisschen? Das könntest du von mir aus die ganze Nacht machen. Ich bin dabei.‹ Er betrachtete ihren nackten Körper auf dem Bett. Sie schien ziemlich erledigt zu sein. Toller Anblick, so eine bis zur Erschöpfung gevögelte Frau. Gerne hätte er noch mal einen Blick auf ihren von den Gürtelhieben stark geröteten Arsch geworfen, aber sie lag jetzt auf dem Rücken.

Während er sich vorstellte, sie bei den Kniekehlen zu packen und seinen Schwanz in ihre frisch gefickte Pussy zu stoßen, wurde sein Griff um seinen Schaft fester. Wie nass und warm sie ihn umschließen würde. Wie sie sich wohl anhörte, wenn sie um mehr bettelte? Er würde ihr befehlen, die Augen geschlossen zu halten, und sie vögeln, ohne das sie ihn sehen konnte. Ohne, dass sie überhaupt wusste, wer er war. Tief würde er sich in sie versenken. Seine Bewegungen wurden schneller. Ihm wurde immer heißer. Druck baute sich auf.

Der Typ hatte seinen Saft auf ihren hübschen Hintern gespritzt. Julian hätte gerne auf einen ihrer kleinen roten Nippel gezielt. Er legte an Tempo zu, fühlte die dicke Ader auf seinem Schwanz, in ihm stieg noch mehr Hitze auf. Wie gerne würde er dabei zusehen, wie seine Soße träge an ihren Brüsten herablief. In das Tal dazwischen. Was für eine geile Vorstellung! Er spürte, wie der Saft in ihm hochstieg. Da war er, der Siedepunkt. Jetzt! Ihre Brüste. Ihr Nippel. Sein Ziel. Er würde ihn treffen. Jetzt! Er ließ das Fernglas los, das dank des Haltegurts auf seine Brust fiel, ballte die Hand zur Faust, während ihm der

18

Saft warm über die Finger der Anderen lief. Er seufzte wohlig, ein befreites Lächeln huschte über sein Gesicht. Ein paar Minuten blieb er einfach sitzen, ganz entspannt. Genoss den Frieden in seinem Inneren, während er in ihr hell erleuchtetes Fenster gegenüber blickte. Ohne durch das Fernglas zu schauen, konnte er sie nur schemenhaft erkennen. Aber das Bild, wie sie dort drüben erschöpft auf der Matratze lag, war vor seinem geistigen Auge lebendig. In diesem stillen Moment fühlte er sich mit ihr verbunden. Sie wäre vermutlich entsetzt, wenn sie das wüsste, aber ihm gab es ein gutes Gefühl.

In aller Ruhe säuberte er sich mit einem Taschentuch und stand auf. Wurde langsam kühl hier draußen. Deshalb legte er den Feldstecher unter den kleinen Vorsprung am Fahrstuhlschacht, der ihn vor Regen schützte und kletterte durch das Schlafzimmerfenster zurück in seine Wohnung.

Der Anblick seines zerwühlten Bettes, entlockte ihm ein unwilliges Stirnrunzeln. Julian war ein ordentlicher Mensch. Gewöhnlich machte er sein Bett gleich nach dem Aufstehen. Er lebte allein und hatte keine Lust, zu verlottern. Disziplin! So wichtig! Ordnung gab seinem Leben Struktur. Schnell ordnete er das Bettzeug, obgleich sich das gar nicht mehr lohnte, weil es schon fast wieder an der Zeit war, schlafen zu gehen. Dann ging er hinüber in sein Wohn- und Arbeitszimmer. Tief sog er die Luft durch die Nase ein. Der Duft nach Leder besänftigte ihn augenblicklich.

Julian liebte Leder. Irgendetwas selbsthergestelltes aus seinem Lieblingsmaterial trug er stets am Körper. Eine handgefertigte Lederhose, die sich wie eine zweite Haut an die Schenkel schmiegte, eine Weste, Hut oder Zylinder, oder auch nur einen Gürtel. Das Material zu tragen beruhigte ihn. Es unter seinen Händen zu spüren, erdete ihn, damit zu arbeiten, forderte ihn und reizte seine Kreativität. Nach seiner Überzeugung gab es kaum etwas, was man nicht aus Leder herstellen konnte. Und wenn jemand behauptete, ein Gegenstand sei unmöglich daraus zu fertigen, spornte ihn das an.

Angefangen hatte alles mit einem Armband, als er noch zur Schule ging. Durch Zufall kam er an ein Stück Leder und bastelte daraus ein breites Band für sein Handgelenk. Mitschülern und Freunden gefiel das Lederband so gut, dass sie ihn ständig darum baten, auch eins zu bekommen. Also besorgte er sich mehr Material, verzierte die Lederarmbänder mit Ornamenten oder Sprüchen und je mehr er fertigte, desto schöner und detailreicher wurden seine Arbeiten. Bald schon verdiente er sich mit kleinen Aufträgen ein wenig Geld nebenher, von dem er nach und nach ordentliches Werkzeug kaufte. Einmal geweckt, kannte seine Kreativität keine Grenzen. Mit Begeisterung tüftelte und lernte er, und wenn etwas daneben ging, versuchte er es so lange, bis ihn das Ergebnis zufriedenstellte. Er fabrizierte Lederhosen, Westen, Gürtel, Portemonnaies, Taschen, Ketten und Hüte aus Rindsleder in sämtlichen Formen. Er bezog Barhocker, stellte Fahrrad- und Motorradsättel her und fertigte sogar Kommoden aus Leder.

Als er noch in seinem Dorf in Schleswig-Holstein lebte, nannte er einen urigen kleinen Laden auf St. Pauli sein eigen. Damals war er täglich die wenigen Kilometer von zuhause nach Hamburg ins Geschäft gefahren, wo er seine Lederwaren herstellte und verkaufte.

Nach dem Unfall sah er sich gezwungen, alle Brücken hinter sich einzureißen. Schweren Herzens schloss er seinen geliebten Laden für immer und ging, mit dem Ziel, eine möglichst große Entfernung zwischen sich und allem, was ihm vertraut und wichtig erschien, zu bringen.

Seitdem er nach Köln umgezogen war, arbeitete er im Wohnzimmer. Für einen Moment hielt er inne und ließ seinen Blick durch den sauberen, aufgeräumten Raum schweifen. Lederreste sammelte er in einer Box, die er griffbereit auf der Werkbank am Fenster aufbewahrte. Die Werkzeuge warteten ordentlich nebeneinander aufgereiht auf ihren Einsatz. Alles lag an seinem Platz, wo es hingehörte. Julian hasste Chaos.

Das dunkelbraune Ledersofa hatte er für ein paar Euro gebraucht gekauft und neu bezogen. Mit den passenden, selbst gefertigten Lederkissen, sah es jetzt aus, wie ein teures Designerstück. Eine Truhe aus schwarzem Leder, die er einer Piratenkiste nachempfunden hatte, nutze er als Couchtisch.

Julian nickte zufrieden. Umgeben von Ordnung und von seinem Lieblingsmaterial fühlte er sich wohl.

Zielstrebig steuerte er auf den schmalen Schreibtisch an der Wand zu, und startete den Computer. Nach der geilen Show, die Sara ihm geboten hatte, war seine Gier so groß, dass der Orgasmus auf dem Flachdach ihn nicht vollständig befriedigt hatte. Er verspürte Lust, sich mit einer seiner Online-Subs im WhipWeb in eine lustvolle Träumerei fallenzulassen. Cybersex. Kein Ersatz für ein echtes Haut-an-Haut-Gefühl. Aber sein Kopfkino lief auf Hochtouren und suchte ein Gegenstück. Carmen zum Beispiel. Im wahren Leben eine brave Ehefrau und Mutter, die ihren Gatten liebte und nie aktiv betrügen würde. Doch wenn der auf Spätschicht weilte und ihre Tochter schlief, verwandelte die Frau sich in eine tabulose Sklavin, deren höllisch heiße Fantasien seinen eigenen in nichts nachstanden. Virtuell lebte sie ihre devote Ader ohne schlechtes Gewissen mit ihm aus und Julian verstand es, ihre geheimen Sehnsüchte zu triggern, bis sie vor Nässe triefte.

Nach der ersten gemeinsamen Session hatte er ihren lustgetränkten Slip verlangt. »Wie soll das gehen, Sir?«, hatte sie ihn verwirrt gefragt. »Ganz einfach«, antwortete er. »Wenn du meine Sub werden möchtest, will ich dich riechen können. Zieh dein Höschen aus und schick es mir per Post.«

Zwei Tage später erhielt er die geforderte Trophäe, an der noch der süße Duft ihrer Lust haftete. Er fertigte ein Lederhalsband speziell für sie, für das sie sich überschwänglich bei ihm bedankte. Wenn er mit ihr chattete, bekam er häufig Fotos von ihr und immer trug sie sein

Band um den Hals. Er liebte diese Bilder. Erst durch den Stolz in ihren Augen und dem Strahlen auf ihrem Gesicht wurde sein Produkt zu einem einzigartigen Schmuckstück.
Mit Carmen spielte er regelmäßig, aber nicht ausschließlich.

Julians Lederwaren fanden viele Fans in der BDSM-Szene. Er galt als Künstler in seinem Job und war im WhipWeb bekannt wie ein bunter Hund. Sein Promistatus brachte Vor- und Nachteile mit sich. Er erhielt zahlreiche Anfragen per Mail, deren Beantwortung sich oft zeitaufwendig und nervig gestaltete. Die Vorteile überwogen allerdings. Er bekam lukrative Aufträge und die Frauen schienen ihm gegenüber aufgeschlossener zu sein als gewöhnlich.

Früher war er stolz darauf gewesen, dass man seinen Laden über St. Pauli hinaus in ganz Hamburg und Umgebung kannte. Dank Internet waren seine Produkte heute in der BDSM-Szene in Deutschland, Österreich und der Schweiz beliebt. Sogar ein italienischer Importeur hatte neulich eine größere Bestellung angefragt, die Julian bedauerlicherweise ablehnen musste, da er am äußersten Limit seiner Kapazitäten angelangt war. Er hatte bereits einen Studenten einstellen müssen, der die Ware für den Versand verpackte und zur Post brachte. Jemanden zu beschäftigen, der ihm bei der Fertigung half, kam nicht infrage. Die Leute kauften bei ihm, weil sie seine Handarbeit schätzten und die bekamen sie auch. Und schneller, dafür aber weniger akribisch zu arbeiten, würde bedeuten, die Qualität zugunsten der Quantität herunterzufahren. Das verbot sich von selbst.

Seine Produkte waren zurecht begehrt, wie er fand. Er rief das Foto von Carmen auf, das sie ihm erst vor einigen Tagen geschickt hatte. Er hatte ihren Namen in das Lederband gestanzt. Die Buchstaben weit auseinander, dazwischen Blumen und eine Triskele. Vorn ein breiter silberner Ring, der die filigranen Muster gut zur Geltung brachte.

Jede seiner Online-Subs besaß ein individuell für sie gefertigtes Halsband. Keine der Frauen bedeutete ihm wirklich etwas, aber sie halfen ihm, die Realität für eine Weile zu vergessen. Und er mochte den Anblick seiner Produkte auf der Haut ihrer Besitzer. Erst um einen

22

Hals, um die Gelenke oder um eine Taille wurden seine Stücke lebendig und entfalteten ihre wahre Schönheit, fand er.

Bedauerlicherweise war keine seiner Spielgefährtinnen online. Da er noch keine Lust hatte, schlafenzugehen, lehnte er sich bequem zurück und surfte gelangweilt durch die Profile der weiblichen Mitglieder. Wieder einmal wunderte er sich, wie sehr die Profiltexte einander glichen. Es gab zwei Gruppen. Die Sexhungrigen, die leicht zu haben waren und die braven Hausfrauen. Letztere aus der Reserve zu locken, stellte eine Herausforderung für seinen Jagdtrieb dar. Die Mühe lohnte sich meistens, denn der Sieg schmeckte süß und gerade die, die schwer zu knacken waren, gingen oft richtig ab.

Gleichmütig schaute er sich die Profilbilder an. Rote, Blonde, Brünette, Schwarzhaarige. Von zwanzig bis über sechzig alles vertreten. Doch plötzlich stockte er. ›Na schau an, das darf doch nicht wahr sein!‹ Fröhliche graublaue Augen blitzten ihn unter langen dunklen Wimpern an, weiche rote Lippen formten ein betörendes Lächeln, herzförmiges Gesicht, umarmt von schwarzen Haaren.

Sara.

Hier.

Auf seiner virtuellen Spielwiese!

Versonnen betrachtete er ihr Profilfoto. Die Frau besaß eine hammermäßige Ausstrahlung. Frisch, lebenslustig, verführerisch. Sie hatte sich nicht die Mühe gemacht, einen Text in ihr Profil zu schreiben, obwohl sie sich offenbar schon eine ganze Weile hier herumtrieb. Das wirkte auf ihn geheimnisvoll. Vielleicht fehlte ihr aber auch das Interesse, sich einen witzigen oder zumindest halbwegs informativen Profiltext einfallen zu lassen. Scheinbar nutzte sie die Plattform, denn ihr letzter Log-in war erst gestern gewesen. ›SüßeSünde_28 ... netter Nickname, Kätzchen, sehr passend.‹ Er holte sich ein Bier aus dem Kühlschrank und trank einen Schluck. Dann grinste er. »Sara hier im WhipWeb. Das eröffnet ungeahnte Möglichkeiten. Wollen wir doch mal sehen, ob ich dich aus der Reserve locken kann.«

Grübelnd betrachtete er ihr hübsches Gesicht. Ihm blieb nur ein Versuch, ihre Aufmerksamkeit zu erlangen. Und in ihrem Fall mochte er sich nicht auf seinen Promi-Status verlassen. Unmöglich, ihr weitere Nachrichten zu schicken, ohne wie ein notgeiler, sabbernder Idiot zu wirken, wenn sie auf die Erste nicht reagierte. Offensives Baggern schied aus. Solche Mails bekam sie sicher haufenweise. Sein Instinkt sagte ihm, dass sie darauf nicht reagieren würde. ›Geheimnisvoll. Muss ihre Neugier wecken. Aber es darf nicht zu bemüht aussehen.‹ Er schrieb ihr ein paar kurze Zeilen und schaltete den Computer aus, sobald er sie abgeschickt hatte. Falls sie ihm antwortete, wollte er nicht in Versuchung geraten, ihre Message zu rasch zu lesen, um nicht den Anschein von Bedürftigkeit zu erwecken. Ohnehin höchste Zeit für eine Mütze Schlaf.

Er trank sein Bier aus und ging ins Bett. Doch seine Gedanken kamen nicht zur Ruhe. ›Was für ein Zufall, dass Sara sich ausgerechnet im WhipWeb herumtreibt. Obwohl eigentlich nicht. Ist immerhin eine namhafte Internetplattform für BDSMler. Das ist die Chance, sie näher kennenzulernen, ohne ihr gegenüberzutreten. Aber ich muss es vorsichtig angehen. Sie darf nicht merken, wie viel ich über sie weiß. Besser nicht mit ihr kommunizieren, wenn ich ein Bierchen zu viel intus habe. Hätte mir mehr Mühe geben können. Etwas Intelligentes oder wenigstens was Witziges schreiben, anstelle der paar nichtssagenden Zeilen. Egal, ich werde sie halt nach und nach mit meinem Charme einwickeln.‹ Er drehte sich auf die Seite und zog die Decke über die Schultern.

Aber er konnte nicht schlafen. Lag bestimmt daran, dass er immer noch Lust auf Sex hatte. Er stand wieder auf, holte sich noch ein Bier aus dem Kühlschrank, stieg aufs Flachdach, setzte sich bequem auf den Stuhl und schaute hinüber zum Fenster gegenüber. Alles dunkel da drüben. Kein Wunder mitten in der Nacht. Er lehnte sich zurück, blickte in den Sternenhimmel, stellte sich vor, neben ihr im Bett zu liegen. Wie sie wohl roch? Verdammt, er hatte Lust auf sie. Jetzt! Wenn sie seine Sub wäre, würde sie seinem Willen gehorchen. Und wenn er sie vögeln wollte, konnte er das tun, wann immer ihm der Sinn danach stand. Vielleicht lag sie gerade auf dem Bauch. Er würde vorsichtig die Decke von ihrem nackten Körper ziehen, die Hinterseiten ihrer Schenkel streicheln. Er war sicher, dass sie seine Berührung auch im Schlaf spürte. Ganz unbewusst und ohne aufzuwachen würde sie die Beine ein wenig spreizen. Ihre Haut, weich wie Samt unter seiner Hand. Behutsam tätschelte er ihren süßen Arsch. Offenbar nahm sie die Reize in ihren Traum auf, denn sie seufzte und murmelte leise »Ja, Herr, bitte fick mich.«

Er vergewisserte sich. Nein, sie war immer noch nicht aufgewacht. Sanft streichelte er mit einem Finger ihre Schamlippen und lächelte. Sogar im Schlaf war sie nass und bereit für ihn. Als er mit dem Finger über ihre Klit strich, versteifte sie sich ganz kurz. »Julian!«, stöhnte sie. Ihre Atmung hatte sich verändert. »Du bist wach, Kätzchen. Ich will dich, dreh dich um.« Gehorsam drehte sie sich auf den Rücken, spreizte die Schenkel weit und starrte ihn mit ihren großen Augen sehnsüchtig an. »Komm zu mir Julian.« Ihre Schamlippen glänzten feucht im fahlen Mondlicht. Er verschwendete keine Zeit mehr mit dem Vorspiel, drang tief in sie ein und legte ihre Beine auf seine Schultern.

Hitze.

Nässe.

Weichheit.

Hungrig stieß er in sie. Sie stöhnte, bettelte um mehr. Er tat ihr den Gefallen, pumpte härter in sie. Nahm sie tiefer. Immer wieder stieß er zu, bis sie unter ihm erbebte. Warm, nass und klebrig rann ihm sein Saft über die Hand.

Er tauchte auf aus seiner Fantasie. Drüben war es nach wie vor stockfinster. Er hatte kein Taschentuch dabei, wischte seine Hand einfach am T-Shirt ab. Er würde es in den Wäschekorb werfen, sobald er wieder drin war. Sehnsucht erfasste ihn. Himmel, wie lange hatte er keine Frau mehr gehabt. Nie wieder würde er vögeln, sein ganzes restliches verdammtes langes Leben nicht. Er trank einen großen Schluck Bier aus der Flasche, ballte die andere Hand zur Faust. Eine einzige gottverdammte Entscheidung und sein scheiß Leben war ein Trümmerhaufen! Dabei war damals alles so gut für ihn gelaufen. Bis zu dem verflixten Unfall.

Er schnellte aus dem Stuhl hoch, lief zur Reling des Daches und schmiss die Bierflasche mit voller Wucht hinunter.

›Krach‹

Aufprall.

Zersplitterndes Glas auf Asphalt.

Verdammt! Der Lärm erschien ihm ohrenbetäubend. Er legte sich flach auf den Boden und rührte sich nicht. Falls er die halbe Nachbarschaft geweckt hatte, durfte ihn hier oben keiner sehen. Er ballte die Fäuste. Er wollte rüber zu ihr. Sie sollte ihm gehören! Stattdessen lag er wie ein Vollidiot hier auf dem Dach. Er knirschte mit den Zähnen. Der Drang noch mehr zu zerschlagen, war übermächtig. Er wollte schreien, fluchen. Er schlug die Faust auf den Boden. Super, jetzt tat ihm auch noch die Hand weh. Immerhin, in der Umgebung war alles ruhig geblieben, offenbar war niemand durch den Krach aufgewacht.

Julian stand auf, klopfte sich den Staub aus der Jeans und kletterte zurück in seine Wohnung. Dort zog er das schmutzige T-Shirt und die Hose aus und schmiss beides mit Schmackes in den Wäschekorb. Dann ging er zurück ins Bett. Ob er heute Nacht noch Schlaf bekommen würde?

*

Er hatte den Lärm gehört, sich jedoch nicht die Mühe gemacht, sein Fernglas auf die Straße zu richten. Offenbar hatte ein Betrunkener auf dem Heimweg, seine Bierflasche auf dem Asphalt zerschmettert. Uninteressant für ihn.

Hier in dem ehemaligen Großraumbüro im obersten Stockwerk des leer stehenden Gebäudes lungerte er oft herum. Es gab keinen Strom mehr im Haus und an manchen Abenden war es empfindlich kalt. Doch die Nacht war seine Verbündete. Im Dunkeln konnte er nämlich hervorragend beobachten, was in der Wohnung gegenüber geschah. Zumindest dann, wenn die Bewohnerin wach war. Jetzt schlief sie offenbar, denn hinter ihrem Fenster auf der gegenüberliegenden Straßenseite brannte längst kein Licht mehr. Er wusste nicht, wie viele Stunden er schon hier saß. Zeit spielte keine Rolle für ihn. Als die Abenddämmerung in die Nacht überging, war er hergekommen. Da war ihr Fenster hell erleuchtet gewesen. Die Nachtschatten schützten ihn vor den lästigen Blicken der neugierigen Passanten unten auf der Straße und ermöglichten ihm, sich vollkommen auf sie zu fixieren. Ausgeschlossen, seine Augen von ihr abzuwenden. Schwierig seinen Hunger im Zaun zu halten, der heute wiedereinmal besonders stark in ihm wütete. Seine Finsternis verschluckte ihn. Er wusste, er sollte seine Tabletten nehmen, doch dazu hatte er keine Lust. Das verdammte Zeug ließ ihn lethargisch werden, unterdrückte die ganze wunderbare dunkle Gier, die ihn lebendig hielt.

Fasziniert hatte er sie angestiert. Mindestens eine halbe Stunde lag sie nackt und reglos auf dem Bett, offenbar völlig erledigt von dem geilen Ritt, den sie hinter sich hatte. Gierig saugte er ihren Anblick in sich auf. Sie war so wunderschön. Er wollte sie ganz für sich allein und gleichzeitig wünschte er sie zum Teufel. Er brauchte sie nicht. Sie bedeutete nichts als Ärger. Es erzürnte ihn, dass er überhaupt hier saß und seine kostbare Zeit damit verschwendete, sie zu begaffen. Sie wagte es, seine Aufmerksamkeit zu fesseln. Dafür wollte er ihr wehtun.

›Das darfst du nicht, sie ist ein Kunstwerk, zerstör es nicht.‹

Ach was, diese elende falsche Moral konnte ihm gestohlen bleiben. Die Dunkelheit zog ihn an, so süß und verlockend. Er gierte nach Blut. Ihrem Blut. Kurz stand er auf, streckte sich und zog das scharfe Messer aus dem Lederetui an seinem Gürtel. Er setzte sich wieder hin. Fuhr zärtlich über den glänzenden Stahl, betrachtete die lange Klinge im glitzernden Mondlicht und blickte dann versonnen zu Saras Fenster hinüber.

»Siehst du sie?«, flüsterte er. Seine Stimme klang heiser, störte die wohltuende Stille um ihn herum. »Sie braucht dich mein Mäuschen, sie lechzt nach deinem Lebenssaft. Du willst es doch auch. Ich weiß, du brauchst es hart. Du stehst auf Schmerzen. Sie und ich, wir geben dir, was du begehrst, warte nur ab. Du wirst sie lieben und sie dich. Sie wird hübsche Muster auf deinem Körper zeichnen.«

Er hielt die linke Hand vor seine Augen, spreizte die Finger und schaute durch die Zwischenräume in ihre Wohnung hinüber. Saugte ihren Anblick in sich auf. Dann presste er die Finger zusammen und sie verschwand aus seinem Blickfeld. Er atmete schwer, umklammerte mit der rechten Hand den Griff des Messers und schnitt in den Handballen seiner Linken. Sanft, fast zärtlich glitt die Klinge durch sein Fleisch, wie durch Butter. Im ersten Moment verspürte er noch nicht einmal Schmerz. Er wartete, zählte die Sekunden, starrte gebannt auf das rote Blut, das aus der Wunde quoll. Erst als er bei dreißig angelangte spürte er das scharfe Brennen. Er zählte weiter. Noch mal bis vierzig, dann begann seine Hand zu pochen. Fasziniert betrachtete er die Klinge, an der einige Tropfen herabliefen. Rot und Silber, eine Farbkombination, so betörend wie das Leben selbst. Er küsste den Stahl, genoss die Nässe auf seinen Lippen und den kupfrigen Geschmack. Blut tropfte auf seine Schenkel, malte rostrote Flecken auf

28

seine Hose. Sein rot verschmierter Mund verzog sich zu einem Lächeln. »Hab Geduld mein Mäuschen, bald ist es soweit, es dauert nicht mehr lang.«

Er stand auf und zog ein sauberes Stofftaschentuch aus der Hosentasche, um seine Hand zu verbinden.

Dann setzte er sich wieder hin, konzentrierte sich auf das süße, pochende Brennen in seiner Linken. Ihr Fenster ließ er nicht eine Sekunde aus den Augen. Auch nicht, als das Licht drüben erlosch.

*

Den Abend gemütlich zuhause verbringen, Füße hoch, Seele baumeln lassen. So lautete Saras Plan. Aus der Musikanlage dröhnte der Song Jagdzeit von Megaherz in Dauerschleife und ihre Gedanken kreisten ständig um Konrad. Er war nicht gerade zimperlich mit ihr umgegangen. Ihr Hintern brannte noch immer von seinen Hieben gestern. Der Sex mit ihm war berauschend gewesen. Hart ja, aber genau das hatte sie gebraucht. Nur bei der Erinnerung, wie er sie auf dem Boden herumkriechen ließ, um die Blusenknöpfe zu suchen, regte sich leise Empörung in ihr. Erniedrigung gab ihr nicht viel. Trotzdem hatte seine Dominanz sie verdammt scharfgemacht. Seine Befehle hatten ihre Devotion getriggert und ihre Erregung auf ein Level ansteigen lassen, sodass ihr Verstand sich verabschiedet hatte und sie nur noch ihren Trieben gefolgt war. Dennoch, die allererste Session mit Demütigungen zu beginnen, fand sie im Nachhinein merkwürdig. Außerdem hatte die fehlende Intimität danach ein Gefühl von Verlust in ihr ausgelöst, dass sie sogar jetzt noch spürte, wenn sie über die gestrige Nacht nachdachte. ›Warum ist er so schnell gegangen? Die Flasche Wein, die ich extra für uns besorgt hatte, steht immer noch ungeöffnet im Kühlschrank. Quatschen, Knutschen, Nähe genießen. Wieso hat er mich nicht aufgefangen?‹

Entschlossen stand sie auf, entkorkte die Weinflasche und genehmigte sich ein Glas. Doch weder der Alkohol, noch die laute Musik konnten die Leere in ihrem Inneren vertreiben. ›Vielleicht ist das zu viel verlangt, beim ersten Date. Vertrautheit muss sich langsam aufbauen‹, überlegte sie. ›Ficken kann er jedenfalls grandios.‹ Sie grinste unwillkürlich bei der Erinnerung. ›Insgesamt war es ne tolle Nacht und er hat gesagt, ich bin etwas Besonderes. Gibt keinen Grund, das Haar in der Suppe zu suchen. Das Beste, was ich tun kann, ist, den Dingen ihren Lauf zu lassen, anstatt sie zu zerdenken.‹

Um sich abzulenken, startete sie den Computer und loggte sich ins WhipWeb ein. Ihr Postfach zeigte acht neue Nachrichten an. ›Leider keine von Konrad dabei‹, stellte sie enttäuscht fest und überflog ihre Messages. Dumme und vulgäre Annäherungsversuche landeten, wie gewöhnlich, sofort im Papierkorb, genau wie Mitteilungen mit zu vielen krassen Rechtschreibfehlern. ›Ob es Frauen gibt, die auf so ne billige Anmache eingehen?‹ Stirnrunzelnd löschte sie eine Mail nach der anderen. ›Nix Interessantes dabei heute. Obwohl ... was haben wir denn hier?‹

»Ich seh dich ...« Die Nachrichtenüberschrift weckte ihre Neugier.

»Hallo, ich bin allein und würde mich über ein wenig Unterhaltung freuen. Eine Antwort von dir, wäre ein Lichtstrahl in meiner Dunkelheit. LJ.«

›Hm, bisschen minimalistisch, oder? Will der mich verschaukeln?‹ Den Mauszeiger schon auf dem Papierkorb-Symbol, fiel ihr der Nickname des Absenders auf. ›LederJules? Was denn, DER LederJules? Wow der Typ ist ne Riesennummer! Seine Toys und Accessoires sind in der BDSM-Szene geradezu legendär.‹ Sie rief sein Profil auf. ›Tatsächlich, das ist er.‹

Fasziniert klickte sie sich durch seine Fotos: Produktbilder von knappen Dessous aus Lederriemen, die nichts verdeckten, sondern den Körper des Models lustvoll in Szene setzten. Strapse, Flogger, Gerten, Ledermasken. ›Beeindruckend, der Kerl ist wirklich ein Künstler! Leider kein Bild von ihm selbst im Profil, nur sein Firmenlogo.‹

Sie las seine Nachricht noch einmal. Nicht besonders einfallsreich, trotzdem eigentlich ganz süß ... irgendwie berührend.

›Na klar bekommst du ne Antwort, LederJules. Könnte interessant sein, dich kennenzulernen‹, dachte sie und klickte auf Senden. ›Ob der mit einer Reaktion von mir rechnet? Ich bin gespannt auf dich, LederJules.‹

Sie fuhr den Computer mit einem kleinen Lächeln auf den Lippen herunter. Höchste Zeit ins Bett zu gehen, wenn sie morgen halbwegs fit sein wollte.

***

Nach einer miserablen Nacht stand Julian früh auf, duschte ausgiebig und kochte sich erst mal eine Kanne Kaffee, den er in seine Thermoskanne schüttete. Dann kletterte er auf das angrenzende Bürohausdach, um die Morgensonne zu genießen. Bei Tageslicht betrachtet sah die Welt viel freundlicher aus. Ein Blick durch das Fernglas zeigte ihm, dass Sara nicht nur wach, sondern sogar schon fleißig war. Mit Wischmopp und Putzlappen wirbelte sie durch ihre Wohnung. ›Wäre netter, dir zuzuschauen, wenn du nackt putzen würdest. Und wenn du eine Pause einlegst, will ich dich mit deinem Vibrator in der Hand und gespreizten Schenkeln auf dem Bett sehen.‹ Sein bester Freund regte sich freudig bei dieser Vorstellung, doch leider musste er sich mit der Sicht auf ihren Prachtarsch in Leggins zufriedengeben. Nun, wenn sie sich über den Putzeimer beugte, war der Anblick auch nicht zu verachten.

»Na Kätzchen, hast du mir geantwortet oder machst du es spannend?«, murmelte er vor sich hin. Sein Herz klopfte schneller, als er sich mit dem Handy ins WhipWeb einloggte.

Tatsächlich! In seinem Postfach fand er eine neue Nachricht von Süße-Sünde_28. Er biss sich auf die Lippen und las.

»Hi, wer bist du? Ich meine, klar kenne ich deinen Namen. Aber einen Promibonus bekommst du deshalb nicht. Was genau siehst du von mir, und was hat dich bewogen, mir zu schreiben? Immerhin ist mein Profil nicht besonders aussagekräftig. Deine Zeilen allerdings auch nicht. Ich freue mich auf ein bisschen Unterhaltung. Bring bitte etwas Licht in meine Dunkelheit, denn ich, sehe dich nicht.«

Seine Lippen verzogen sich zu einem Lächeln. ›Na wer sagt's denn, Kätzchen. Bin gespannt auf den Austausch mit dir.‹

Aber er musste es vorsichtig angehen, schließlich durfte er sich nicht verquatschen. Erneut schaute er durch das Fernglas zu ihr hinüber. Gerade wischte sie den Boden und ihr Gesichtsausdruck wirkte nachdenklich. Viel zu ernst und verkniffen für seinen Geschmack.

Ob sie an den Kerl von gestern dachte? ›Nein, den hat sie längst abgehakt. So abrupt, wie die Session zu Ende ging, bekommt der bestimmt keine zweite Chance bei ihr. Eigentlich schade. War geil anzusehen. Ein echtes Highlight.‹

»Lächele doch mal Mädchen! Du hattest doch Spaß gestern, das war nicht zu übersehen. Das Leben ist zu kurz für schlechte Laune. Nutze die Zeit, die dir bleibt!«

Bedauerlich, dass sie seine vor sich hingemurmelten Worte nicht hören konnte.

Sie schien mit ihrer Putzorgie fertig zu sein, denn sie trug den Eimer ins Badezimmer und kam einige Minuten später ohne ihn wieder heraus. Zielstrebig steuerte sie ihren Schreibtisch an und startete den Computer. Die Grafik der Webseite, die auf dem Bildschirm erschien, kannte er gut. Schade, dass ihm das erst jetzt auffiel, wo er wusste, dass sie das WhipWeb nutzte. ›Vielleicht schaut sie nach, ob ich ihr geantwortet habe?‹ Er grinste in sich hinein. Nette Vorstellung.‹ »Nicht so ungeduldig, Kätzchen, es soll ja spannend bleiben.«

***

Saras Wohnung war blitzeblank, aber dieses Gefühl in ihrem Bauch, dass irgendetwas nicht richtig war, leider noch immer vorhanden. Ein Anruf von Konrad hätte ihre Zweifel wahrscheinlich zum Schweigen bringen können, oder ein Guten-Morgen-Gruß via WhatsApp. Vielleicht hatte er ihr ja eine Message im WhipWeb hinterlassen. Sie startete den Computer und schaute nach. Tatsächlich! Es gab eine neue Nachricht in ihrem Postfach und sie stammte von Konrad. Er hatte also doch an sie gedacht! Mit klopfendem Herzen las sie.

»Meine liebe Sara. Bedauerlicherweise bin ich in den kommenden Tagen beruflich sehr eingespannt und kann mich nicht um dich kümmern. Ich werde dich aber am Donnerstag um die gleiche Zeit besuchen. Ich erwarte, den Schlüssel von außen in der Wohnungstür zu finden, so wie gestern. Spätestens eine halbe Stunde vor meinem Erscheinen, wirst du auf deinem Bett knien, das Gesicht zum Fußende gewandt, und dich auf unsere Session vorbereiten. Ich freue mich auf dich. Bis Donnerstag. Dein Herr.«

Beruflich eingespannt? Sie wusste nicht, ob sie lachen oder weinen sollte. Der Austausch mit ihm fehlte ihr jetzt schon. ›Der will sich die ganze Woche nicht melden? Nicht mal ein kurzer Gruß oder ein Wie-geht-es-dir zwischendurch?‹ Kopfschüttelnd stand sie auf. ›Aber er hat mit Dein Herr unterschrieben. »Mein Herr.« Sie sagte die Worte laut vor sich hin, um sie auszuprobieren. ›Klingt gut und fühlt sich auch so an. Kann froh sein, dass er nicht versucht, mich einzuschränken. Das wär verdammt lästig. Würde ich eh nicht lange mitmachen. Heute ist Freitag. Bin sowieso fast das komplette Wochenende mit den Mädels unterwegs und die Zeit bis Donnerstag wird wie im Flug vergehen. Werde kaum Gelegenheit haben, ihn zu vermissen.‹

Um auf anderen Gedanken zu kommen, öffnete sie ihren Kleiderschrank und zog einige Outfits heraus. Sie probierte, drehte sich vor dem Spiegel und entschied sich schließlich für ein dunkelgrünes Stretchkleid, das bis zur Mitte der Oberschenkel reichte. Dazu wählte sie schwarze kniehohe Stiefel mit zehn Zentimeter hohen Absätzen. Heute Abend wollte sie sich sexy fühlen, den Kerlen was zum Gaffen bieten. Sie brauchte dringend ein paar bewundernde Blicke.

*

Wie Konrad es ihr befohlen hatte, kniete Sara Donnerstagabend auf ihrem Bett. Doch anstatt sich auf die bevorstehende Session zu konzentrieren, ließ sie die Woche an sich vorüber ziehen. Am Wochenende hatte sie es mit Jill und Rabea ordentlich krachen lassen. Getanzt, bis die Füße qualmten, den einen oder anderen Cocktail geschlürft, viel geflirtet, einfach ne Menge Spaß gehabt. Die Mädels verstanden es, sie auf angenehme Gedanken zu bringen.

Montag war sie bei Jana zum Filme-Abend eingeladen gewesen. Sie hatten sich eine Verwechslungskomödie angeschaut. Den Filmtitel hatte sie schon wieder vergessen, aber sie hatten beide Tränen gelacht.

Wenn der sich einbildete, sie würde nachschauen, ob er ihr, entgegen seiner Ankündigung, doch eine Nachricht im WhipWeb dagelassen hatte, täuschte er sich gewaltig. Sie war unabhängig und lief niemandem hinter her, auch Konrad nicht. Das hatte sie ihm beweisen wollen. Aber zu ihrer Enttäuschung gab es keine Message von ihm, obwohl er am Mittwoch online gewesen war. Das sah sie, weil der letzte Log-in von Personen auf ihrer Freundesliste jeweils angezeigt wurde. Allerdings hatte sie schon vor fünf Tagen eine Mail von Leder-Jules erhalten.

»Hallo Fremde, deine Antwort bedeutet mir viel. Deshalb möchte ich deine Dunkelheit etwas erhellen. Ich heiße Julian. Leder ist meine Passion. Während ich arbeite, schweben meine Gedanken weit oben über den Dächern der Stadt. Ich stelle mir vor, wie das fertige Stück den zukünftigen Besitzer erfreut und weiß dann intuitiv, wie es auszusehen hat. Und genauso wird es dann auch. Ein Fenster erhellt meine Finsternis und ich würde dieses Licht gerne mit dir teilen. Reicht dir das für den Anfang?«

Sara runzelte die Stirn. ›Besonders viel hat der Typ ja nicht preisgege-
ben. Der tut ganz schön geheimnisvoll. Macht neugierig auf mehr
Input. Aber wenn du glaubst, LederJules, du kannst mich mit deinem
rätselhaftem Geschreibsel beeindrucken, darfst du ruhig noch mal ein
paar Tage auf Rückmeldung warten.‹

Entschlossen fuhr sie den Computer wieder herunter. Im Grunde war
Julian unwichtig. Alles was zählte, war Konrad. Und der hatte es nicht
für nötig befunden, ihr eine kurze Nachricht zwischendurch zu
schreiben. Enttäuschend. ›Vielleicht ist das ja so ein D/S-Ding‹, überlegte sie, während sie auf ihrem Bett kniete und auf ihn wartete.
›Möglicherweise ist das seine Art, mir zu zeigen, wo mein Platz ist.‹

Ihre Gedanken wurden unterbrochen, als der Schlüssel sich im
Schloss drehte. Konrad! Sämtliche Überlegungen und Zweifel traten
in den Hintergrund. Das Herz klopfte ihr bis zum Hals. Das Blut
rauschte in ihren Ohren.

Freude, Erwartung.

Sarah konnte nicht anders, sie musste einfach lächeln. ›Diese Nacht
wird berauschend. Nichts anderes zählt.‹

»Da ist ja meine kleine Schlampe und genauso, wie ich es angeordnet
habe. Ich bin zufrieden mit dir.«

Der Bienenschwarm in ihrem Bauch jubilierte bei seinen Worten.

Er fasste nach ihrem Kinn, zwang sie, ihn anzusehen.

»Zieh dich aus, leg dich aufs Bett und spreiz deine Schenkel für mich.
Ich will, dass du brennst. Tust du das für mich?«

»Ja, Sir.«

»Dann sag es!«

»Es ist mir eine Freude, für dich zu brennen, Herr.«

»Und genau das wirst du!«

Sie trug eins ihrer neuen Dessous, einen hauchzarten champagnerfarbenen Stringbody, der nichts verbarg. Dazu halterlose Netzstrümpfe und Heels. Ihre Nippel pressten sich hart gegen den zarten Stoff, so als wollten sie ihn durchstoßen. Sie sah verdammt heiß aus, das wusste sie. Aber Konrad schien gar keinen Blick für ihr Outfit übrig zu haben. ›Vielleicht bilde ich mir das auch ein und er tut nur so.‹

»Mach schneller, oder möchtest du deinen Herrn warten lassen?«, knurrte er barsch.

Rasch zog Sara sich aus, legte sich aufs Bett und spreizte die Beine, wie er es befohlen hatte. Mithilfe der Hand- und Fußmanschetten fixierte er sie an den vier Bettpfosten. Und dann stand er mit der Gerte in der Hand vor ihr. Keine Ahnung, wo er die plötzlich hergeholt hatte. Er schaute auf sie herab. Das Glitzern in seinen Augen und das Grinsen in seinem Gesicht machten sie stolz und auch ein bisschen bange.

»Du hast einen tollen Körper, aber du bist viel zu blass. Ich denke, wir sollten die strategisch wichtigen Stellen ein wenig betonen, findest du nicht auch? Ich bin sicher, rot steht dir ausgezeichnet!«

Er ließ das Züchtigungsinstrument an ihrer rechten Wade hinaufgleiten, streichelte damit die Innenseite ihres Oberschenkels. Sinnlich kratzte er mit der Gerte über ihre Schamlippen und nahm den gleichen Weg an ihrem linken Bein bis hinunter zum Knöchel.

Sara leckte sich über die trockenen Lippen. Dieser Moment vor dem Schmerz. Wenn das Herz droht, sich zu überschlagen. Die bange Frage, wohin er zielen würde. Auf ihre Brüste? Schenkel? Bauch?

Eine lockere, kleine Bewegung aus seinem Handgelenk brachte die Antwort. Zwei gezielte Schläge kurz hintereinander und ihre Schamlippen glühten. Unmöglich, ihre Schreie zu unterdrücken. Sein sadistisches Grinsen wurde breiter.

»Ja, schrei nur, Schlampe. Ich mag das!«

Weitere Hiebe landeten auf ihrer Scham. Rechts links, rechts, links, rechts links. Nur dort, sonst nirgends. Sie wusste nicht, wie oft die Gerte schon auf ihre empfindliche Mitte niedergesaust war. Überlegte fieberhaft, wie das Safeword lautete. Heute würde sie es brauchen. Hatten sie überhaupt eins vereinbart? Nein, oder? Sie konnte sich nicht erinnern.

»Stopp, bitte!«, flehte sie und war erleichtert, dass er tatsächlich aufhörte, sie zu schlagen.

»Zu viel?«

Sie nickte heftig.

»Das werden wir trainieren. Du kannst mehr aushalten, das weiß ich«, flüsterte er. Dann beugte er sich über sie, teilte ihre brennenden Lippen mit seiner Zunge und streichelte ihre Klit. Und wieder entfuhren ihr Laute, die sie unmöglich unterdrücken konnte. Lustvolle dieses Mal. Ihr glühendes Fleisch schien anzuschwellen. Die Hitze drohte sie zu verbrennen. Sie brauchte mehr. Hauchzart züngelte er, reizte sie.

»Bitte!«, flehte sie, während sie sich begierig in ihren Fesseln aufbäumte. Doch zu ihrer Enttäuschung ließ er von ihr ab.

»Jetzt ist es besser, oder?«

»Ja, Sir!«, stöhnte sie.

»Möchtest du mich stolz machen?«

›Was für eine Frage!‹ »Ja, Herr!«

»Dann fangen wir mit dem Training an. Jetzt sofort. Bist du einverstanden?«

»Ja, Sir, was immer du wünschst.«

»Ich will, dass du über dich hinaus wächst. Achtzehn Hiebe, auf die gleiche geile Stelle. Das hältst du aus. Was sagst du?«

Stolz? Natürlich wollte sie, dass er stolz auf sie war! Aber ihre Mitte brannte schon jetzt wie Feuer. Achtzehn bedeutete neun auf jede Seite. Wie viele hatte sie bisher eingesteckt? Sie wusste es nicht und ärgerte sich, nicht mitgezählt zu haben. Aber nicht mal zehn pro Seite würde sie wohl noch schaffen. Für ihn. Damit er stolz auf sie sein konnte.

»Okay, das krieg ich hin.«

»Tz tz tz. Eine gute Sub antwortet respektvoller. Du musst noch viel lernen.«

›Verdammt! Ich mache alles falsch. Ich möchte ihm doch eine gute Sub sein.‹ Sie biss sich auf die Lippen.

»Bitte mich um deine Schläge!«

Sara schluckte trocken. Der Wunsch ihm zu gefallen war übermächtig. Warum eigentlich? Wie schaffte er das nur?

Egal.

Ihre Schamlippen loderten.

Unerheblich.

»Bitte Sir, züchtige mich. Für dich ertrage ich gerne mehr. Gib mir die achtzehn Hiebe. Bitte spank meine Pussy.«

Er lächelte. »Das ist meine brave kleine Schlampe.«

Achtlos ließ er die Gerte zu Boden fallen. Noch ehe sie Zeit fand, sich darüber zu wundern, schlug er mit der flachen Hand auf ihre Mitte. Er besaß große, kräftige Pranken und einen harten Schlag. Laut und jammervoll hallten ihre Schreie durch den Raum. ›Achtzehn, verdammt! Achtzehn auf beide. Wie soll ich das aushalten?‹

Automatisch begann sie zu zählen. Von achtzehn runter bis eins. Wie sie das ertrug, wusste sie später nicht mehr zu sagen. Aber irgendwann war es vorbei und sein »Gut gemacht meine kleine Schlampe, du bereitest mir Freude.«, erfüllte sie mit unbändigem Stolz. Dafür hatte sich die Qual gelohnt.

Er befreite sie von den Hand- und Fußmanschetten, zog sie an den Knöcheln zu sich, bis ihr Hintern eine Linie mit der Bettkante bildete. Er schob seine Hose bis zu den Knien hinunter. Dann fasste er ihre Beine und legte sie auf seine Schultern. Ihr Arsch befand sich in der Luft. Er packte ihre Hüften und drang mit einem Stoß in sie ein, vögelte sie langsam und gefühlvoll. Ihre Mitte brannte wie Feuer. Wilde heiße Lust, brennender Schmerz, tiefe Stöße. Ihre eigenen Schreie hallten in ihren Ohren. Er fickte sie lange, gründlich und genauso, wie sie es brauchte. Wie im Rausch registrierte sie, dass er sich selbst zurückhielt, bis eine gewaltige Explosion ihren Körper zum Beben brachte und die Gedankenwelt in ihrem Kopf in tausend Splitter zerbarst. Intensiv spürte sie, wie er sich in ihr ergoss.

Er trat einen Schritt zurück und sie rekelte sich träge auf dem Laken. Genoss das Nachbeben, die Watte in ihrem Kopf. Nur noch ein Wunsch war geblieben. Sich in seine Arme kuscheln. Nähe und Wärme genießen.

Er kniete sich neben sie. »Mach ihn sauber!«, knurrte er.

Ergeben gehorchte sie, obwohl sie vollkommen erledigt war, und leckte seinen und ihren Saft von seinem Schwanz. Als er zufrieden war, entzog er sich ihr erneut, zog seine Hose hoch und richtete seine Kleidung vor der verspiegelten Badezimmertür. »Du musst noch viel lernen, Schlampe. Aber du hast vielversprechende Anlagen. Wir beide werden jede Menge Spaß miteinander haben. Nächsten Donnerstag, gleiche Uhrzeit. Gute Nacht und süße Träume.«

Damit drehte er sich um und ging. Kein Auffangen, keine Umarmung, nicht mal ein Kuss.

Fassungslos setzte Sara sich auf. Eben hatte sie noch im siebten Himmel geschwebt, jetzt fühlte sie sich miserabel. Benutzt und weggeworfen. Sie spreizte die Beine und betrachtete sich in den Mosaikspiegelkacheln. ›Die wichtigen Stellen rot markieren. Das ist ihm verdammt gut gelungen.‹ Ihre Schamlippen leuchteten feuerrot, auf ihren Wangen sah sie hässliche schwarze Spuren, weil ihre Wimperntusche verlaufen war. Offenbar hatte sie geweint, sie hatte es nicht einmal bemerkt. Angewidert starrte sie den Zombie im Spiegel an. Sie schlang die Arme um sich selbst. Eine eisige Gänsehaut kroch über ihren Körper. Die Kälte schien bis tief in ihre Knochen zu dringen, sie von innen nach außen aufzufressen. Nur ihre Mitte glühte weiterhin heiß wie das Feuer der Hölle. Sie wandte sich ab, legte sich wieder hin, zog die Decke über die Schultern und weinte bitterlich.

*

Erschüttert saß Julian in seinem Gartenstuhl auf dem Dach und schaute zu ihr hinüber. Schon den ganzen Abend erlebte er die unterschiedlichsten Gefühle.

Als er sie am frühen Abend auf dem Bett knien sah, dachte er, sie würde meditieren oder so was. Weil die Pose sein Kopfkino triggerte, hatte er das Fernglas nicht abgesetzt und ihren Anblick genossen. Als der Typ zur Tür hereinspazierte und Julian den Kerl von letzter Woche wiedererkannte, staunte er nicht schlecht. Dann wurde er wütend. Dass sie sich zweimal mit demselben Dom vergnügte, war ungewöhnlich und wurmte ihn gewaltig. Gott sei dank, brauchte er über diesen Umstand nicht weiter nachzudenken. Zu beobachten wie der Knilch ihre Pussy spankte, sie leckte, und fickte, lenkte ihn auf prickelnde Weise ab. Sein Schwanz war so hart, dass es schon wehtat und er dringend für Erleichterung sorgen musste. Als der Mistkerl sie vögelte, wichste Julian seinen Schaft genüsslich im Takt der Stöße.

Das abrupte Ende der Session erstaunte und erzürnte ihn gleichermaßen. ›Der Dreckskerl kann doch nicht einfach gehen, kaum, dass er seinen Schwanz aus ihr herausgezogen hat! So etwas tut man nicht und Punkt. Warum nimmt er sich nicht die Zeit, sie in den Arm zu nehmen? Weshalb stellt er die Nähe nicht her, die sie jetzt ganz bestimmt braucht? Wieso zum Teufel fängt er sie nach der harten Session nicht auf?‹ Das Ergebnis war nicht zu übersehen. Als er sie wie ein Häufchen Elend auf dem Bett sitzen sah, drehte sich ihm der Magen um vor Mitleid. Und als sie ihre Arme um ihr Kissen schlang und weinte, zog sein Herz sich zusammen. Was für ein mieses Gefühl, so vollkommen hilflos und überflüssig zu sein. Er ertappte sich bei dem Wunsch, einfach rüber zu gehen und sie in seine Arme zu nehmen, um ihr die Geborgenheit zu schenken, die der Idiot ihr versagte. Verrückt eigentlich, denn er war nicht unbedingt der Kuscheltyp.

Leider konnte er nichts für sie tun und das frustrierte ihn maßlos.

Nach einer kleinen Ewigkeit stand sie auf, zog sich einen dicken rosa Flanellpyjama an, obwohl sie gewöhnlich nackt schlief. Sie schlüpfte in Hasenpantoffeln, die ihm ein Schmunzeln entlockten und schlich zu ihrem Computer. Da er sah, dass sie sich ins WhipWeb einloggte, tat er das Gleiche auf seinem Handy. Nicht das er damit rechnete, dass sie Kontakt zu ihm suchte. Bisher hatte sie nicht einmal auf seine Nachricht von letzter Woche reagiert. Er hatte die Hoffnung schon aufgegeben, dass sie es noch tun würde. Dennoch fühlte er sich ihr auf eine seltsame Weise näher auf der BDSM-Plattform. Zu seinem Erstaunen erhielt er wenige Minuten später eine Mitteilung von ihr.

»Lieber Julian, ich schreibe dir, weil ich gerade zufällig sehe, dass du online bist. Du bist sicher sehr beschäftigt, aber falls du trotzdem etwas Zeit für mich erübrigen kannst, wäre ich dir dankbar.

Liebe Grüße Sara.«

Nie hätte er damit gerechnet, dass sie in ihrem Frust ausgerechnet ihn anschrieb. Wo sie doch bestimmt eine lange Freundesliste im Whip-Web hatte. Ein kurzer Blick durch das Fernglas, zeigte ihm, dass sie in ihrer offenen Küche den Wasserkocher in Gang setzte. Vermutlich kochte sie Tee.

Er tippte eine Antwort in sein Handy.

»Ich bin hier und nehme mir Zeit für dich, wenn du das möchtest. Was kann ich für dich tun? Lieben Gruß Julian.«

»Ich brauche dringend jemanden zum Reden. Ich weiß, wir kennen uns nicht. Es mag dir merkwürdig erscheinen, dass ich ausgerechnet dich darum bitte. Aber gerade weil wir einander fremd sind, bist du meine erste Wahl, wenn es um eine vorurteilsfreie Meinung geht.

Außerdem würde ich gern die Sichtweise eines Doms zu meinem Problem wissen. Dass du dominant bist und tief in der BDSM-Szene steckst, ist ja allgemein bekannt. Dein Rat könnte mir weiterhelfen.«

Julian runzelte die Stirn. »Eine objektive Meinung dürfte schwierig werden, Kätzchen«, murmelte er vor sich hin. Schnell stand er auf und kletterte durch das Schlafzimmerfenster zurück in seine Wohnung, um sich ein Bier aus dem Kühlschrank zu holen.

Zurück auf dem Dach, stellte er die Bierflasche neben seinen Stuhl und schrieb ihr eine Nachricht.

»Bin da, Kätzchen.« ›Hoppla, ich muss vorsichtiger sein, verdammt!‹ Zähneknirschend löschte er das Wort Kätzchen wieder.

»Bin da und höre dir zu. Wie kann ich dir helfen?«

Während er auf ihre Rückmeldung wartete, checkte er die weiteren Nachrichten in seinem Postfach. Ein Dom, der schon öfter bei ihm bestellt hatte, fragte nach einem pinkfarbenen Flogger als Geschenk für seine Frau. Julian schüttelte schmunzelnd den Kopf. ›Die Leute kommen auf merkwürdige Ideen. Aber wieso nicht, der Kunde ist König.‹ Er antwortete kurz, dass er das Leder in dieser Farbe erst besorgen müsse und entsprechend länger für die Fertigung brauchen würde. Dann lehnte er sich bequem zurück und richtete das Fernglas auf Saras hell erleuchtetes Fenster, um zu beobachten, wie sie ihre Message an ihn schrieb. Doch sie tippte nicht. Sie saß einfach nur vor dem Rechner und wirkte irgendwie verloren.

»Na los, Kätzchen. Ich weiß ohnehin, was du mich fragen willst. So schwer ist das nicht zu formulieren.« Doch wie immer konnte sie seine leise gemurmelten Worte nicht hören.

Sein Bier hatte er längst ausgetrunken, als sie endlich zu tippen begann. Und dann erreichte ihre Nachricht ihn nur wenige Sekunden später. Nanu? Er hatte eine Schilderung der beiden Sessions mit dem Mistkerl erwartet, zusammen mit ihrer Frage nach seiner Meinung zu deren abruptem Ende. Er war gespannt gewesen, ob sie vorsichtig umschreiben oder konkret ins Detail gehen würde. Julian öffnete die Message.

»Wie wichtig sind Nähe und Zärtlichkeit für dich in einer Beziehung mit BDSM-Kontext?«

›Ups.‹ Natürlich hatte er mit genau diesem Thema gerechnet. Jedoch damit, dass sie ihn um eine Einschätzung ihrer Situation bat. Dass sie fragte, was bedeutsam für ihn persönlich war, hatte er nicht erwartet.

»Weiberkram!«

Er sprang auf, kletterte erneut durchs Fenster in seine Wohnung und holte sich gleich zwei Bierflaschen aus dem Kühlschrank. Sobald er wieder in seinem Gartenstuhl auf dem Dach saß, leerte er dreiviertel der Flasche, ohne abzusetzen.
Gedankenverloren betrachtete er die Sterne. Wie lange war es her, dass er die warmen weichen Kurven einer Frau an seiner Haut gespürt hatte? Arme, die sich um seinen Hals schlangen, eine Wange, die sich an seine Brust schmiegte. Lippen, Zungen, die einander streichelten. Er trank das Bier aus, öffnete direkt das Nächste und nahm noch ein paar kräftige Schlucke.

Die Enge in seiner Brust löste sich, dafür fühlte sein Kopf sich an wie Watte.

»Kätzchen, du machst mich schwindelig«, murmelte er vor sich hin und grinste breit. »Entweder das, oder ich habe zu schnell getrunken.«

Er schaute zu ihr rüber. Sie saß immer noch vor ihrem Computer. ›Ach verdammt, sie wartet auf meine Antwort! Und ich sitze hier rum und rede dummes Zeug das niemand hört.‹

»Du möchtest wissen, wie wichtig mir Zärtlichkeit beim BDSM ist? Ganz pauschal gesagt, eine Frau, die ich nicht in den Arm nehmen kann oder will, dominiere ich auch nicht. Es geht um Kontrolle, Führung und Lust. Sie unterwirft sich mir, ich stelle sicher, dass es ihr gut geht. Ich will Leidenschaft und Befriedigung auf beiden Seiten und auf allen Ebenen. Wenn zwei Körper, Köpfe und Seelen zum Orgasmus kommen, war es eine tolle Session, bei der alles gepasst hat. Ohne Nähe funktioniert das nicht, die gehört dazu.«

Er schickte die Nachricht ab und wartete gespannt auf ihre Antwort.

Die zweite Bierflasche hatte er noch nicht mal halb geleert, als ihre Rückmeldung kam.

»Danke. Darüber muss ich jetzt erst mal nachdenken. Ich melde mich wieder bei dir. Kuss auf die Wange und gute Nacht. Sara.«

›Was denn, das ist alles?‹ Er hatte sich auf eine lange Nacht mit intensivem Gedankenaustausch eingestellt.

Nähe.

Wäre zur Abwechslung mal schön gewesen. Aber so benebelt, dass er sentimental wurde, war er noch nicht! ›Okay, Kätzchen, wenn du meinst. Dann melde dich halt, wenn dir danach ist.‹ Er leerte sein Getränk in einem Zug, überlegte, sich noch eine Flasche zu holen, ließ es aber bleiben. Er hatte genug getankt für heute.

Die Woche zog an Sara vorbei, wie im Nebel. Sie ging zur Orchester-probe, spielte zwei Konzerte am Wochenende und war jeden Abend mit einer ihrer Freundinnen unterwegs. Was trinken, ins Kino, Kosme-tik-Party bei Jana zuhause. Doch oft ertappte sie sich dabei, dass sie gar nicht bei der Sache war. Immer wieder dachte sie über ihre Beziehung zu Konrad und über Julians Mail nach. ›Nähe herstellen. Das funktioniert nicht, wenn Konrad direkt nach dem Vögeln abhaut. Sex mit ihm ist der Hammer. Aber er fängt mich nicht auf, lässt mich mit diesem miesen Gefühl, nur benutzt worden zu sein, zurück. Ich bin mehr wert. Hab mehr verdient, als das, was er zu geben bereit ist. Eigentlich müsste ich ihm sagen, er soll nicht wiederkommen. Aber vielleicht brauchen wir auch einfach nur mehr Zeit.‹

Mittwochabend schrieb sie ihm eine WhatsApp-Nachricht.

»Guten Tag, Sir. Ich würde mich freuen, wenn wir beide den morgi-gen Abend mal anders verbringen, als bisher. Hast du Lust, mit mir Essen zu gehen? Oder ins Kino? Wäre doch schön, wenn wir Zwei uns mal außerhalb meiner vier Wände vergnügen. Einfach mal was ande-res als Sex. Was sagst du?«

Ungeduldig wartete sie auf seine Antwort. Die kam erst Stunden später, kurz vor dem Schlafengehen.

»18:00 Uhr, Schlüssel von außen in der Tür. Du weißt, wie du mich zu erwarten hast. Wir reden morgen darüber.«

Enttäuscht ging sie ins Bett. Doch sie konnte nicht einschlafen, und stand wieder auf. Computer an. ›Mal schauen, was im WhipWeb los ist.‹

Es gab mehrere Nachrichten, jedoch nichts als plumpe, billige Anmache. Nachdem sie ihr Postfach durchgelöscht hatte, blieben nur noch die alten Mails von Konrad und die von Julian. Dem hatte sie gar nicht mehr geantwortet, dabei war seine Mail echt schön gewesen. Höchste Zeit, das zu ändern.

»Hallo Julian,

bitte entschuldige, dass ich mich jetzt erst melde. Bin viel unterwegs und etwas im Stress. Darum war ich die ganze Woche nicht online. Deine letzte Message hat mich zum Nachdenken gebracht. Ich stecke in einer für mich schwierigen Situation, die ich im Moment nicht lösen kann. Ich möchte jetzt nicht ins Detail gehen, stattdessen schreibe ich dir einfach mal was über mich. Ich bin Geigerin von Beruf und habe ein Engagement an der Philharmonie. Ja, klassische Musik. Damit können die meisten Leute nicht allzu viel anfangen. Privat mag ich aber auch Rock und Pop und eigentlich alles querbeet. Hauptsache Musik. Ich liebe Musik wahrscheinlich genauso sehr, wie du Leder. Wie bist du auf die Idee gekommen, mit dem Material zu arbeiten? Erzähl mir bitte etwas mehr über dich, denn offengestanden sehe ich dich immer noch nicht besonders deutlich.

Liebe Grüße Sara.«

Pünktlich um Siebzehnuhrdreißig, jedoch mit gedämpfter Stimmung kniete Sara auf ihrem Bett. Anstatt sich mental auf die Session vorzubereiten, wie Konrad es von ihr erwartete, dachte sie darüber nach, ob sie das Richtige tat.

›Ich bin etwas ganz Besonderes, hat er gesagt. Aber er behandelt mich, wie eine Hure. Fehlt nur noch, dass er fünfzig Euro auf die Kommode wirft, wenn er geht. Nähe ... zwei Körper, Köpfe und Seelen, die zum Orgasmus kommen ...‹

Eine tiefe Sehnsucht griff nach ihr. Machte das Denken unmöglich. Immer wieder und wieder spulte ihr Hirn den gleichen Satz ab.

Dauerschleife.

Viel zu schnell hörte sie den Schlüssel in ihrer Wohnungstür. ›Bin noch nicht bereit dafür.‹

»Guten Abend, Schlampe.«
›Kennt der eigentlich meinen Namen? Nur Guten Abend, Schlampe?‹

»Komm her!«
Sie gehorchte, blieb vor ihm stehen, schaute ihm ins Gesicht. ›Ein Dom, der gut ficken kann, ist schön und gut. Aber reicht das auf die Dauer?‹

»Habe ich dir erlaubt, mich anzuschauen? Freches Luder! Auf die Knie!«

Sara zögerte. ›Hast du es wirklich verdient, dass ich vor dir knie? Ich bin etwas Besonderes, aber bist du es auch?‹

Sie sprach ihre Gedanken nicht aus, folgte seiner Anweisung trotz ihrer Zweifel und senkte den Blick. Nicht aus Demut, wie er wahrscheinlich glaubte, sondern, damit ihre Mimik nicht verriet, was in ihr vorging. ›Obwohl er das vermutlich gar nicht mitkriegen würde.‹

»Ich mag es, meine Sklavin zu besuchen.« Er schwieg kurz, offenbar um seinen Worten Nachdruck zu verleihen. »Weil es dir deinen Platz in der Hierarchie zuweist«, fuhr er dann in einem oberlehrerhaften Ton fort. »Du bist frei, zu leben, wie du es möchtest, nur donnerstags gehörst du mir. Es gefällt mir, dass du mich hier erwartest, wie die Mätressen im achtzehnten Jahrhundert es taten. Denn genau das bist du, eine Schlampe, die ihrem Herrn zu dienen und ihn zu bedienen hat, wie er es wünscht. Geh mit deinen Freundinnen ins Kino oder sonst wo hin. Das ist mir egal. Donnerstags stehst du mir zur Verfügung. Ich fordere Demut und Respekt von dir und ich benutze dich, wie ich es will. Sollte ich tatsächlich mal mit dir essen gehen wollen, werde ich es dich rechtzeitig wissen lassen, damit du dich entsprechend zurechtmachen kannst und mich nicht blamierst.«

Mit einer Hand griff er fest in ihr Haar, mit der Anderen öffnete er den Knopf seiner Hose.

»Wenn du Wert darauf legst, dass dein Schwanz auch morgen noch voll funktionsfähig ist, dann lässt du ihn besser da, wo er ist!«

Sara staunte, wie ruhig ihre Stimme klang. Vielleicht bewog gerade ihre Gemütsruhe Konrad dazu, sie loszulassen und einen Schritt zurückzutreten. Sie stand auf, reckte das Kinn in die Höhe und stemmte die Hände in die Hüften.

»Ich bin devot aber nicht dämlich. Du hast dir die Falsche für deinen narzisstischen Egotrip ausgesucht. Ich bin fertig mit dir. Verschwinde!«

›Bilde ich mir das ein, oder ist er etwas blass um die Nase?‹ Das hier fühlte sich so gut und richtig an, dass sie ihre Mine nur mit Mühe neutral hielt.

Eine steile Falte erschien auf seiner Stirn, doch dann schüttelte er den Kopf und setzte ein überhebliches Grinsen auf.

»Ich bin ein Schlampentrainer. Ich bin bereit, dir alles beizubringen, was man in einer Session zu zweit erleben kann. Ich werde dich über deine Grenzen führen und zuschauen, wie du lernst, dich verlierst und neu definierst.« Jetzt sprach er langsam in einem freundlichen, belehrenden Tonfall, als würde er mit einem ungezogenen Kind reden. Unvermittelt straffte er die Schultern und sein Ton wurde schneidend. »Unverschämtheit dulde ich nicht! Du wirst dich auf der Stelle ausziehen und im Vierfüßlerstand auf den Boden knien! Dein Arsch wird Bekanntschaft mit dem Rohrstock machen und das wird kein Vergnügen für dich. Vierzig Strafhiebe und nach jedem Schlag wirst du dich für deine Respektlosigkeit bei mir entschuldigen! Entscheide dich, ich habe keine Lust, meine Zeit zu verplempern.«
Sara biss die Zähne zusammen. Sie war so wütend, dass sie sich zurückhalten musste, um ihm nicht ins Gesicht zu schlagen. »Hau ab! Sofort, oder ich garantiere für nichts!«, zischte sie.

Konrad wurde noch eine Spur blasser, trat einen weiteren Schritt zurück. »Nun, es scheint so, als wären wir so schnell schon an deinem Limit angelangt. In diesem Fall ist es besser, hier abzubrechen, denn du würdest mich doch nur fürchterlich langweilen.«

Damit drehte er sich auf dem Absatz um und ging.

Sara blieb mit geballten Fäusten stehen. Ohne sich zu rühren, atmete sie mehrmals tief durch. Dann lachte sie einmal kurz auf, schüttelte den Kopf und genehmigte sich erst mal ein Glas Weißwein auf dem Sofa. ›Langweilig? Ich? Was für ein Vollpfosten! Schlampentrainer ... das hab ich echt nicht nötig!‹

Sie schaltete den Fernseher ein, um sich abzulenken, und schenkte Wein nach.

Gedankensalat.

Konrad hatte nur einen Körper gesucht, an dem er sich abreagieren konnte. Ein netter Fick. Mehr war sie nicht für ihn gewesen. Nein, kein netter Fick, nicht mal das. Er hatte sie langweilig genannt. Die Tränen liefen in Strömen über ihr Gesicht, als sie ihr Weinglas erneut füllte. Traurig war sie nicht. Sie fühlte sich einfach nur leer und heulte vor Wut und Enttäuschung.

›Er hat gesagt, ich sei etwas Besonderes! Ich dachte, er wäre es auch. Aber er hat mich nur benutzt.‹

Ihre Gedanken drehten sich im Kreis.

Gedankenkarussell.

Die Weinflasche war verdammt schnell leer und ihre Lider schwer wie Blei. Leicht benebelt streckte Sara die Beine auf der Couch aus, bettete ihren Kopf auf die Armlehne und döste ein.

***

Entschlossen, noch auszugehen, griff sie nach ihrer Jacke und verließ die Wohnung. Unten auf der Straße begegnete ihr keine Menschenseele, nicht mal ein Auto fuhr vorbei. Ungewöhnlich für eine Stadt wie

Köln, in der das Leben brodelte. Sie ging in ihre Lieblingsbar, die gewöhnlich immer gut besucht war. Doch heute hielt sich kein einziger Gast hier auf. Verwundert nahm sie auf einem Hocker platz und rief dem Barkeeper ihre Getränkebestellung zu. Er drehte sich zu ihr um und sie erkannte Konrad mit seinem überlegenen Lächeln auf dem Gesicht. »Du langweilst mich fürchterlich«, sagte er in einem widerlich süßlichen Ton.

Entsetzt rutschte sie vom Barhocker und flüchtete aus dem Lokal, rannte durch die leeren Straßen. Gespenstisch. Warum nur gab es hier keine Leute mehr? Sie musste in die City, dort war bestimmt mehr los. Sie sah einen Bus herannahen und hastete zur Haltestelle, um ihn zu erwischen. Keuchend verlangte sie einen Fahrschein beim Busfahrer. Doch als der sie anschaute, stellte sie bestürzt fest, dass es Konrad war. »Du langweilst mich fürchterlich«, sagte er lächelnd und sie floh aus dem Fahrzeug, raste weiter über menschenleere Bürgersteige. Vollkommen außer Atem, doch sie konnte einfach nicht stehen bleiben. Es musste doch außer dem verdammten Mistkerl noch irgendeinen Menschen in dieser verflixten Stadt geben! Sie lief in einen Supermarkt. Stille. Weit und breit war niemand in dem Geschäft zu sehen.

Sie schnappte sich eine Flasche Wein und eine Tüte Cracker und ging zur Kasse. So leer hätte sie sich den Laden so manches Mal gewünscht, wenn sie samstags morgens einkaufte. Jetzt sehnte sie den Rentner herbei, der vor ihr an der Kasse stand und eine Ewigkeit brauchte, um sein Kleingeld abzuzählen. Aber keiner war da, nur der Kassierer, der genauso aussah wie Konrad. »Du langweilst mich fürchterlich«, sagte er lächelnd. Sara ließ die Weinflasche fallen, die in tausend Scherben auf dem Fußboden zerbarst und flüchtete aus dem Geschäft. Tränen rannen ihr über die Wangen, sie war vollkommen erledigt und dennoch nicht in der Lage anzuhalten. Die Luft stach wie kleine Nadelstiche in ihre Lungen. Weiter, immer weiter. Irgendwo musste es doch Leben in dieser verflixten Stadt geben!

»Hallo, ich bin allein und würde mich über ein wenig Unterhaltung freuen. Bin da und höre dir zu. Wie kann ich dir helfen? Eine Antwort von dir, wäre ein Lichtstrahl in meiner Dunkelheit.«

Worte, die eine sanfte männliche Stimme in ihr Ohr flüsterte. Worte, die ihre Seele streichelten. Sie blieb stehen, schaute sich um und war plötzlich endlich nicht mehr alleine.

***

Sara riss die Augen auf. Im ersten Moment wusste sie gar nicht, wo sie sich befand. Doch dann erkannte sie erleichtert ihre vertrauten vier Wände. ›Da bin ich doch glatt eingenickt. Möglicherweise hatte ich ein Glas Wein zu viel.‹

Der Schreck über Konrads dämlich grinsendes Gesicht verblasste mit dem Traumbild. Übrig blieb die Wärme, die sie zum Ende hin empfunden hatte. Sie lächelte, obwohl ihre Wut noch immer präsent war. Schnell sprang sie auf und startete ihren Computer. ›Ein bescheuerter Traum, aber vielleicht ein Hinweis, dass ich Julian mehr Zeit widmen sollte? Ob er mir geantwortet hat?‹

›Nein, keine Nachricht vom LederJules.‹ Die Einsamkeit ihres schrägen Traums packte sie erneut, drohte sie zu verschlingen. Als wäre sie der letzte Mensch auf der Welt. ›Unsinn Sara‹, rief sie sich selbst zur Ordnung und straffte die Schultern. Ich hatte ihm doch erst gestern geschrieben, nachdem ich ihn über ne Woche warten ließ. Warum zum Teufel sollte er so zügig reagieren?‹ Konrads Name stach ihr auf ihrer Freundesliste ins Auge. Sie blockierte ihn. ›Ha! Dreckskerl! Jetzt hab ich dich zum zweiten Mal aus meinem Leben geworfen. Ich bin devot, aber deshalb noch lange nicht schwach. Dominieren darf mich nur, wem ich das erlaube und du spielst ab sofort nicht mehr mit!‹ Ein breites Grinsen huschte über ihr Gesicht. Sie fühlte sich gleich besser. Konrad war Geschichte. Eine, die es aufzuarbeiten galt.

Sie öffnete eine Nachricht an Julian und schrieb sich das leidige Thema von der Seele. Von Anfang an. Wie sie Konrad im WhipWeb kennen- und ihm zu vertrauen gelernt hatte. Sie beschrieb auch die

53

Sessions. Nicht in allen Details. Jedoch umfangreich genug, damit ein Außenstehender nachvollziehen konnte, warum sie sich auf Konrad eingelassen und wieso sie ihm den Laufpass gegeben hatte. Sie tippte, bis ihr die Augen brannten und keine weitere Eingabe mehr möglich war, weil sie die für Nachrichtentexte zulässige Größe erreicht hatte. Dann kürzte sie den Text um einige Sätze und schloss mit den Worten. »Entschuldige bitte mein endloses Geschreibsel. Es hat gutgetan mir diese Last von der Seele zu schreiben. Ich hoffe, du hältst mich nicht für ein kleines Dummchen. Meine Sehnsucht nach Führung scheint mein Urteilsvermögen getrübt zu haben. Aber jetzt bin ich wieder in der Spur.«

*

Fünfzehn Gerten aus dunkelbraunem Rindsleder für einen Stammkunden, einen Erotik-Shop in der Stadt. Julian arbeitete konzentriert, um die Bestellung termingerecht liefern zu können. Erst am frühen Nachmittag gönnte er sich eine Tasse Kaffee und eine Dosensuppe. Nach dem Essen schaute er kurz im WhipWeb vorbei und checkte seine Mails. Eine von Carmen, die ihm mitteilte, dass ihr Mann heute Abend nicht zuhause sein würde. Eine von einer Kundin, die um eine Spezialanfertigung Lederstrapse bat und eine von Sara. Er staunte nicht schlecht, als er ihre Nachricht öffnete und einen verdammt langen Text vorfand. Eigentlich hatte er schnell wieder zu den halb fertigen Gerten zurückkehren wollen, aber seine Neugier war stärker, also blieb er am PC sitzen und las.

Einiges von dem, was sie beschrieb, hatte er selbst gesehen, sich manches zusammengereimt. Dennoch ballte er unwillkürlich die Fäuste. ›So ein Dreckskerl! Warum hast du dich überhaupt auf den eingelassen? War doch offensichtlich, dass der dich nur benutzt hat.‹ Während er ihre Schilderung ein zweites Mal überflog, drängte sich ein anderer Gedanke in den Vordergrund. ›Sie erzählt mir verdammt intime Details über sich und ihr Sexleben. Sie vertraut mir.‹ Ein Lächeln erschien auf seinen Lippen und ein warmes Gefühl kribbelte in seinem Magen. Nachdenklich schaute er aus dem Fenster, strich sich übers Kinn. Führung brauchst du, Kätzchen? Das war der Grund, warum du den Kerl in dein Leben gelassen hast?

Er betrachtete ihr Profilfoto. Bilder tauchten vor seinem geistigen Auge auf. Nicht nur aus den beiden Sessions mit dem Mistkerl. Auch schöne erotische BDSM-Szenen, dessen heimlicher Augenzeuge er im Laufe der letzten zwei Jahren geworden war. Seine Fantasie beamte ihn in ihr Einraumapartment. Im Vierfüßlerstand sah er sie auf ihrem Bett knien, bebend vor Anspannung, weil sie auf SEINE nächste Aktion wartete. Sein Kopfkino erschien ihm so real, dass er beinahe ihre Nässe auf seinem Schwanz spüren konnte. Fast konnte er das Klatschen seiner Hand auf ihrem Arsch hören. Er streichelte ihren roten Hintern. Ihr Fleisch fühlte sich heiß von seinen Schlägen an. Ein Handabdruck malte sich auf ihrer Backe ab. Eine Vorstellung, die ihn in den Wahnsinn trieb. ›Meins! Sie gehört mir!‹

Auf der Straße hupte ein Auto laut und das Traumbild verpuffte. Julian schüttelte den Kopf über sich selbst. Da öffnete sie sich, teilte ihm mit, was sie bewegte und er hatte nichts Besseres zu tun, als in wilde Fantasien abzutauchen. Er zuckte die Schultern, schaute erneut auf den Monitor und las ihre Mail zum dritten Mal. ›Hm, sie ist frei und sehnt sich nach Führung‹, überlegte er. ›Ich kann ihr ein Freund sein, aber womöglich geht noch etwas mehr als nur das.‹ Er strich sich übers Kinn. ›Vielleicht kann ich erreichen, dass sie meinem Willen folgt und ihr dabei zuschauen, wie sie meine Befehle ausführt.‹

In seinen Träumen zog er gemeinsam mit ihr durch Bars und genoss das Kölner Nachtleben. Es wäre so schön, sie lachen und tanzen zu sehen, während ein Minivibrator in ihrer Pussy steckte, dessen Fernbedienung sich in seiner Jackentasche befand.

Noch vor zweieinhalb Jahren wäre dieses Szenario für ihn völlig normal und unproblematisch in der Ausführung gewesen. Doch die Zeiten hatten sich geändert. Eine Beziehung mit Sara war undenkbar, für sie da zu sein hingegen kein Problem. Darauf freute er sich sogar, auch wenn er kein Waschweib war, sondern ein Kerl der nicht jede Bagatelle auseinandernehmen, analysieren und zerreden musste. Sie zu beherrschen wäre ebenfalls möglich. Onlineerziehung. Sein Kopfkino virtuell mit Sara erleben, während sein Fernglas ihm echte Bilder lieferte. Das war mehr, als er jemals für machbar gehalten hätte.

In Gedanken versunken kehrte er zurück zu den halb fertigen Gerten und verlor sich beim Arbeiten in wilde Träumereien. Er malte sich prickelnde Szenarien aus, erdachte Aufgaben, die er ihr stellen könnte und fühlte sich lebendig, wie lange nicht mehr. ›Genug fantasiert!‹, rief er sich schließlich selbst zur Ordnung. ›Sie hat mir ihr Herz ausgeschüttet und ich denke nur an Sex. Sie braucht jetzt einen Freund, keinen Dom. Andererseits wirkt sie eher wütend als traurig. Verständnis, Halt und Führung. Mit dieser Mischung kommen wir vielleicht beide auf unsere Kosten. Er fokussierte sich, dachte sorgfältig darüber nach, was er ihr antworten wollte.

Als er sich wieder an den Computer setzte, begann es draußen schon zu dämmern.

»Hallo Sara, ich verstehe deine Wut und Enttäuschung. Es bringt mich in Rage, wie respektlos der Kerl dich behandelt hat. Ihn rauszuschmeißen, war das Beste, was du tun konntest. Schau nach vorn. Wenn du stark genug bist, den Rückschlag einzustecken, bist du auch stark genug, um schwach sein zu dürfen. Obwohl ich dich noch nicht besonders gut kenne, glaube ich, du kriegst das hin.

Was hältst du von einem kleinen Abenteuer, um auf andere Gedanken zu kommen? Hast du Lust auf ein Spiel mit mir? Ich verspreche dir, es ist harmlos und rein virtuell. Es geht darum, ein Stückchen Kontrolle abzugeben und dich auf meine Führung einzulassen. Schenk mir ein bisschen Vertrauen. Du wirst sehen, ich werde nichts Schwieriges oder Anstößiges von dir verlangen. Du kannst selbstverständlich jeder Zeit aussteigen, wenn sich etwas nicht gut für dich anfühlt.«

Mit einem stolzen Lächeln auf den Lippen las Sara seine Zeilen bereits zum fünften Mal. Natürlich hatte sie richtig gehandelt. Obwohl sie dafür eigentlich keine Bestätigung brauchte, fühlte Julians Unterstützung sich verdammt gut an. ›Spielen möchte er? Mit mir?‹ Der Gedanke ließ eine Ameisenarmee ihre Wirbelsäule hinab marschieren. Ein Spielchen mit LederJules, nun, warum nicht? Sie tauschten sich erst seit kurzer Zeit aus, dennoch hatte sie das Gefühl, ihn schon Jahre zu kennen. Entschlossen stellte sie ihre Teetasse auf den Tisch und schrieb.

»Hi Julian, danke für deinen Zuspruch. Er bedeutet mir viel. Ich bin echt gespannt, wie du mich führen willst. Zwei Dinge sag ich dir gleich, damit du später nicht enttäuscht bist: Ich verschicke keine Nacktbilder und wenn mir etwas gegen den Strich geht, steige ich sofort aus. Ich möchte nicht zickig erscheinen, aber ich tue nichts, womit ich mich unwohl fühle. Wie lauten deine Regeln?«

Lange musste sie nicht auf die Antwort warten. Schon während sie die Tasse ausspülte, vernahm sie das leise »Ping«, das den Eingang einer neuen Nachricht verkündete. Gespannt las sie:

»Hi Sara,

die Spielregeln sind simpel. Ich gebe dir eine kleine Aufgabe. Du erfüllst sie und beschreibst mir hinterher, wie du dich dabei gefühlt hast. Klar kannst du das Ganze abbrechen, wann immer du willst. Meine Herausforderung wird sein, dir Anweisungen zu erteilen, mit denen du dich wohlfühlst. Wenn du aussteigst, habe ich versagt.

Ich nenne dir einfach mal die Erste, damit du siehst, was mir vorschwebt: Eine Frau wie du, treibt doch sicherlich Sport, oder? Was machst du? Joggen? Gehst du ins Fitnessstudio? Oder spielst du Tennis oder Squash? Ich möchte, dass du etwas für mich tust, wenn du das nächste Mal beim Sport bist. Leg ein Zehncentstück in deinen rechten Schuh und denk an mich, wenn du das Geldstück spürst. Sobald du meine Aufgabe erfüllt hast, erwarte ich deinen Bericht, wie sich das angefühlt hat. Ist das okay für dich?

Liebe Grüße Julian.«

Trotz des leichten Nieselregens harrte Julian auf dem Dach aus. Er wollte sehen, wie sie die Nachricht las. Ob sie auf seinen Vorschlag einging? Inzwischen ließ sie ihren Computer offenbar laufen, wie er erfreut feststellte. Er hatte ihr Interesse definitiv geweckt, das tat verdammt gut. Durch das Fernglas beobachtete er, wie sie seine Mail öffnete, um den Inhalt zu überfliegen, sich dann zurücklehnte und auf den Bildschirm starrte. Ein süßes Lächeln erschien auf ihren Lippen. Ihr Mund formte Laute, die er als ›Ja, Sir‹ deutete. Aber er war kein Lippenleser und würde keine Wette eingehen, dass er mit seiner Vermutung richtig lag. Zumindest schienen seine Zeilen ihre Lust auf

Sport angeregt zu haben, denn sie stand auf und zog ihre Joggingklamotten an. Gebannt schaute er zu, wie sie übermütig durchs Zimmer tanzte. Als sie ihr Portemonnaie vom Tisch nahm, fuhr eine Achterbahn durch seinen Magen. ›Wahnsinn, sie tut es!‹ Sie warf ein Geldstück in ihren Turnschuh, bevor sie ihn anzog. Offenbar wollte sie nicht mal warten, bis es aufhörte zu nieseln. Während sie sich an den Computer setzte und etwas tippte, konnte er nicht aufhören zu grinsen. Schnell sprang sie wieder auf und lief zur Tür hinaus. Im nächsten Augenblick erhielt er eine neue Nachricht.

»Herausforderung angenommen! Aber es gibt eine Bedingung: Für jede Aufgabe, die ich erledige, beantwortest du mir eine Frage über dich.«

Eine Falte erschien auf seiner Stirn, als er das las. »Du wirst noch lernen, mir bedingungslos zu gehorchen, Kätzchen.« Seine Blicke folgten ihr, als sie aus der Haustür trat und beschwingt die Straße hinunter rannte, bis sie um die Ecke bog.

*

Mit jedem Schritt spürte Sara das Zehncentstück in ihrem Schuh und dachte an Julian. Verrückt, wie gut es sich anfühlte, diese kleine Anweisung zu befolgen. Sie konnte nicht aufhören zu lächeln, während sie durch die, gleich um die Ecke gelegene, Grünanlage lief. Es nieselte noch immer leicht, aber das störte sie nicht. In ihrem Herzen schien die Sonne.

Beschwingt joggte sie ihre übliche Runde. Als sie bereits auf den Ausgang zur Straße zusteuerte, hörte sie plötzlich ein Rascheln im Gebüsch am Wegesrand und blieb stehen.
›Was war das? Eine Ratte? Ein Vogel? Da schon wieder! Sind das Schritte?‹

Gehetzt drehte sie sich einmal um die eigene Achse. Weit und breit niemand zu sehen. Kein Wunder bei dem Wetter. Mit klopfendem Herzen lauschte sie. Eine Amsel zwitscherte in der Ferne, ein Auto fuhr draußen auf der Straße vorbei. Ansonsten Stille. Sie zuckte die Schultern. ›Unsinn, da war nichts. Das fehlt noch, dass ich anfange zu spinnen.‹ Sara setzte sich in Bewegung, konzentrierte sich erneut auf die Münze in ihrem Schuh und lief nach Hause.

Wenige Minuten später schloss sie die Wohnungstür völlig erledigt wieder auf. Im Gehen zog sie T-Shirt und BH aus und ließ sich dann in den Sessel plumpsen, um ihre Turnschuhe von den Füßen zu streifen. Vorsichtig fischte sie das Geldstück heraus und hielt es grinsend für einen Moment in der Hand. Eine harmlose Spielerei, die sich verdammt gut angefühlt hatte. So, als wäre er bei ihr. Schmunzelnd erhob sie sich, um den Rest ihrer Klamotten auszuziehen, und sprang unter die Dusche. Während Sara sich genüsslich unter dem heißen Wasserstrahl rekelte, überlegte sie, was ihr im Park so einen Schreck eingejagt hatte. ›Vielleicht war es wirklich eine Ratte. Oder ich habe mich einfach geirrt. Lächerlich, bin doch sonst nicht so schreckhaft.‹ Die Schultern zuckend drehte sie das Wasser ab und rubbelte sich mit

60

einem Handtuch trocken. Anschließend setzte sie sich nackt auf den Bettrand und wandte das Gesicht zum Fenster. Draußen regnete es jetzt stärker, Tropfen trommelten leise gegen die Scheibe, aber drinnen war es warm und behaglich. Sie liebte das Licht, das in ihr Zimmer schien. Tagsüber die Sonne, nachts der Mond. Und selbst, wenn es trüb war, so wie heute, beobachtete sie gern die sich auftürmenden grauen Wolken.

Sara legte das Zehncentstück auf ihren Bauch und ließ sich langsam zurücksinken, wobei sie darauf achtete, dass das Geldstück nicht runter rutschte. Ihre Bauchmuskeln zitterten, doch schließlich spürte sie die Bettdecke in ihrem Rücken. Sie spreizte die Beine und stellte die Fersen auf die Bettkante. Sanft strich sie über ihre Brüste, umkreiste mit einem Finger die Münze einige Male. Gewöhnlich ging sie zwei bis dreimal pro Woche joggen. Aber in letzter Zeit hatte sie den Sport sträflich vernachlässigt. Ihre Oberschenkel und Waden waren trotz der heißen Dusche schwer wie Blei. Ihr Herz dagegen leicht wie ein kleiner Vogel. Sie fühlte sich, als könnte sie fliegen. ›Woher zum Teufel wusste er so genau, was ich brauche? Er hat mich regelrecht in Euphorie versetzt, dabei hat er mich noch nicht einmal angefasst.‹ Zu träge, um aufzustehen und rundherum zufrieden mit sich und der Welt, loggte sie sich auf dem Handy ins WhipWeb ein, um eine Nachricht an Julian zu schreiben.

»Ich danke dir, das habe ich gebraucht. Kannst du hellsehen, oder woher wusstest du, wie gut mir deine Aufgabe gefallen würde? Ich gestehe, du machst mich neugierig. Ich würde so gerne mehr über dich erfahren. Wie funktioniert dein BDSM?«

Nach einer Weile stand sie dann doch auf, schaltete das Radio ein und tanzte, trotz müder Beine, zu Michael Jacksons ›Beat it‹ durchs Zimmer. Laut mitsingend schlug sie sich bei jedem ›Beat it‹ selbst auf den Hintern. Anschließend spielten sie eine Schnulze, die sie nicht mochte. Sie drehte das Gerät leiser und setzte sich an den Computer. Eine neue Message von Julian zauberte ihr ein Lächeln aufs Gesicht. Seine zügigen Antworten taten ihr, nach Konrads zur Schau gestelltem Desinteresse, verdammt gut.

»Hallo Sara,

das waren gleich zwei Fragen auf einmal. Da du eine Aufgabe erledigt hast, beantworte ich die Erste.

Dir fehlt es an Führung, das hast du mir in deiner letzten Mail verraten. Ich habe gehofft, meine Anweisung gibt uns beiden etwas, das wir vermissen.

Du warst also schon beim Sport? Freut mich, dass es dir gefallen hat, das Centstück im Schuh zu tragen. Wenn du weiterhin kleine Aufgaben von mir erfüllen möchtest, erwarte ich einen ausführlichen Bericht. Wenn ich mit deiner Schilderung zufrieden bin, antworte ich auf deine Frage nach meinem BDSM.

Liebe Grüße Julian.«

›Wow, er will das Spielchen fortsetzen? Mir neue Aufgaben stellen? Cool, das wird interessant.‹ Ihre Finger flogen über die Tastatur, bildeten ganz von selbst die richtigen Worte.

»Hi Julian, ich fand's aufregend und schön. Hab das Zehncentstück in meinem Schuh bei jedem Schritt gespürt. Und mir war sehr bewusst, dass es dort ist, weil du das so angeordnet hast. Hab mich deinem Willen gefügt und dabei die ganze Zeit an dich denken müssen. Hat sich angefühlt, als wärst du bei mir und passt auf mich auf. Du hast meine Joggingrunde zu etwas Besonderem gemacht. Danke dafür.«
Sie schaute aus dem Fenster, betrachtete einen Kondensstreifen, den irgendein Flugzeug am Himmel gezeichnet hatte. ›Soll ich das schreiben? Ach egal, warum nicht.‹ »Ich bin übrigens gerade splitterfasernackt. Aber mach dir keine Hoffnung, ein Foto bekommst du nicht.«

Julian lachte, als er das las. »Kein Problem, Kätzchen, ich brauche keine Fotos von dir«, murmelte er, während sein Blick sich an ihrem Körper festsaugte. Ein Anflug von schlechtem Gewissen meldete sich.

Doch sein Hochgefühl verdrängte den negativen Gedanken sofort wieder. Seine schöne Nachbarin, die er seit mehr als zwei Jahren durch das Fernglas anschmachtete, sprang auf ihn an. ›Wie geil ist das denn bitte?‹

Zufrieden lehnte er sich zurück.

›Bei mir bist du besser aufgehoben, als bei dem Dreckskerl. Ich bin nicht mehr der Frauenmagnet, der ich einmal war, aber ich bin für dich da.‹

»Du fragst nach meinem Führungsstil, Kätzchen?

Wenn ich führe, wirst du folgen.

Wenn ich befehle, wirst du gehorchen.

Wenn ich erniedrige, dann höchstens, um dir zu zeigen, wie stark du bist.

Wenn ich züchtige, dann nur, weil du das brauchst.

Ich bin weder hart noch kalt, sondern lediglich konsequent.

Meine Dominanz liegt in mir selbst. Ich bediene mich keiner Taschenspielertricks, um härter zu wirken, als ich bin. Ob meine Führung zu deiner Devotion passt, werden wir gemeinsam herausfinden.

Deine zweite Aufgabe wird ein wenig anspruchsvoller. Ich möchte, dass du morgen um genau siebzehn Uhr deine Wohnung verlässt und zum nächsten Supermarkt gehst. Dort kaufst du eine Schlangengurke und eine Packung Kondome. Nur das, nichts anderes. Fotografiere bitte den Kassenbon ab und schick mir das Bild. Gute Nacht, träum was Schönes.«

Nachdem er auf Senden gedrückt hatte, lehnte Julian sich zurück und schaute in den Sternenhimmel. Kaum zu glauben, dass er nach über zwei Jahren, tatsächlich Kontakt zu ihr aufgebaut hatte. Die Chancen standen ziemlich gut, dass sie seine Führung akzeptierte. Trotzdem, es reichte nicht. Würde es das jemals? Wäre er irgendwann einmal zufrieden? Vermutlich nicht. Nicht bevor er ihre erhitzte Haut unter seinen Händen spürte. Nicht ohne ihre harten Nippel mit seinen Lippen und Zähnen zu bearbeiten. Und nicht bevor er seinen Schwanz in ihr nasses, lüsternes Fleisch gestoßen hatte. All das würde niemals möglich sein und deshalb war es auch nie genug.

Sie saß immer noch am Computer. Er schaute gar nicht erst durch das Fernglas, er wusste, dass sie seine Mail las, und wartete auf ihre Antwort.

»Was du da von mir verlangst, ist ganz schön schräg«, schrieb sie. »Und es triggert meine devote Ader total, mich deinem Willen fügen, Herr. Ich werde dir gehorchen und dir berichten, wie es sich angefühlt hat, sobald ich wieder zuhause bin.«

Er lächelte wehmütig, als er das las. »Wie gern würde ich diese Anrede aus deinem Mund hören, während du vor mir kniest«, murmelte er.

›Meins!‹, dröhnte es in seinem Kopf. ›Sie gehört mir!‹ ›Nein tut sie nicht,‹ hielt sein Verstand dagegen. ›Nicht solange du nicht dort hinüber gehst und dir holst, was du begehrst!‹ Er seufzte tief. Das durfte nie geschehen. Immerhin bekam er die Gelegenheit, ihr sein BDSM zu zeigen, wenn auch nur virtuell. Er würde dafür sorgen, dass sie den miesen Typen vergaß, schwor er sich. ›Ja, damit du bald wieder zusehen darfst, wie sie sich von dem nächsten Schwachmaten ficken und verhauen lässt!‹

Frustriert schnaufte er und schaltete das Handy komplett aus. Vielleicht lief ja ein guter Film im Fernsehen, der ihn ablenkte. Er erhob sich und kletterte zurück in seine Wohnung.

*

Ohne zu ahnen, dass sie beobachtet wurde, ging Sara am nächsten Tag pünktlich auf die Minute aus dem Haus und sprintete zum Supermarkt. Der Laden war voll von gestressten Berufstätigen, die nach Feierabend noch einkauften und Rentnern, die ihren fast leeren Einkaufswagen gemütlich durch den Verkaufsraum schoben. Schlagartig wurde ihr bewusst, warum Julian gerade diese Uhrzeit gewählt hatte.

›Mistkerl!‹

Die Schlangengurke nahm sie gleich am Eingang in der Obst- und Gemüseabteilung aus dem Regal. Mit der Gurke in der Faust steuerte sie zielstrebig den Gang mit den Hygieneartikeln an, wo sie wahllos eine Packung Kondome vom Haken zog. Eine rüstige Seniorin, die nicht weit von ihr, Haftcreme für die dritten Zähne auswählte, schaute herüber. Ihr Blick fiel auf die Salatgurke in Saras rechter Hand, dann auf die Pariser in ihrer Linken und wieder zurück. Die alte Dame machte ein pikiertes Gesicht, drehte sich um und ging in die andere Richtung. Hitze schoss in Saras Wangen, dennoch konnte sie ein Grinsen nicht unterdrücken, während sie die Kassen ansteuerte. Natürlich waren nur zwei geöffnet und die Schlangen ungeduldig wartender Menschen entsprechend lang.

Während sie in der Reihe anstand hörte sie albernes Gekicher und guckte sich irritiert um. Nebenan in der Warteschlange erblickte sie zwei Mädchen, höchstens fünfzehn Jahre alt. Die hatten Schlangengurke und Kondome in ihren Händen erspäht, flüsterten miteinander und brachen immer wieder in kindisches Gackern aus. Sara seufzte. ›Na wunderbar, hätte ich die Packung Gummis mal lieber in der Faust verschwinden lassen.‹ Sie war nicht prüde, doch das Verhalten der Teenager war ihr so unangenehm, dass ihr Gesicht glühte. Kurz davor, die beiden Artikel in das nächste Regal zu werfen und aus dem Supermarkt zu flüchten, rief sie sich ins Bewusstsein, warum sie hier stand. Ihr Herz klopfte schneller. Es war beschämend, aber es war seine Anordnung. Natürlich hatte er sie absichtlich zur besten Einkaufszeit in den verflixten Laden geschickt. Und er würde auch nicht wollen, dass sie die Kondome vor den Blicken der anderen Kunden verbarg. Mit einem Mal bereitete es ihr Vergnügen, sich der Herausforderung zu stellen. Sie war auf sein Geheiß hier, gehorchte seinem Befehl. Unbewusst richtete sie sich auf, straffte die Schultern und hob stolz das Kinn. Das Gekicher der Teenager zerrte zwar noch immer an ihren Nerven, dennoch genoss sie das Gefühl, sich ihm zu fügen.

Ging das nicht ein bisschen zu schnell? Was wollte sie von diesem Mann, der sich total vertraut anfühlte, obwohl sie ihn eigentlich gar nicht kannte? Mit Konrad hatte sie viele Wochen geschrieben, bevor sie ihn traf. Sie war sich so sicher gewesen und hatte sich doch schrecklich in ihm getäuscht. Julian hatte nicht lange gebraucht, um ihr Vertrauen zu gewinnen. War das nicht furchtbar dumm und naiv? Das stetige Piepen der Kassen drang in ihr Bewusstsein und unterbrach ihre Gedanken. Sie straffte die Schultern. Brauchte es denn immer einen schwerwiegenden Grund, um sich auf einen anderen Menschen einzulassen? Nein ... es begann meistens aus einem eher nichtigen Anlass. Ein Blick, der unter die Haut ging. Das richtige Wort zur richtigen Zeit. Ja, sogar ein paar Sätze per Mail, die sie zu einem Zeitpunkt erreichten, als sie Zuspruch bitternötig gehabt hatte, konnten diese Wirkung erzielen. Sie gehorchte Julian nicht aus Liebe, sondern reagierte auf seine Dominanz. Es fühlte sich an, als würde er seine Hand ausstrecken und sie durfte danach greifen. Das hier war peinlich und erregend zugleich. Und am besten sollte es ewig dauern.

Julian gab ihr Halt, obwohl sie ihn kaum kannte und er nicht da war. Erst jetzt wurde ihr bewusst, wie dringend sie diesen Anker im Moment benötigte. Es stand ihr frei, das Geschäft zu verlassen, doch sie blieb und fügte sich seinem Willen. Sara reckte das Kinn in die Höhe und lächelte die beiden Mädchen an, die erneut in wildes Gegacker ausbrachen. Endlich, nach zehn Minuten Wartezeit, die ihr wie eine Ewigkeit erschienen, kam sie an die Reihe. Der Kassierer, ein junger Mann, ebenfalls noch nicht ganz trocken hinter den Ohren, wie konnte es auch anders sein. Durch seine krampfhaften Bemühungen, sich das Grinsen zu verkneifen, während er Gurke und Kondome kassierte, bekam er knallrote Ohren. Sara war nicht sicher, ob sie Julian verfluchen oder küssen wollte, doch sie verlangte tapfer auch noch den Kassenbon. Nebenan flüsterten die beiden Mädchen miteinander. »Eine Tüte dazu?«, fragte der Angestellte, mühsam um Beherrschung bemüht. Die albernen Gänse brachen erneut in schallendes Gelächter aus. Sara bezahlte, riss dem Jungen den Beleg fast aus der Hand und floh aus dem Laden.

Draußen steckte sie die Packung Pariser und den Bon in ihre Jackentasche und ließ den Blick, in der Absicht, das Gemüse loszuwerden, über das Gelände schweifen. Eine ältere, schäbig gekleidete Frau mit ungepflegten grauen Haaren wühlte in einem der Abfalleimer, vermutlich auf der Suche nach Leergut.

»Guten Abend, mögen Sie Gurkensalat?«, sprach sie die Alte an. »Sehr gesund und vitaminreich.« Sie drückte der überraschten Frau die Gurke in die Hand und ging zum Auto. Kurz überlegte sie, die Kondompackung wegzuwerfen, entschied sich aber dagegen. ›Immer gut, welche im Haus zu haben.‹

Als sie das Auto aufschloss, beschlich sie ein merkwürdiges Gefühl, so ein Kribbeln im Rücken, als würde jemand sie anstarren. Sie drehte sich um. Auf dem Parkplatz standen jede Menge Autos. Kunden schoben volle Einkaufswagen vor sich her, andere hasteten mit leeren Tüten in der Hand zum Eingang des Supermarktes. Niemand beachtete sie oder schaute auch nur in ihre Richtung. Sara zuckte die Schultern, stieg ein und fuhr los.

Zuhause angekommen legte sie den Kassenzettel auf den Esstisch, fotografierte ihn und schickte Julian das Fotos als Beweis. In ihrer Mail beschrieb sie ihm genau, wie schräg die Leute sie angesehen hatten, und wie sie sich dabei gefühlt hatte. Bevor sie die Nachricht abschickte, fiel ihr noch etwas ein. »Sag mal, in welcher Stadt lebst du eigentlich?«, fragte sie ihn.

Julian las ihre Mail am PC und amüsierte sich köstlich über ihre Beschreibung. Doch bei ihrer letzten Frage seufzte er. Das musste ja irgendwann kommen. Nur so schnell hatte er nicht damit gerechnet. Er überdachte seine Möglichkeiten. Sollte er ihr die Wahrheit schreiben, oder sich in ein Lügenmärchen verstricken? Eine Lüge erschien ihm sinnvoll.

»Ich lebe in einer Finca auf Mallorca«, schrieb er, entschlossen, die Nachricht sofort abzuschicken, bevor er es sich anders überlegte. Aber er konnte das einfach nicht. Er verschwieg ihr gezwungenermaßen schon viel zu viel. Er mochte sie nicht auch noch anlügen. Also löschte er den Satz wieder.

»Ich wohne in Köln«, tippte er stattdessen und klickte auf ›Senden‹. Ehrlichkeit fühlte sich definitiv besser an. Sein Herz trommelte. Gespannt wartete er auf ihre Antwort und die kam dann auch postwendend.

»Du lebst in Köln? Ich auch! Was für ein Zufall! Wäre es nicht schön, wenn wir uns mal auf einen Kaffee treffen? Ich würde dich sehr gerne kennenlernen.«

›Na super, da hab ich den Salat! Darauf hat es ja hinauslaufen müssen. Ich hätte niemals damit anfangen dürfen, ihr zu schreiben! Wäre ich wenigstens bei Mallorca geblieben! Wieso musste ich auch unbedingt ehrlich sein?‹

Er seufzte. Weil er es wollte. Weil er sie wollte. Sein Verstand wusste, dass er sie nicht haben konnte, doch sein Schwanz schien das nicht einzusehen. Einen anderen Grund für den Unsinn, den er hier trieb, gab es nicht. Wie sollte er jetzt reagieren? ›Ach warum lange überlegen. Es kommt nur darauf an, dafür zu sorgen, dass sie sich diese dumme Idee aus dem Kopf schlägt‹.

»Nein, wir können uns nicht treffen. Das ist ausgeschlossen, tut mir leid.«

Julian suchte sich ein geeignetes Stück Leder, um ein Portemonnaie daraus zu fertigen. Wie würde seine knappe Antwort auf Sara wirken? Hätte er seine Ablehnung nicht doch etwas freundlicher formulieren sollen? Ob sie die Nachricht schon gelesen hatte? Er vergewisserte sich. Kein neuer Posteingang im WhipWeb. Ob sie sauer war? Vielleicht würde sie ihm überhaupt nicht mehr schreiben. Warum enttäuschte ihn das? Er sollte froh sein. Der Mailkontakt mit ihr war von Anfang an eine dumme Idee gewesen. Nach dem Unfall hatte er sich vollständig zurückgezogen und dabei musste es bleiben. Seitdem er nicht mehr der smarte Partylöwe war, hatten die Leute das Interesse an seiner Gesellschaft verloren. Höchstwahrscheinlich waren seine früheren Freunde und Bekannte erleichtert, dass er sich nicht mehr meldete. Sara war der einzige Mensch, zu dem er so etwas wie einen freundschaftlichen Kontakt pflegte, wurde ihm bewusst. Ansonsten gab es Frauen, mit denen er Sexfantasien teilte und Kunden, mit denen er über Auftragsdetails und Preise verhandelte. Wenn auch nur per Mail, die Verbindung zu Sara tat ihm gut. Wäre bedauerlich, das zu verlieren. Zwar konnte er sie immer noch beobachten, so wie bisher, doch er gestand sich ein, dass ihm das allein inzwischen nicht mehr ausreichte. Außerdem wollte er die Chance nicht verpassen, mehr über sie zu erfahren. Zu spät. Er hatte es versaut.

›Ping‹

Er stürzte zum PC. Tatsächlich, eine Nachricht von ihr. Wahrscheinlich jagte sie ihn damit zum Teufel. Er öffnete sie und las.

»Ich verstehe. Du bist verheiratet, nicht wahr? Entschuldige, es war nicht meine Absicht, dich anzubaggern mit dieser Frage.«

Wollte sie nicht? Wie schade! Er schallt sich selbst einen Trottel. Sie lieferte ihm eine wunderbare Vorlage. Er könnte ihr beschreiben, was für eine tolle Frau er hätte. Von drei reizenden Kindern schwärmen. Dann wäre er die Versuchung ein für alle Male los.

»Nein, ich bin Single. Und es hat nichts mit dir zu tun. Es geht nur einfach nicht.«

Ja, er war ein Idiot, aber zumindest gestand er sich ein, dass er den Kontakt zu ihr nicht verlieren wollte.

»Verstehe ... es liegt also nicht an mir ... Du bist schwul, ist es das?«

Er verschluckte sich an dem Kaffee, den er gerade trank und spuckte die Hälfte auf die Tasten.

»Nein!«, schrieb er schnell zurück, bevor die Flüssigkeit ins Innere der Tastatur lief und das Ding den Geist aufgab. Dann stand er auf, baute das Eingabegerät auseinander und reinigte es ordentlich. Er zwang sich dazu, die Arbeit zu ende zu verrichten, und öffnete die neue Nachricht deshalb erst eine Stunde später.

»Dann liegt es wohl doch an mir. Schon in Ordnung, es war eine dumme Idee, entschuldige bitte meine Aufdringlichkeit.«

Herrgott, das Weib konnte einem zusetzen! Seine eigene verdammte Schuld! Die Frau und die drei Kinder wären so eine elegante Lösung gewesen!

Plötzlich kam ihm ein völlig idiotischer Einfall. Noch dämlicher, als alles, was er bisher veranstaltet hatte. Er schaute zu seinem Festnetztelefon hinüber. Er nutzte es ausschließlich, um Kontakte zu seinen Kunden zu pflegen. Könnte er beruflich darauf verzichten, hätte er es schon vor Monaten abgeschafft. Er war vollkommen irre! Das hier würde ganz böse enden! Doch seine Finger führten ein Eigenleben und die Tastatur funktionierte leider wieder einwandfrei. Also schrieb er anstelle einer Antwort nur ein paar Ziffern und schickte die Mail sofort ab, bevor er zur Besinnung kam.

Sara sah verwundert auf die Zahlen. Keine Erklärung, kein weiterer Kommentar. Immerhin sorgte er dafür, dass sie mit einem Blick verstand, dass es sich um eine Telefonnummer handelte. Nicht etwa um einen seltsamen Zahlencode, den sie entschlüsseln sollte. Er hatte nämlich die Vorwahl von Köln dazugeschrieben. Aber wer bitteschön rückte denn heutzutage in einer Situation wie dieser, seine Festnetznummer raus? Gewöhnlich tauschte man Handynummern aus und addete sich in WhatsApp. Was bezweckte er damit? Sie hatte ein Treffen an einem öffentlichen Ort vorgeschlagen und nicht nach seiner Nummer gefragt. Merkwürdig. War sie vielleicht doch auf einen Irren hereingefallen? Wäre es nicht besser, den Kontakt abzubrechen und ihn zu blockieren? Andererseits wirkte diese Geste vertrauenserweckend. Jemand, der persönliche Daten herausgab, die zurückverfolgbar waren, hatte offenbar nichts zu verbergen. Ehe sie es sich anders überlegen konnte, schnappte sie ihr Handy, unterdrückte die Rufnummer und wählte.

Er nahm erst beim vierten Klingeln ab. Hatte er mit dem Anruf nicht gerechnet? Nun vermutlich nicht so rasch, musste sie sich eingestehen. ›So zügig bei einem Mann anzurufen, erweckt den Anschein von Bedürftigkeit, oder? Wie peinlich!‹ Doch seine Stimme klang so brüchig und leicht verunsichert, als er sich meldete, dass sie solche Gedanken schnell wieder vergaß.

»Hallo?«

»Ähm, hi. Ich war etwas erstaunt darüber, dass du mir deine Telefonnummer gibst. Ich dachte, ich probiere sie gleich mal aus.«

Er räusperte sich. »Hallo Sara. Ich gebe zu, es war eine blöde Idee. Aber ich wollte, dass du mir glaubst. Es hat wirklich nichts mit dir zu tun, dass wir uns nicht treffen können. Wenn es möglich wäre, würde ich nichts lieber tun, als einen Kaffee mit dir trinken zu gehen. Aber das ist leider ausgeschlossen.«

Keine nähere Erklärung. Sie verstand es immer noch nicht. Doch etwas in seinem Tonfall sorgte dafür, dass sie ihm glaubte.

»Das ist schade.« Sie schwieg kurz. »Du hast eine schöne Stimme«, sagte sie dann leise.

Sie konnte sein Lächeln förmlich hören.

»Danke, du auch.«

Es entstand ein verlegenes Schweigen.

»Ähm, also das mit dem Centstück in meinem Schuh, das war irgendwie cool«, plapperte sie drauflos, nur um irgendetwas zu sagen. »Ich habe tatsächlich die ganze Zeit an dich denken müssen, während ich gelaufen bin.« Abrupt hielt sie inne, biss sich auf die Lippen, konzentrierte sich auf den leichten Schmerz.

»Das freut mich. Du magst es, zu gehorchen, nicht wahr?«

»Ähm, ja also … doch ich glaube schon.«

»Diese Aussage verstehe ich nicht. Wenn ich dich etwas frage, möchte ich eine vernünftige Antwort hören und kein Gestammel!«
Seine Stimme klang jetzt fest und streng, bewirkte, dass ihr der Atem stockte und ihr Herz kurzzeitig aus dem Takt geriet.

»Oh, entschuldige! Ich wollte damit nur sagen, es hat mir gefallen, mich dir zu fügen. Auch das mit der Gurke und dem Kondom. Das war verdammt schräg. Ich hätte im Boden versinken mögen in dem Laden.« Sie machte eine Pause, holte tief Luft und fuhr dann ruhiger fort. »Trotzdem hat es sich gut angefühlt, mich deinem Willen zu beugen. Du hast diese Wirkung auf mich. Ich mag es, wenn du das tust.«

»Wenn ich was tue? Drück dich bitte präzisier aus!«

»Ähm, ja also … Ich mag es, wenn du mich führst und mich dazu bringst, dass ich dir folge.«

»So so. Und möchtest du, dass ich dich jetzt führe?«

Seine Stimme klang leise, sanft, verführerisch. Wie dunkle Schokolade. Zart und doch herb, vollmundig, irgendwie erotisch. Eine Gänsehaut kroch über ihren Körper. Sie atmete schneller.

»Ich erwarte eine Antwort von dir, Sara! Jetzt!«

»Verzeih, ich … ich … Doch ja, ich würde gerne erleben, dass du mich führst. Ich weiß nur nicht, wie du das anstellen willst?«

»Hier sind die ersten beiden Regeln, die ich vorgebe und die du bitte ab sofort befolgst:

Nummer eins: Zerbrich dir nicht meinen Kopf!

Nummer zwei: Beantworte meine Fragen nie mit einer Gegenfrage! Du kannst mich alles fragen und mir alles erzählen. Aber erst nachdem du meine Fragen beantwortet hast. Das hat Priorität, immer. Ist das klar?«

»Ja, Herr!«

»Ich frage dich noch einmal, möchtest du, dass ich dich jetzt führe?«

»Ja, Sir!«

»Ich sehe gerade, dass der Akku vom Festnetztelefon fast leer ist. Hast du was zu schreiben? Ich gebe dir meine Handynummer.«

»Ja, ich höre.«

Er nannte ihr die Ziffern.

»Zieh dich aus! Ich will dich nackt auf deinem Bett!«

»Äh, was?«

»Regel Nummer drei: Ich wiederhole mich nicht!«

»Ja, Herr! Ich ...«

»Ich lege jetzt auf. Ich möchte, dass du mich auf dem Handy anrufst, sobald du meiner Anordnung nachgekommen bist.«

Julian beendete das Gespräch, ohne ihr eine Möglichkeit der Erwiderung zu lassen. Schnell steckte er das Mobilphon in die Hosentasche und kletterte zügig durch das Schlafzimmerfenster hinüber auf das Flachdach des alten Bürohauses. Er glaubte sie gut genug zu kennen, um einschätzen zu können, dass sie seine Anweisung nicht sofort befolgte. Sie würde ein paar Minuten Zeit zum Überlegen brauchen. Falls sie sich dafür entschied ihn wieder anzurufen, wollte er sie sehen. Es ging weniger darum, sich davon zu überzeugen, ob sie ihm tatsächlich gehorchte. Er wollte zusehen, wie sie sich für ihn auszog und auf seinen Befehl hin die Schenkel spreizte. Eilig bezog er seinen Posten auf dem Dach und schaute durch das Fernglas zu ihr rüber.

Sara zögerte. ›Nur weil er es sagt, muss ich das noch lange nicht wirklich tun‹, überlegte sie. ›Ich könnte auch einfach hier sitzenbleiben und ihm vorgaukeln, ich hätte seinem Wunsch entsprochen. Er wird den Unterschied nicht bemerken, er kann mich ja nicht sehen.‹

Sie dachte ein paar Minuten darüber nach, dann schüttelte sie den Kopf. Sie stand vom Bett auf, zog sich aus und legte sich wieder auf den Rücken.

›Es ist aufregend, ihm zu gehorchen, und ich will das. Ich werde seine Anordnungen genauestens befolgen. Und wenn das mal nicht möglich ist, sage ich es ihm‹, nahm sie sich vor, während sie seine Handynummer wählte.

»Da bin ich wieder und ich bin jetzt nackt.«

»Schaust du aus dem Fenster, wenn du den Kopf hebst?«

»Nein, das ist seitlich von mir.«

»Leg dich so hin, dass deine Füße in Richtung Fenster zeigen. Wann immer wir telefonieren, möchte ich, dass du diese Blickrichtung hast! Wenn ich eine andere Position erwarte, werde ich es dir mitteilen.«

»Ja, Herr.«

Sara schluckte, nickte, folgte seinem Wunsch und stellte ihre Füße auf die Bettkante. Erst als ihr bewusst wurde, dass er nicht wissen konnte, was sie tat, antwortete sie ihm und beschrieb ihm ihre Position. Ihr Herz klopfte wild. Die Situation erschien ihr verrückt, geradezu irrational, aber auch wahnsinnig erregend.

»In Ordnung. Ich kann jetzt direkt zwischen deine weit geöffneten Schenkel schauen. Ich höre am Klang deiner Stimme, dass unser Gespräch dich anmacht. Oder irre ich mich?«

Sie atmete tief und hörbar ein. »Mir ist, als könntest du mich wirklich sehen. So als würde dein Blick sich an meiner feuchten Pussy festsaugen. Fühlt sich verboten gut an. Verdammt heiß und erregt mich total.«

»Genauso, wie du es beschreibst, sehe ich dich tatsächlich. Stell dir vor, mein Blick wandert langsam über deinen nackten Körper, angefangen bei deinem Gesicht, umgeben von deinen dunklen Haaren. Ich betrachte deinen Mund und habe Lust, dich zu küssen, bis deine Lippen geschwollen sind. Meine Augen wandern über deinen Hals zu deinen Brüsten. Die möchte ich jetzt gerne mit beiden Händen bearbeiten und dabei mein Gesicht in das Tal dazwischen drücken. Hast du einen Vibrator?«

»Ja, Herr.«

»Hol ihn und leg ihn neben dich, damit du ihn griffbereit hast!«

Sara setzte sich kurz auf, öffnete ihre Nachttischschublade und platzierte den Freudenspender neben sich auf die Bettdecke. Dann legte sie sich wieder genauso hin, wie zuvor.

»Der Vib liegt jetzt neben mir.«

»In Ordnung. Ich möchte, dass du deine Brüste knetest, so wie ich es gern tun würde.«

»Ja, Herr! Ich massiere sie, so fest wie ich kann.«

»Du weißt, dass ich sie noch ein bisschen härter bearbeiten würde. Ich schätze, meine Hände sind größer als deine. Deine Titten würden sicher gut hinein passen.«

Sara atmete schnell, stöhnte leise. Sie war schon lange über den Punkt hinweg, sich vor einem ihr doch eigentlich fremden Mann zu schämen, für das, was sie hier tat. Wenn er sie schon nicht sah, dann sollte er zumindest hören, wie sehr seine Worte sie erregten. Er triggerte sie allein mit seiner Stimme, die sie an Zartbitterschokolade erinnerte. Genauso sehr wie auf den Klang seiner Worte, reagierte sie auf die Art, wie er sprach. Mal ein sanftes Flüstern, das über ihren Körper zu rieseln schien, mal ein lauter, energischer Befehl, wie ein scharfer Schlag auf ihre Schenkel.

»Wenn du wüsstest, wie sehr ich dich will. Jetzt und hier und sofort!«

»Du wünschst dir, dass ich dich ficke? Jetzt sofort?«

»Oh ja, Herr!«

Er schwieg, überlegte. Kein Problem für ihn, sie anzuleiten, wie sie es sich mit dem Vibrator besorgen sollte. Es wäre geil, ihr zuzuschauen, wie sie ihre Pussy nach seiner Anweisung verwöhnte. Eigentlich wollte er das unbedingt. Aber das wäre zu einfach. Er stand auf, ging bis an den Rand des Daches und starrte hinüber. Sara, nackt, offen, bereit und begierig auf seine Befehle. Er atmete tief durch, umklammerte den Feldstecher fest, drehte sich um, setzte sich wieder in seinen Gartenstuhl. ›Ich brauche ein Headset‹, dachte er.

»Bleib genauso liegen«, flüsterte er rau, völlig versunken in ihren Anblick. Ihre Haut fühlte sich sicher an, wie ein samtener Pfirsich. Wie sie wohl roch?

»Was für ein Shampoo verwendest du?«, fragte er.

»Wie bitte?« Ihre Verwunderung war nicht zu überhören, als sie ihm die Marke nannte. Er nahm sich vor, es zu kaufen, dann würde er wissen, wie ihr Haar duftete.

Ein gutes Gefühl, dass sie nur auf seinen nächsten Befehl wartete. Bestimmt freute sie sich schon auf den Vib, der griffbereit neben ihr lag.

»Steh auf, Sara. Nimm den Vibrator und leg ihn auf die Fensterbank.«

»Was?«

»Sofort!«

Sie sprang auf.

»Ich habe bodentiefe Fenster. Er liegt jetzt auf dem kleinen runden Tisch, auf dem meine Blumentöpfe stehen, unmittelbar vor der Glasscheibe.«

Er konnte die Unsicherheit in ihrer Stimme hören.

»Sehr schön und da bleibt er! Geh zurück ins Bett, deck dich zu und behalte die Hände über der Bettdecke. Und dort werden sie bleiben, und zwar die ganze Nacht.«

»Ähem ... Ist das dein Ernst?«

»Würde ich es sonst sagen?«

»Hm, vermutlich nicht.«

Sie klang enttäuscht.

»Du wirst dich fügen, weil ich es so will. Genieße dein Verlangen und deine Sehnsucht. Nur wenn du das schaffst, hast du verdient, dass ich dir die Erlösung schenke, nach der du dich sehnst.«

»Okay Moment, das ... das ist irgendwie verrückt, unbefriedigend und trotzdem wahnsinnig geil.«

Er beobachtete, wie sie unter die Decke schlüpfte.

»Liegst du jetzt gemütlich?«

»Ja, ich habe mich ins Kopfkissen gekuschelt und die Bettdecke über mich gezogen. Bitte, lass uns noch ein bisschen reden. Leg noch nicht auf.«

Er hörte sie tief durchatmen. Als sie wieder sprach, meinte er, ein Lächeln auf ihrem Gesicht zu erkennen.

»Ich mag deine Stimme, tief, leicht rau und deinen ruhigen, bestimmten Ton. Liegt vielleicht an meiner unbefriedigten Lust, aber wenn du sprichst, jagst du Schauer über meinen Körper.«

Er grinste breit, setzte sich unbewusst etwas aufrechter hin.

»Erzählst du mir, wie du zum BDSM gekommen bist? Deine ersten Erfahrungen auf dem Gebiet. Würde mich brennend interessieren.«

Ihre Frage katapultierte ihn zurück in die Vergangenheit. Hamburg. Wie hatte er die Stadt geliebt. Nach einem arbeitsreichen Tag in der Werkstatt hatte er sich oft und gern ins Nachtleben gestürzt.

Die Frauen flogen auf ihn. Sie mochten sein schelmisches Grinsen, das, so hatte sich eine seiner ständig wechselnden Bettgefährtinnen mal ausgedrückt, die goldenen Sprenkel in seinen braunen Augen funkeln ließ, wie Bernstein in der Sonne. Egal ob Kundinnen, Zufallsbekanntschaften in den Kneipen, in denen er nachts unterwegs war, oder Tänzerinnen aus einem der Szene-Läden auf dem Kiez. Alle landeten sie recht spontan in seinem Bett. Und manchmal schafften sie es noch nicht einmal bis dorthin. Dann vögelte er sie in einer dunklen, ruhigen Gasse, gegen eine Hauswand gelehnt, auf der Motorhaube seines Autos oder auf der Kneipentoilette. Dabei pflegte er keine anspruchsvollen Experimente auszuprobieren. Er leckte gern, schätzte einen ordentlichen Blowjob und stand generell darauf, beim Sex die Oberhand zu behalten.

»Bist du noch dran?«

Ihre Frage brachte ihn kurzfristig zurück in die Gegenwart.

»Ja, entschuldige, ich habe mich nur gerade zurückerinnert. Meine erste Begegnung mit BDSM, ereilte mich ungeplant. War ein einschneidendes Erlebnis.«

»Bitte, teil deine Erinnerungen mit mir. Ich will mehr über dich erfahren.«

»Warte kurz, ich hole mir nur schnell ein Bier aus dem Kühlschrank.«

Er ließ das Handy auf dem Gartenstuhl liegen und beeilte sich mit der Kletterpartie.

»Trish arbeitete als Burlesque-Tänzerin in einer Bar auf dem Kiez«, begann er, nachdem er wieder bequem saß und einen Schluck getrunken hatte. »Tolle Frau, so ein richtiger Männermagnet. Blonde Haare, himmelblaue Auge, roter Schmollmund und eine Figur zum Niederknien.« Allerdings war sie es gewesen, die vor ihm kniete, ohne das er sie dazu aufgefordert hätte. Was ihn nicht nur überraschte, sondern ihm das berauschende Gefühl von Macht gab und seinen Schwanz hart wie Stahl werden ließ. In ihrer Garderobe öffnete sie seine Hose, faltete ihre Hände auf dem Rücken und nahm ihn so tief in ihren gierigen Mund, dass ihm schwindelig wurde vor Geilheit. Mit einem wilden Knurren griff er fester in ihre schwere blonde Mähne, als er das gewöhnlich zu tun pflegte. Und als er bemerkte, wie sehr sie das anheizte, führte er sie umso energischer. Sie besorgte es ihm so gut, dass sein Verstand sich verabschiedete und seine Instinkte übernahmen. Sonst hätte er sie vermutlich nicht einfach am Hals gepackt, hochgezogen und mit dem Gesicht auf den Hocker gedrückt, der vor ihrem Schminktischchen stand. Kurz fürchtete er, zu rücksichtslos zu agieren. Doch sie drückte die gespreizten Beine durch und streckte ihm ungeduldig ihren Hintern entgegen, also rammte er seinen Schaft in ihre nasse Pussy. Für einen sanften Ritt war er viel zu geil, daran trug sie selbst schuld. Doch sie beschwerte sich nicht, im Gegenteil. Keuchend bat sie ihn, ihr den Arsch zu versohlen, während er sie vögelte. Zögernd gab er ihr ein paar Klapse, doch das reichte ihr nicht. Stöhnend flehte sie »Fester! Gib mir mehr! Ich brauche es härter!« Damit heizte sie ihn dermaßen an, dass seine Sicherung durchbrannte. Er schlug auf ihre Backen, ohne seine Kraft zu dosieren. Ihre Schreie klangen qualvoll, doch sie kamen beide so heftig, wie er es noch niemals zuvor erlebt hatte und er hatte schon einiges ausprobiert. Hinterher, als er wieder bei klarem Verstand war, schämte er sich ein bisschen, aber sie lachte nur und meinte, genauso sei es ihr am liebsten. Nur ihr Chef war sauer, denn mit den roten Malen auf ihrem Hintern konnte sie ein paar Tage nicht im knappen Glitzertanga tanzen. Sie war gezwungen, auf Pantys umsteigen, welche die verräterischen Abdrücke gerade eben verdeckten.

»Das war mein erster Ausflug in die Welt des BDSM. Danach habe ich gelernt, mich selbst und meine Kraft zu kontrollieren.«

»Wow, klingt nach einem wunderschönen, geilen Erlebnis. Bitte erzähl weiter. Seid ihr fest zusammen gewesen?«

»Nein, aber wir trafen uns häufiger, ganz zwanglos, ohne Verpflichtungen, wenn sich die Gelegenheit ergab. Mit ihr entdeckte ich meine Vorliebe für BDSM. Sie erlaubte mir, einem Anfänger, der damals nicht wirklich wusste, was er tat, sie zu dominieren. Sie meinte, ich sei ein Naturtalent, aber das war natürlich Quatsch.« Allerdings war er verdammt stolz darauf gewesen, dass sie so dachte. Lächelnd trank er ein paar Schlucke aus der Bierflasche. Neugierig und interessiert war er in die Hamburger Fetisch-Szene eingetaucht. Dort begegnete ihm ein älterer, erfahrener Dom, bei dem er zusehen und lernen durfte.

Gelegentlich überließ er Julian seine Sub, die der, je nach Anleitung seines Mentors, mal bestrafte und mal belohnte. Hin und wieder bespielte er sie auch in einer Ménage à trois gemeinsam mit ihrem Herrn.

»Zu der Zeit habe ich dann das Sortiment in meinem Geschäft erweitert. Hand- und Fußmanschetten, Halsbänder, Korsetts, Flogger und ähnliche Spielzeuge lassen sich wunderbar aus Leder fertigen. Während ich arbeite, läuft mein Kopfkino oft auf Hochtouren.«

Sara lachte leise. »Das kann ich mir vorstellen. Ich kenne deine Waren nur von Produktfotos, aber ich bin beeindruckt, sie gefallen mir unheimlich gut.« Es entstand eine kurze Pause. »Es macht Spaß dir zuzuhören. Muss ne tolle Zeit gewesen sein.«

»Danke und ja, das war es.«
Ein tiefer Seufzer drang an sein Ohr.

»Wäre perfekt, wenn du jetzt hier wärst.«

»Hör auf, darüber nachzudenken«, entgegnete er streng und fuhr dann sanfter fort. »Dass wir uns treffen, ist leider nicht möglich. Ich finde es schön, mit dir zu telefonieren. Hätte nichts gegen eine Wiederholung. Und nun wird erst mal geschlafen. Ruf mich morgen wieder an, wenn du Lust dazu hast. Wenn nicht, kein Problem. Gute Nacht, Kätzchen.«

»Okay, Nacht Julian, träum was Schönes.«

Nachdem sie aufgelegt hatte, ging er in seine Wohnung zurück und bestellte sich ein Headset im Internet. Für den Fall, dass er öfter mit ihr telefonierte, wollte er die Hände frei haben.

Um sich abzulenken, wusch er das benutzte Geschirr ab, obwohl er eine Spülmaschine besaß. Er war viel zu aufgewühlt, um an Schlaf auch nur zu denken. Seit vielen Monaten beobachtete er Sara, träumte davon, sie zu beherrschen. Es gab Tage, da hatte er kaum etwas anderes im Kopf, als sich auszumalen, wie sie wohl schmeckte und wie ihr

Körper sich unter seinem anfühlte. Nie hätte er erwartet, einmal ihre Stimme zu hören, und schon gar nicht damit gerechnet, dass sie sich bereitwillig auf ihn einließ. Doch genau das hatte sie getan, auch wenn er nicht allzu weit gegangen war, um die Spannung zu erhalten.

Er schloss für einen Moment die Augen. Was für ein Bild, wie sie nackt, offen und lüstern auf ihrem Bett lag. Natürlich hatte er sie schon oft so gesehen. Aber dieses Mal hatte ihre Geilheit ihm gegolten. Kein Problem, sie zum Höhepunkt zu bringen, ohne sie anzufassen. Doch er hatte sich dafür entschieden, sie zu beherrschen.

Und dann diese Reise in die Vergangenheit. Schöne Erinnerungen. Aber sie weckten auch Wehmut. Himmel, was war das für eine geile Zeit gewesen. Wie gerne würde er mal wieder auf die Piste gehen. Eintauchen in die Kölner Fetisch-Szene.
Er knallte die Faust auf die Arbeitsplatte.

Der Bruchteil einer Sekunde, geboren aus einer einzigen falschen Entscheidung hatte sein Leben komplett verändert und er allein trug die Verantwortung dafür. Schnell verdrängte er die unwillkommenen Gedanken und richtete seine Aufmerksamkeit lieber auf Sara.

Sie würde sich melden, daran zweifelte er nicht eine Sekunde. Er brauchte nur darauf zu warten, dass ihre Neugier und ihre Libido die kleinlichen Bedenken, die sie vermutlich hegte, zum Schweigen brachten. Dann war er am Zug. Er gedachte, die Aufgaben, die er ihr stellte, anspruchsvoller zu gestalten. Sie beide würden dabei auf ihre Kosten kommen.

*

Am nächsten Tag bei der Orchesterprobe bemühte Sara sich, in die Musik einzutauchen und nicht an Julian zu denken. Trotzdem ertappte sie sich immer wieder dabei, dass ihre Gedanken zu ihm wanderten. Zweimal verpasste sie ihren Einsatz. Fehler, die sie sich eigentlich nicht erlauben durfte, dafür spielten sie die Stücke schon zu lange. Peinlich berührt durch die teils genervten, teils amüsierten Blicke der anderen Musiker, versuchte sie, sich zu konzentrieren. Sie handelte sich sogar einen Tadel ihres Orchesterleiters ein. Wie ein Schulkind auf die Klingel zum Unterrichtsende, wartete sie ungeduldig auf das Ende der Probe.

Das passierte ihr sonst nie. Im Gegenteil, sie liebte das Musizieren mit den Kollegen. Die vielen unterschiedlichen Instrumente, deren verschiedenartige Klänge wie durch einen Zauber eine harmonische Melodie ergaben. Zu hören, wie das Orchester immer besser wurde, selbst zu lernen, an und mit den Anderen zu wachsen. Das war genau ihr Ding ... normalerweise zumindest. Heute jedoch wollte sie nur nach Hause, allein sein, nachdenken. ›Was ist so besonders an diesem Mann, den ich doch eigentlich überhaupt nicht kenne?‹

Gestern Abend hatte sie lange gebraucht, um endlich einzuschlafen, und dann hatte sie von einer Stimme in der Dunkelheit geträumt, die sie beherrschte. Sie gehorchte was auch immer er von ihr verlangte und fühlte sich wohl damit. Doch dann sah sie sich selbst, mit silbernen Strähnen im Haar, immer noch am Telefon die Befehle ihres Herrn entgegennehmen. Mit aller Macht hatte die Einsamkeit nach ihrem Herzen gegriffen. Die Szenerie hatte sich in einen düsteren Albtraum verwandelt, in dem sie alleine im Dunkeln herumirrte und einer vagen Silhouette nachjagte, die sie nie erreichte.

Als sie heute Morgen erwacht war, hatte sie gewusst, dass sie so nicht leben wollte. Sie mochte sich nicht von einem Phantom lenken lassen. Auch wenn es ihm gelang, sie verdammt heißzumachen, sogar ohne ihr die körperliche Nähe zu schenken, nach der sie sich sehnte. Noch nie in ihrem Leben hatte sie Telefonsex gehabt und sich das auch noch nie gewünscht. Aber gestern Abend hätte sie alles getan, was auch immer er von ihr verlangte. Dennoch, sie brauchte Berührungen, einen Dom aus Fleisch und Blut, keinen Geist. Ohnehin viel zu früh, sich auf einen neuen Mann einzulassen.

›Ob er mir geschrieben hat?‹

Eilig verstaute sie ihre Geige und griff nach ihrer Jacke.

»Frau Lohmann, Herr Sauer, warten Sie bitte kurz, ich möchte mit ihnen beiden noch etwas besprechen.«

Sara seufzte unhörbar. Würde sie sich jetzt anhören müssen, wie schlecht sie heute gewesen war? Das wusste sie selbst. Unangenehm, dass gerade Sauer das mitbekam. Michael Sauer hatte seine besten Jahre schon hinter sich. Wenn seine kleinen wässrigen Schweinsäuglein über ihren Körper glitten, als wäre er dabei sie auszuziehen, lief ihr ein Schauer über den Rücken. Ein Ekelschauer, um genau zu sein. Leider spielte ausgerechnet der dasselbe Instrument wie sie und das verdammt gut. Mit jedem anderen Geiger hätte sie sich austauschen mögen, gern auch gemeinsam üben. Aber mit diesem Typ hielt sie sich ungern allein im gleichen Raum auf, so unbehaglich fühlte sie sich in seiner Gesellschaft.

»Frau Lohmann, ich bin irritiert und ein wenig enttäuscht. Ich dachte, Sie wären schon weiter, als Sie uns heute gezeigt haben. Es ist mir egal, ob Sie einen schlechten Tag haben. Während der Proben bitte ich mir mehr Konzentration aus. Ich erwarte von Ihnen genug Professionalität, Ihr Privatleben für ein paar Stunden außen vor zu lassen. Wenn Sie Probleme mit den Stücken haben, wird sich Herr Sauer vielleicht bereit erklären, mit Ihnen zu üben. Ich werde Sie in den nächsten Wochen im Auge behalten.« Ron Furgerson, der Leiter des Orchesters, schaute Sara missbilligend an, bevor er weitersprach. »Konzentrieren Sie sich auf Ihre Noten und geben Sie Ihr Bestes. Nutzen Sie jede Möglichkeit, zu spielen. Solche Nachlässigkeiten wie heute, können Sie sich hier nicht leisten, Frau Lohmann.«

Beschämt stammelte sie: »Es tut mir leid, Herr Furgerson. Kommt nicht wieder vor.«

Der Orchesterleiter nickte nur, Sauer jedoch grinste überlegen. Der nahm sie als Kollegin überhaupt nicht ernst, und das ärgerte sie maßlos. ›Wer zuletzt lacht, lacht am besten‹, dachte sie und lächelte mit schmalen Lippen.

»Ich wünsche Ihnen beiden einen schönen Abend«, entließ Furgerson sie.

Eilig schnappte sie sich ihre Sachen und verließ den Proberaum.

›Ich werde üben, bis meine Finger bluten. Und nichts und niemand wird mich mehr ablenken. Das Ekelpaket ist keine Konkurrenz für mich!‹ entschlossen stieg Sara in ihr Auto und fuhr nach Hause. Während der Fahrt haderte sie mit sich. Ärgerte sich maßlos über sich selbst. Unprofessionalität im Job konnte sie sich einfach nicht leisten.

Daheim angekommen, parkte sie den Wagen und lief die Treppen zu ihrem Apartment hinauf. Auf der Fußmatte der Wohnung im zweiten Stock lag der Kölner Express. Das kam öfter vor, denn die Nachbarn verließen das Haus meistens früh und kehrten spät zurück. Im Vorbeigehen warf sie, wie immer, einen kurzen Blick auf die Titelseite der Zeitung. Die Schlagzeile, »Der Ripper von Köln«, veranlasste sie dazu, stehen zu bleiben und die Zeitschrift aufzuheben. Während sie den Artikel las, rieselte ein eiskalter Schauer über ihren Rücken.

Ein brutaler Serienmörder macht Jagd auf junge Frauen. Die Polizei warnt Nachtschwärmerinnen vor späten Alleingängen.

Von Carina Hold

Monika S. war auf dem Weg von einer Party nach Hause, aber sie kam nie dort an. Die junge Frau wurde nur sechsundzwanzig Jahre alt. Spaziergänger fanden heute Morgen ihre nackte Leiche am Rheinufer. Offenbar wurde sie das dritte Opfer eines Serienkillers.

Seit einigen Wochen treibt der brutale Mörder sein Unwesen. Er folgt seinem Opfer in unbewohntes Gebiet und bringt es dort in seine Gewalt. Sophie F.,

28, befand sich in einem Fußgängertunnel, Katharina M., 30, ereilte ihr Schicksal auf dem Parkplatz eines Supermarktes. Der Täter fesselt die Frauen und vergeht sich an ihnen. Über die eigentliche Todesursache bewahrt die Polizei Stillschweigen. Wir konnten jedoch recherchieren, dass alle Opfer schwere Schnittwunden an Brüsten und Unterleib aufwiesen, bevor der Killer ihnen die Kehle durchschnitt.

Die Polizei geht mehreren Hinweisen aus der Bevölkerung nach. Echte Verdachtsmomente gibt es derzeit jedoch noch keine. Es liegt die Vermutung nahe, dass der brutale Täter seine Opfer entweder kennt oder sie über längere Zeit stalkt. Die neu eingerichtete SoKo36 richtet deshalb einen Appell an alle Kölnerinnen zwischen 25 und 30. Gehen Sie nachts nicht allein nach Hause. Meiden Sie unbewohnte Gebiete. Achten Sie auf mögliche Verfolger.

Sachdienliche Hinweise werden unter 7556-3475 entgegengenommen.

Entsetzt legte Sara die Zeitung zurück, nahm den Geigenkasten und ging in ihre Wohnung. Ein Frauenmörder, hier in ihrer Stadt? Nun, die Polizei würde ihn sicher schnell fassen. Dennoch ein äußerst beunruhigender Gedanke.

Noch bevor sie die Jacke auszog, startete sie den Computer und loggte sich gleich ins WhipWeb ein. Natürlich hatte Julian nicht geschrieben. Eigentlich hatte sie das auch nicht erwartet, aber es wäre ein Lichtblick gewesen, der diesen miesen Tag noch hätte retten können. Sie ließ sich auf die Couch fallen, schaltete den Fernseher ein und zappte lustlos durch das Programm. Ihre Gedanken rasten. ›Ich muss im Orchester einhundert Prozent geben, sonst erreiche ich meine Ziele nicht. Julian, was für ein Mensch ist er wohl? Was ist ihm wichtig? Ein Serienmörder hier in Köln. Kann man sich als Frau überhaupt noch allein auf die Straße wagen? Sauer ist so ein unsympathischer Kerl, aber ein hervorragender Musiker. Mit ihm enger zusammenzuarbeiten, würde mich vermutlich weiterbringen. Mag ich aber nicht. Warum will Julian sich nicht mit mir treffen? Bestimmt ist er verheiratet. Auch wenn er behauptet, es nicht zu sein. Welchen Grund gibt es sonst für seine Zurückhaltung? Vielleicht findet er sich selbst hässlich?

Er wirkt aber nicht wie ein Mensch mit mangelndem Selbstbewusstsein. Sauer auch nicht. Der fühlt sich so widerlich überlegen. Arroganter Mistkerl! Dir werde ich es zeigen! Drei tote Frauen, alle ungefähr in meinem Alter.‹

Fröstelnd zog sie die Schultern hoch. ›Viel zu viel Chaos im Kopf. Ich muss dringend ne Runde joggen. Frust loswerden. Gedanken zum Schweigen bringen. Dieser Killer wird ja nicht ausgerechnet vor meiner Haustür herumlungern.‹

Sie konnte sich nicht verkneifen, das Zehnzentstück in ihren Schuh zu legen. Das Geldstück spürte sie bei jedem Schritt unter der Fußsohle. Es fühlte sich gut an, tröstlich und gab ihr ein Gefühl von Sicherheit. Wenn auch nicht so schön, wie beim letzten Mal, da sie nicht auf seine Anweisung handelte. Immerhin half es ihr, den Ärger im Job zu verdrängen und sich auf Julian zu fokussieren. Wie er wohl aussah? Was war er für ein Mensch? Er hatte geklungen, wie jemand, der wusste, wie man führt, obwohl er zu Anfang etwas unsicher gewirkt hatte. Wie das Gespräch wohl verlaufen wäre, wenn er zu Ende gebracht hätte, was er begonnen hatte? Telefonsex ... ganz schön schräg ... und aufregend zugleich. Sie schämte sich ein bisschen vor sich selbst. Sie war nicht prüde, aber sich auf den Befehl eines Fremden auszuziehen, sich auf sein Geheiß hin mit gespreizten Beinen aufs Bett zu legen ... Gut, dass er sie nicht hatte sehen können! Allein schon der Gedanke trieb ihr die Schamesröte ins Gesicht. Und dennoch war das verdammt erregend gewesen.

Sie würde das gern wiederholen, gestand sie sich ein. Dann musste sie wieder an ihren Traum denken. Hatte sie nicht erst heute Morgen beschlossen, sich nicht auf eine Traumgestalt einzulassen? Andererseits konnte sie es jederzeit beenden. Spätestens dann, wenn sie sich neu verliebte. Und das würde sowieso eher früher als später geschehen. Sie war viel unterwegs, lernte dauernd irgendwelche Männer kennen. Was war schon dabei, ein bisschen mit dem Phantom zu spielen?

Julian ... Sie dachte ständig an ihn und er fehlte ihr. ›Vielleicht ist es gerade das Geheimnisvolle, das ihn so interessant macht?‹, grübelte sie.

Immerhin hielt sie fast eine ganze Woche durch, bevor sie seine Festnetznummer wählte. Nach dem zweiten Klingeln ging er ran.

»Hallo?«

»Guten Abend Julian. Ich bin es.«

»Sara ... Ich ist nicht unbedingt eine zufriedenstellende Auskunft, aber ich nehme das ausnahmsweise so hin. Was kann ich für dich tun?«

»Ich ... ich ... Bist du böse, weil ich mich nicht gemeldet habe? Es tut mir leid. Ich wollte mich ursprünglich überhaupt nicht melden. Ich meine, was du gemacht hast beim letzten Mal, das war schön, auch wenn du abgebrochen hast, bevor es richtig heiß wurde. Aber wir kennen uns kaum, eigentlich gar nicht und dafür war das schon sehr intim und ... und du bist nicht da und das ist schwer.«

»Rede bitte etwas langsamer, es gibt keinen Grund, so aufgeregt zu sein. Und sortier deine Gedanken. Was möchtest du mir sagen?«

Verdammt! Jede Wette, dass er ganz genau verstand, was sie ihm zu vermitteln versuchte. Sie wusste selbst, dass sie vollkommen unzusammenhängendes Zeug von sich gab. Trotzdem dürfte es ihm nicht schwerfallen, den Sinn zu erfassen. Doch er verlangte, dass sie sich vernünftig artikulierte, wenn sie mit ihm sprach. Dominanzgehabe! Insgeheim gefiel ihr das. Auch wenn sie es nicht einmal vor sich selbst zugeben mochte.

Tief atmete sie durch und konzentrierte sich.

»Ich warte!« Seine Stimme klang jetzt streng, sorgte dafür, dass ihr ein Schauder über den Rücken rieselte.

»Es tut mir leid, Herr. Eigentlich wollte ich mich nicht mehr melden, weil ich einen Mann will, der bei mir ist. Ich sehne mich nach Sex und nach Züchtigung. Aber vor allem nach körperlicher Nähe. Es gibt so vieles, was uns versagt bleibt, wenn ich mich auf dich und deine Bedingungen einlasse. Ich hatte beschlossen, dass mir das, was du mir aus der Ferne geben kannst, nicht reicht. Aber ich muss immerzu daran denken, wie sehr ich unser letztes ... äh ... Gespräch genossen habe. Ich möchte jetzt doch nicht darauf verzichten.«

»So so. Ich nehme an, du bist nackt?«

»Äh was? Nein.«

»Und da rufst du mich an? Angezogen? Das empfinde ich als Respektlosigkeit! Runter mit den Klamotten, sofort!«

»Ja, Sir«

Von seinem barschen Ton angeturnt, beeilte Sara sich, seiner Anweisung nachzukommen und fragte sich dabei, ob sie vollkommen verrückt war.

»Ich bin jetzt nackt.« Ob er die Unsicherheit und die Zweifel in ihrer Stimme hören konnte?

»Wie lautet die korrekte Anrede?«

»Entschuldigung. Ich bin jetzt nackt, Herr.«

»Geht doch! Ich erwarte ein wenig Respekt von dir! Ist das zu viel verlangt?«

»Nein, Sir.«

»Ab sofort wirst du nackt auf deinem Bett knien, mit Blickrichtung zum Fenster, wenn du zum Hörer greifst, um mich zu kontaktieren! Wenn ich dich zu sprechen wünsche, werde ich drei Mal durchklingeln und wieder auflegen. Du hast dann genau neunzig Sekunden Zeit, bevor ich erneut anrufe. Die wirst du nutzen, um dich auszuziehen und deine Pose einzunehmen. Es gibt keine Ausnahmen! Hast du das verstanden?«

»Ja, ich habs begriffen und werde dir gehorchen.«

»Gut. Du magst recht haben, dass ich dich nicht züchtigen kann. Aber du wirst feststellen, dass ich trotzdem Mittel und Wege finde, dich zu dominieren und wenn nötig auch zu bestrafen! Doch heute möchte ich, dass du noch eine Aufgabe erledigst, die ich dir stelle. Bist du bereit dazu?«

»Ja, Sir, was soll ich tun?«

»Kleide dich bitte wieder an, sobald wir unser Gespräch beendet haben. Du wirst komplett auf Unterwäsche verzichten und nur ein enges, weißes T-Shirt anziehen. Ob du einen Rock oder eine Hose dazu trägst, überlasse ich dir. Dann fährst du zu einer Adresse, die ich dir gleich per Mail schicke. Es handelt sich um ein Geschäft. Du gehst hinein, nennst der Bedienung deinen Vornamen und bittest um die Bestellung, die für dich hinterlegt wurde. Die Sachen sind bezahlt, du brauchst sie nur abzuholen. Wenn du zurück bist, rufst du mich bitte auf dem Handy an, nackt und in der Position, um die ich dich gebeten habe, versteht sich. Hast du alles verstanden?«

»Ja, Herr. Weißes Shirt, keine Unterwäsche, Adresse per Mail.«

»Genau, beeil dich! Um diese Zeit ist viel Verkehr und der Laden ist nicht ewig geöffnet.«

»Ja, Sir! Aber eine Frage habe ich noch. Wieso hast du etwas für mich bestellt, obwohl du nicht wusstest, ob ich dich wieder anrufe.«

»Selbstverständlich war mir klar, dass du dich meldest! So und jetzt mach dich bitte auf den Weg.«

Sara setzte sich ins Auto und kämpfte sich durch den Berufsverkehr. Als ihr klar wurde, dass die Adresse zu einem Erotikshop gehörte, stutzte sie kurz. Dann zuckte sie die Schultern und betrat den Laden. Das hätte sie sich eigentlich denken können. Wohin sollte er sie auch sonst schicken? Zu einem Teeladen vielleicht? Sie nannte dem Verkäufer ihren Namen und bat ihn um die für sie hinterlegte Bestellung. Dabei war ihr sehr deutlich bewusst, dass sie keine Unterwäsche trug. Sie bewegte sich vorsichtig, damit ihre Brüste nicht zu stark wippten und verfluchte Julian für diese dumme Idee. Der Angestellte holte eine Tüte unter der Theke hervor und förderte einen silberfarbenen Analplug mit einem funkelnden Schmuckstein zutage. Lang und wortreich erklärte er ihr ungefragt die offensichtliche Funktion des Toys. In dem Geschäft stöberten mehrere Leute und hinter ihr bildete sich eine kleine Schlange wartender Kunden. Das schwule Päarchen, das neben ihr stand, wartete geduldig darauf, eine Tube Gleitgel bezahlen zu dürfen. Aber sie vernahm auch schon das eine oder andere gereizte Schnaufen. Froh darüber, dass der Verkäufer seine Erläuterungen endlich beendete, wollte sie nach dem Plug greifen, doch der Angestellte war schneller und brachte ihn aus ihrer Reichweite. Stattdessen legte er ein paar Nippelklemmen auf die Theke, die er wiederum wortreich anpries.

»Ja, schon verstanden. Geben Sie mir einfach die Tüte«, ungeduldig streckte Sara die Hand aus, doch der Verkäufer schüttelte lächelnd den Kopf.

»Ich halte mich nur an die Anweisungen des Auftraggebers«, erwiderte er freundlich und zog eine Verpackung mit Liebeskugeln aus der Einkaufstasche.

›Ah, daher weht der Wind‹, dachte sie, während sie mit halbem Ohr den Ausführungen zur Anwendung der Kugeln lauschte. ›Es gehört zu Julians Plan, dass ich hier stehe, wie ein Depp und mir langatmige Erklärungen anhöre. Nur damit jeder in diesem Laden weiß, was ich kaufe. Und damit ich mir ohne Unterwäsche, mit all den Sextoys und ungeduldigen Kunden um mich herum, von Minute zu Minute nackter vorkomme.‹

Peinlich, aber auch prickelnd. Denn nun wusste sie, dass er wünschte, dass sie hier stand und sich Toys erläutern ließ, die eigentlich keiner Anleitung bedurften. Ihre Nippel wurden hart und waren unter dem weißen Shirt bestimmt gut zu erkennen. Zumindest saugten sich die Augen des Angestellten geradezu an ihrer Oberweite fest, während er redete. Erregend, Julians Willen zu folgen, obwohl er schon wieder nicht körperlich anwesend war. Zum Schluss erfuhr sie noch, dass das Gleitgel, welches der Verkäufer in die Tüte packte, auf Wasserbasis hergestellt wurde. Es folgten Anwendungshinweise, bei denen der Eindruck entstand, er sauge sich Veranschaulichungen aus den Fingern, nur um seinen wortreichen Monolog noch ein bisschen länger fortzuführen. Heilfroh, als der Typ hinter der Theke seine Litanei endlich beendete und ihr die Tüte aushändigte, bedankte sie sich höflich und verließ fluchtartig das Geschäft.

Dennoch, die Situation war nicht ausschließlich peinlich gewesen, sondern auch aufregend. Der Film ihres Kopfkinos war kurz vor dem Schmelzen und zwischen ihren Schenkeln spürte sie Feuchtigkeit. Ungeduldig gab sie Gas, um so schnell wie möglich wieder Kontakt mit Julian aufnehmen zu können. Die Blechlawine hatte sich glücklicherweise weitgehend aufgelöst und sie benötigte für die Rückfahrt nur die Hälfte der Zeit.

Zuhause angekommen, zog sie sich aus, legte die Sextoys aufs Bett, nahm die von ihm gewünschte Position ein und wählte seine Handynummer.

»Ich bin zurück, Herr. Ich knie nackt auf meinem Bett, so wie du es wünschst. Danke für die Toys. Sie liegen neben mir.«

»Gut. Gefällt dir meine Auswahl?«

»Ja, sieht nach 'ner Menge Spaß aus.«

»Sehr schön, spreiz die Beine noch ein bisschen weiter, wenn es geht. Streichel deine Pussy mit zwei Fingern und sag mir, wie sich das anfühlt.«

»Ich bin nass, meine Finger rutschen wie von selbst durch meine Spalte und es ist schön sie zu spüren. Obwohl es viel geiler wäre, wenn du mich streicheln würdest.«

»Du wirst es selbst tun und ich schaue dir dabei zu.«

Er stockte und räusperte sich. »Bildlich gesprochen.«

Augenblicklich redete er weiter. »Ich möchte, dass du deinen Vibrator auf die höchste Stufe stellst und dann mit der Spitze deine Brustwarzen streichelst.«

»Ja, Sir«, antwortete sie gehorsam.

»Oh, das fühlt sich gut an. Meine Nippel sind ohnehin schon steinhart und empfindlich. Die Vibration erzeugt so ein erregendes Kitzeln, herrlich.«

»So soll es sein. Jetzt klipp die Nippelklemmen auf deine Knospen.«

Sie gehorchte, ohne zu zögern, auch wenn sie dabei die Luft anhalten musste. »Oh die Teufelsdinger sitzen verdammt fest«, stieß sie zwischen den Zähnen hervor.

»Streichele deine Klit mit der Spitze des Vibrators«, befahl er sofort.

Sie tat es und der Schmerz wandelte sich. Flammende Blitze schossen in ihre Perle. Ihre Nippel verwandelten sich in glühende Kohlen. Sie seufzte laut.

»Bitte, bitte darf ich kommen? Ich halte das nicht aus! Bitte!«

»Noch nicht.«

»Bitte!«

»Erst wirst du die Nippelklemmen wieder abnehmen! Jetzt!«

»Ja, ich nehme sie ab. Ah! Oh verdammt, das tut weh!«

»Gut so, jetzt komm für mich, Kätzchen. Lass mich hören, wie du explodierst!«

Sie stöhnte hemmungslos. Ließ ihn teilhaben an ihrer wilden Lust, ohne zu ahnen, dass er sehen konnte, wie sie sich aufbäumte und dann für einige Minuten einfach liegen blieb und das Nachglühen auskostete.

»Was ist mit dir?«, fragte sie nach einer Weile leise. »Hast du es dir auch besorgt?«

»Nein, ich wollte nicht. Ich habe dir zugehört und deine Lust genossen. Eine wunderbare Erfahrung, es wäre ein Jammer, die Hälfte zu verpassen, während ich mich auf meinen Schwanz konzentriere.«

Der Klang seiner Stimme weckte Sehnsucht in ihr.

»Ich wünschte, du wärst hier«, flüsterte sie. »Es wäre so schön, wenn du mich jetzt in deine Arme nehmen würdest.«

Ihre Stimmung schlug um, ohne das sie etwas dagegen tun konnte.

»Julian?«, sie ärgerte sich, wie gedrückt das plötzlich klang.

»Ja?«

»Fühlst du dich manchmal einsam?«

Eine volle Minute herrschte Schweigen. Nur weil Sara ihn leise atmen hörte, wusste sie, dass er noch dran war.

»Ich versuche, nicht darüber nachzudenken. Aber es kommt vor. Wenn ich mich allein fühle, koche ich mir eine Tasse heiße Schokolade und schaue hinaus. Und wenn ich mir die Fenster gegenüber anschaue und mir die Menschen vor Augen führe, die dort leben, vergesse ich meine Einsamkeit.«

»Das hilft?«

»Ja.«

»Vielleicht sollte ich das auch mal ausprobieren. Obwohl mir lieber wäre, wenn mir jemand Kakao kocht. Manchmal, wenn ich schlecht geträumt habe, wache ich nachts auf und fürchte mich. Eigentlich lebe ich ganz gern allein, aber gelegentlich hasse ich es.«

Julian räusperte sich am anderen Ende. Sie hörte ihn einmal tief Luft holen.

»Wenn du das nächste Mal Angst hast, rufst du mich einfach an. Egal um welche Uhrzeit. Lass es so lange klingeln, bis ich abnehme. Auch wenn ich nicht bei dir sein kann, bin ich für dich da, wenn du einen Freund brauchst.«

»Danke. Aber das wird nicht funktionieren.«

»Warum nicht?«

»Du hast mir befohlen, dass ich nackt auf meinem Bett knien muss, wenn ich dich anrufe. Das hat seinen Reiz, wenn ich Lust auf dich habe. Wenn ich traurig bin, hält mich das vom Telefonieren ab.«

Er seufzte tief. »Ich gebe zu, diese Anweisung habe ich auch eher mit dem Schwanz, als mit dem Verstand gegeben. Natürlich musst du das nicht tun, wenn du Angst hast oder traurig bist.« Für ein paar Herzschläge blieb sie stumm, doch er konnte ihr Lächeln regelrecht hören, als sie sagte. »Ich nehme dich beim Wort. Wenn ich das nächste Mal nicht schlafen kann, wirst du es auch nicht.«

»Kein Problem, Kätzchen, ich bin für dich da.«

»Das fühlt sich großartig an. Danke ... Julian?«

»Ja?«

»Erzählst du mir, wie du aufgewachsen bist?«

Er musste schmunzeln. ›Ein schönes Gefühl, gebraucht zu werden.‹

Er erzählte ihr von der Zeit, als er noch die Schulbank drückte. Jeden Morgen holte der Schulbus ihn ab und brachte ihn zwei Orte weiter zum Unterricht. Während der Fahrt schrieb er nicht selten noch schnell die Hausaufgaben von einem seiner Kumpels ab. Er war kein besonders ehrgeiziger Schüler gewesen. Gerade mal durchschnittlich. Immerhin war er trotz seiner Faulheit nie sitzen geblieben. Meist hatten sie nichts als Unsinn im Kopf gehabt und im Bus Streiche ausgeheckt. Einmal legten sie ihr Taschengeld zusammen und kauften in einem Zoogeschäft Mäuse, die als Futtertiere für Schlangen angeboten wurden. Die Nager hatten sie damals in Klassenzimmern und Fluren ausgesetzt. Das war ein Spaß gewesen. Das Gekreische der Mädchen klang ihm heute noch in den Ohren. Die Lehrer verdonnerten ihn und ein paar Mitschüler dazu, die Tiere einzufangen, was nicht einfach gewesen war. Zumal sie die eingefangenen Mäuse zum Teil heimlich erneut frei ließen. Der Unterricht war an dem Tag ausgefallen und der Hausmeister untersuchte sämtliche Rohre, um festzustellen, wo die Nager hergekommen waren.

»Und was ist mit den armen Viechern geschehen?«, fragte Sara bang.

»Einige sind abgehauen und auf Nimmerwiedersehen verschwunden. Die anderen wurden unter den Kids, die sie als Haustiere behielten, aufgeteilt. Keine Einzige endete als Schlangenfutter.«

»Oh, gut, die armen Tiere«, rief sie. »Ich glaube, ich hätte auch geholfen sie einzufangen und hinterher eine oder zwei mit nach Hause genommen. Ich habe keine Angst vor Mäusen.«

Julian schwieg und stellte sich vor, sie wäre dabei gewesen. Wäre in seinem Dorf aufgewachsen, auf die gleiche Schule gegangen. Ob aus ihnen beiden ein Paar geworden wäre? Im Geiste sah er sie im Kreise seiner Lieben. Wie sie zusammen Salate und Kuchen für das Maifest vorbereiteten. Oder wie sie sich vor der Veranstaltung mit den anderen Frauen traf, die sich gemeinsam herausputzen, sich gegenseitig die Haare frisierten und bei der Kleiderwahl berieten. Das größte und schönste Fest im Dorf hatte erst letzte Woche wieder stattgefunden, leider schon zum zweiten Mal ohne ihn. Früher hatte er nie ein Maifest verpasst. Niemand versäumte es, es sei denn, man war ernsthaft erkrankt. Er seufzte wehmütig, reiste in seiner Fantasie Hand in Hand mit Sara zurück und tanzte mit ihr um den Maibaum. Ein absurder Gedanke, sie sich als Teil seiner Heimat vorzustellen, aber ein angenehmer. Ob sie sich dort wohlgefühlt hätte? Er kannte sie nicht gut genug, um das beurteilen zu können. Aber er konnte es sich nicht anders vorstellen.

Das Heimweh überrollte ihn, zwang ihn dazu, sich einzugestehen, dass er sein Zuhause und seine Lieben schmerzlich vermisste. Im Dorf passierte nicht allzu viel. Den Großteil der Leute kannte er schon sein ganzes Leben. Es zogen kaum Fremde zu und nur selten verließ jemand die Dorfgemeinschaft. Man hielt zusammen, wie Pech und Schwefel. Wenn es einem der Ihren schlecht ging, kümmerten sich die Anderen um ihn. Egal, was gebraucht wurde, sie waren zur Stelle, leisteten Beistand und ließen einem keine Ruhe, bis man selbst wieder lachen konnte.

Er zuckte die Schultern und verdrängte entschlossen das aufkommende Heimweh. ›War ne schöne Zeit. Aber manchmal haben sie auch mächtig genervt.‹

Er erzählte Sara noch mehr Geschichten aus seiner Kindheit, bis er bemerkte, dass ihre Rückfragen unzusammenhängend wurden.

»Schlaf jetzt«, flüsterte er dann. »Träum von mir. Gute Nacht.«

Er schaute durch das Fernglas, doch sie hatte das Licht längst gelöscht. Er konnte nichts mehr sehen. Also kehrte auch er in seine Wohnung zurück und legte sich hin und zum ersten Mal seit vielen Monaten, schlief er durch ohne Albträume.

Am nächsten Morgen stand Julian spät auf. Um diese Zeit war Sara gewöhnlich bereits unterwegs. Der Weg aufs Flachdach lohnte sich nicht. Also stürzte er sich in die Arbeit, nähte Schnallen und Nieten auf die braune Lederweste an der er gerade arbeitete und stanzte ›FUCK YOU‹ in großen Lettern auf den Rücken.

Als er am frühen Abend rüber aufs Dach kletterte, rührte sich noch nichts in ihrer Wohnung. In seinem Gartenstuhl lümmelnd, genoss er die letzten Sonnenstrahlen und wartete geduldig, bis sie nach Hause kam, ihre Jacke auszog und nachlässig über einen Stuhl warf. Er schmunzelte amüsiert, als sie ihre Schuhe von den Füßen kickte, dass sie durch den halben Raum flogen. Danach verteilte sie ihre Klamotten im Zimmer und zog ihr Sportzeug an. Sie wollte also schon wieder joggen gehen. Normalerweise ging sie ein bis zwei Mal die Woche, im Moment jeden Tag, aber ihm sollte es recht sein, denn es passte in seinen Plan. Er zog sein Handy aus der Hosentasche und wählte ihre Nummer. Er ließ es zweimal klingeln und beobachtete lächelnd, wie sie aus den Sportklamotten sprang, sich das Telefon schnappte und aufs Bett kniete. Sie blickte jetzt in seine Richtung, so wie er es wünschte. Verlangend betrachtete er sie. Sie war wunderschön, ihre Brüste hätte er zu gerne gestreichelt, an ihren Nippeln gesaugt. Er seufzte tief. Sie war so nah und vollkommen auf ihn fixiert und doch unendlich weit entfernt. Geduldig kniete sie da drüben, wartete ... Oh verdammt, er musste sie anrufen! Sie nahm ab, noch bevor der erste Klingelton erlosch.

»Guten Abend, Herr, es ist schön, dass du dich meldest.«

»Hallo Kätzchen. Ich gehe davon aus, dass du nackt auf deinem Bett kniest, wie ich es angeordnet habe?«

Er hätte ihr gerne gesagt, wie sehr sie ihm gefiel, aber das durfte er ja nicht.

»Ja, Sir«, antwortete sie brav.

»Gut. Ich möchte, dass du deine neuen Liebeskugeln ausprobierst. Hast du Erfahrung damit?«

»Nein, noch nie welche besessen.«

»Okay. Es ist kein Problem, die einzuführen. Das kriegst du hin. Und dann wirst du joggen gehen und ich möchte, dass du heute, nur für mich, eine zusätzliche Runde um den Häuserblock läufst. Wenn du zurück bist, gehst du duschen. Die Kugeln bleiben, wo sie sind. Wenn du fertig bist, rufst du mich bitte wieder an.«

»Ja, Herr. Es wird insgesamt ungefähr eine Stunde dauern, bis ich mich zurückmelde.«

»In Ordnung. Bis Später!«

Er legte auf, obwohl er ihr gern befohlen hätte, eine Position einzunehmen, bei der er ihr dabei zusehen konnte, wie sie seine Anordnung ausführte. Doch er ließ es bleiben, da er befürchtete aufzufliegen. Wieder einmal plagten ihn Gewissensbisse. Nicht auszudenken, wenn sie jemals herausfand, dass er ihr zuschaute ...

In den Kugeln befand sich jeweils noch eine zweite Kugel. Bei jedem Schritt bewegten die kleinen Quälgeister sich. Allein schon die Treppe hinunterzusteigen, bekam einen ganz eigenen Reiz. Beim Laufen verursachten die Dinger wahre Minibeben in ihrem Schoß. Jede

Bewegung trieb sie in den Wahnsinn. Am liebsten wäre sie stehen geblieben, aber dazu war sie zu gierig. Sie wollte, nein, sie brauchte mehr. Wie gut, dass ihre Joggingrunde sie durch den Park führte. Dem Straßenverkehr hätte sie nicht die nötige Aufmerksamkeit schenken können. Unentwegt dachte sie an Julian, wünschte sich, er würde jetzt sofort und auf der Stelle über sie herfallen und sie ordentlich durchvögeln. Dann stellte sie sich vor, sich einfach auf die Wiese fallen zu lassen, an der sie vorbeilief, die Hand in ihre Jogginghose zu schieben und es sich selbst zu besorgen. Natürlich unausführbar. Nicht nur deshalb, weil die Grünanlage am frühen Abend durch Jogger und Spaziergänger, die ihre Hunden ausführten, gut besucht war. Julian wäre von so viel mangelnder Selbstdisziplin bestimmt sehr enttäuscht. Allein schon für diese Idee hätte sie mindestens zehn Hiebe auf den blanken Hintern verdient, fand sie. Eine Vorstellung, die sie noch mehr anheizte. ›Oh Julian, wie soll das auf die Dauer funktionieren, wenn du nicht da bist, um mich zu bestrafen und zu vögeln?‹

Plötzlich prallte sie mit einem anderen Passanten zusammen. Sie hatte mit offenen Augen geträumt und nicht auf ihre Umgebung geachtet. Hastig entschuldigte sie sich, erkundigte sich, ob was passiert sei, doch der Mann schüttelte den Kopf, murmelte etwas Unverständliches und lief in die entgegengesetzte Richtung.

Sara joggte weiter, bis sie auch die geforderte Extrarunde um den Block gelaufen war. Dabei keuchte sie nicht nur vor Anstrengung.

*

Er bog um die Ecke, bleib stehen und schlug sich seitlich in ein Gebüsch. Im Park hielten sich zu viele Leute auf und er wollte jetzt alleine sein. Er war ihr gefolgt, weil er sich nach ihr sehnte. Bevor er es wagte, neben ihr zu laufen, hatte er die Kapuze seines Hoodys tief ins Gesicht gezogen. Doch sie hatte ihn gar nicht bemerkt, schien mit ihren Gedanken ganz woanders zu sein. Also überholte er sie und trat ihr in den Weg und sie war gegen ihn geprallt. Ihr Körper an seinem, wenn auch nur für den Bruchteil einer Sekunde. Für einen kurzen Moment hatte ihr warmer Atem seinen Hals gestreift. Sie war so schön, so erhitzt, nass, pulsierend vor Leben. Tief hatte er sie eingeatmet. Sie roch nach Schweiß, ganz dezent nach Seife und nach ... Erregung. Ihr Geruch berauschte ihn. Ob seine Berührung sie stimuliert hatte? Bestimmt. Sie sehnte sich nach ihm, das wusste er. Aber er würde ihr nicht geben, was sie begehrte, noch nicht. Er brauchte Ruhe! Warum nur sah sie das nicht ein? Ihr Verlangen nach ihm, ein Tanz mit dem Tod. Er atmete schwer. Bedauerlich. Sie dufteten immer so wunderbar.

Jede besaß ihren eigenen unverkennbaren süßen, individuellen Duft. Zumindest, solange sie ahnungslos waren. Doch wenn er sie dann holte, rochen sie alle gleich. Nach Adrenalin und Angst. Das schürte seine Wut. Er mochte seine Macht über sie. Die Panik in ihren Augen schenkte ihm ein Hochgefühl, das mit nichts anderem vergleichbar war. Er liebte ihre Körper, wenn sie hilflos vor ihm lagen, kurz bevor er sich um sie kümmerte. Ihre Schreie, ihr Jammern und Flehen, Musik in seinen Ohren.

Aber ihren Geruch nach Adrenalin und Angst, den hasste er. Er nannte ihn das Parfüm des Todes. Er wehte ihre Persönlichkeit fort, obwohl sie doch noch so lebendig waren, degradierte sie von einem Individuum, zu kollektiver Bedeutungslosigkeit. Schade um die Schöne, das hatte sie nicht verdient. Genauso wenig, wie die Anderen.

Aber darauf konnte er keine Rücksicht nehmen. Sie war selbst schuld. Nicht er hatte sie erwählt, sondern sie ihn. Sie hatte den Fehler begangen, seine Aufmerksamkeit zu erregen. »Wir beide spielen Katz und Maus und du kannst dir nicht vorstellen, wie sehr ich das genieße. Halte noch ein Weilchen aus, mein Mäuschen«, flüsterte er den dornigen Ästen zu. »Es dauert gar nicht mehr lange, dann hole ich dich. Dann gehörst du endlich mir.«

*

Frisch geduscht steuerte Sara auf ihr Bett zu. Am liebsten hätte sie sich auf die Matratze geworfen, einfach auf den Rücken, weil sie so erledigt war. Sie hatte nur zwei Wünsche. Sich ein bisschen auszuruhen und sich dann mithilfe ihres Vibrators Erleichterung zu verschaffen. Doch sie kniete sich hin, so wie Julian es wünschte. Ihre Beine und sogar ihre Finger zitterten leicht, als sie seine Nummer wählte.

»Ich bin zurück, Herr«, teilte sie ihm mit, kaum das er das Gespräch angenommen hatte und konnte Erschöpfung und Begierde gleichermaßen aus ihrer Stimme heraushören.

Auch ihm blieb ihr Zustand nicht verborgen, denn er fragte amüsiert:

»Du klingst, als hättest du dich beim Laufen verausgabt. Wie fühlst du dich?«

»Ungefähr so, als wäre ich die ganze Nacht durchgevögelt worden, und hätte dabei nicht kommen dürfen. Ich bin vollkommen fertig und endlos geil.«

Er lachte leise. »Sehr schön, Kätzchen. Dann ist mein Plan aufgegangen.«

Nach kurzem Zögern, gestand sie ihm ihre Fantasie während des Joggens und schämte sich gleichzeitig dafür. Nicht das es ihr unangenehm gewesen wäre, ihr Kopfkino mit ihm zu teilen. Peinlich war ihr eher, dass sie ihn absichtlich herausforderte. Sie sehnte sich nach einem ordentlichen Spanking und wusste, er würde nicht vorbeikommen, um ihr zu geben, wonach sie sich verzehrte. Ihr Verhalten war unangemessen für eine gute Sub, das war ihr bewusst und doch war sie viel zu erregt, um sich zurückzunehmen.

Julian schwieg nach diesem Geständnis eine volle Minute, die ihr wie eine Ewigkeit vorkam. Als sie die Stille nicht mehr aushielt, begann sie stammelnd, sich zu entschuldigen.

»Schweig!«, bellte er und sie hielt erschrocken den Atem an.

»Du glaubst also, nur weil ich nicht mit einer Gerte in der Hand vor dir stehe, darfst du dich benehmen, wie es dir gefällt?«

»Nein, Herr, es tut mir leid«, hauchte sie ins Telefon.

»Hast du ein langes Lineal zu Hause?«

Nanu, was wollte er denn damit? Sie fragte nicht, er würde es ihr mitteilen.

»Ja, Sir.«

»Hol es!«

Schnell stand sie auf, kramte in ihrer Schreibtischschublade und förderte den gewünschten Gegenstand zutage.

Dann kniete sie sich mit dem Holzlineal in der Hand aufs Bett und klemmte das Telefon zwischen Ohr und Schulter ein.

»Ich habe das Lineal jetzt in der Hand.«

»Gut, stell dich hin und hau dir damit auf den Arsch. Und sei nicht zimperlich dabei. Kontrolliere zwischendurch im Spiegel, ob die Haut sich rötet. Ändert die Farbe sich nicht, schlägst du zu schwach. Wenn du meinst, dass ich zufrieden bin mit der Farbgebung deiner Backen, darfst du aufhören, deinen Hintern fotografieren und mir das Bild schicken. Ich rate dir, mich nicht zu enttäuschen. Wenn mir das Ergebnis gefällt, rufe ich dich wieder an und gestatte dir einen Orgasmus unter meiner Anleitung. Wenn ich nicht anrufe, hast du mich enttäuscht. In diesem Fall wirst du heute Nacht die Hände über der Bettdecke behalten. Ist das klar?«

»Ja, Herr, ich werde es versuchen.« Sie hörte selbst, wie piepsig ihre Stimme klang. Seine Anweisungen triggerten ihre devote Ader. Der Mann beherrschte sie mit Leichtigkeit, ohne anwesend zu sein. Sie bewunderte ihn unendlich dafür, auch wenn ihre Sehnsucht nach ihm größer war, als ihre Bewunderung.

Mit der rechten Hand hielt er das Fernglas, beobachtete genüsslich, wie sie mit dem Lineal hantierte. Sogar aus der Entfernung erkannte er, dass sie zunächst viel zu zaghaft agierte, doch nach und nach schlug sie mit mehr Wucht. Sie war wunderschön, wie sie da nackt im weichen Licht stand. Mit dem Rücken zur verspiegelten Badezimmertür, die offenbar den einzigen bodentiefen Spiegel in ihrer Wohnung darstellte. Er konzentrierte sich abwechselnd auf ihr Gesicht und das Lineal, das ein ums andere Mal auf ihre Backen niedersauste. Mit der Linken massierte er genießerisch seinen Schwanz. Sehr langsam und gefühlvoll auf und ab, während er die Show genoss.

Wie gerne wäre er jetzt dort drüben. Er stellte sich vor, wie er vor ihr auf die Knie ging, sein Gesicht zwischen ihre Schenkel drückte. Er würde ihr verbieten zu kommen, während seine Zunge durch ihre Spalte glitt. Er würde mit der Schnur der Liebeskugeln spielen, um sie in Bewegung zu halten, während er den Saft von ihren Lippen leckte. Sie müsste schon ziemlich hart mit dem Lineal auf ihren Arsch schlagen, um sich seinem Befehl zu fügen und zu verhindern, dass sie explodierte.

Wie sie wohl schmeckte? Sobald er ihre Pussy genüsslich ausgeleckt hatte, würde er sie mit einem festen Griff in ihrem Nacken zum Bett dirigieren. Er rieb seinen Schaft schneller. Sie würde sich auf die Matratze knien und sich auf ihre Ellenbogen stützen. Er würde seinen Griff um ihren Nacken nicht lösen, während er ihren Hintern begutachtete, den sie ihm ergeben entgegenstreckte. Der Anblick ihrer geröteten Backen. Das Zittern ihrer Beine. Die schlichte Tatsache, dass sie sich diese Blessuren selbst beigebracht hatte, nur um seinem Befehl zu folgen. Das Gefühl der Macht wäre berauschend. Sehr langsam würde er die Kugeln aus ihr herausziehen, ihre Hilflosigkeit auskosten und sie dann mit seinem Schwanz ausfüllen. Er würde sie hart ficken, seine zügellose Gier an ihr stillen. Lange her, dass er das letzte Mal gevögelt hatte. Hart und schmutzig würde das werden und sie würde es genauso genießen wie er. Sie würde schreien, nein brüllen, vor Lust. Er konnte sie in seiner Fantasie hören. So laut, dass das ganze Viertel wusste, dass er es ihr gerade besorgte. Erbarmungslos würde er in sie hämmern. Hart, richtig hart. Und sie würde verdammt lange schreien, bevor er ihr erlaubte zu kommen und sich gleichzeitig tief in ihr ergoss.

Ja, genau so ... jetzt! Warm lief ihm der Saft über die Hand und er kehrte zurück in die Realität und schüttelte den Kopf über sich selbst. Da hatte er sich doch tatsächlich in seiner Träumerei verloren. Ein kurzer Blick durch das Fernglas, bevor er aufstand, um sich zu säubern, zeigte ihm, dass sie aufgehört hatte, sich zu züchtigen. Sie hantierte mit ihrem Handy herum. Vermutlich bemühte sie sich, ein vernünftiges Foto von ihrer Kehrseite hinzubekommen.

Ein Jammer, dass er so sehr abgetaucht war, dass er gar nicht mehr mitbekam, was sie drüben trieb. Was für eine Fantasie! Dabei stand er gar nicht auf wildes Rumrammeln. ›Ich bin definitiv untervögelt‹, dachte er.

Ein kurzer Blick auf sein Handydisplay offenbarte eine neue Whip-Web-Mail von Sara mit Anlage. Lächelnd begutachtete er das Foto. Sie hatte wirklich einen süßen, kleinen Knackarsch. Zum ersten Mal wurde ihm bewusst, dass er durch sein hochwertiges Fernglas zwar eine Menge sah, das ihm aber auch viele Details entgingen. Natürlich schaute er auf ihren Hintern, wenn er sie beobachtete und er wusste, dass der hübsch war. Doch von Nahem betrachtet war das doch noch etwas anderes. Dieses kleine herzförmige Muttermal da auf ihrer rechten Backe zum Beispiel, war ihm noch nie zuvor aufgefallen. Wie wäre es erst sie zu berühren. Die Weichheit und Wärme ihrer Haut unter seiner Handfläche zu spüren. Ihre Backen waren jetzt vermutlich ... nun ja, nicht viel wärmer als der Rest ihres Körpers. Hätte er ihr die Hiebe verpasst, würden sie glühen und hätten eine sattere Farbe. Aber es war nicht einfach, sich selbst zu züchtigen, das sah er ein. Immerhin war es ihr gelungen, ihrer Haut eine hauchzarte Färbung zu verleihen. An einer Stelle konnte er sogar einen leichten Abdruck des Lineals erkennen. Sie hatte sich Mühe gegeben, das musste er anerkennen.

Ein kurzer Blick nach drüben enthüllte, dass sie auf ihrem Bett kniete und, das Telefon in der Hand haltend, auf seinen Anruf wartete. Versonnen betrachtete er ihre Brüste. Wenn er sie nur einmal kneten könnte. Mit ihren Nippeln spielen ... Er seufzte und baute das Gespräch auf. Sie nahm sofort ab.

»Bist du zufrieden mit mir, Herr? Ich bin sicher, du hättest es gründlicher gemacht. Hätte sich auch besser angefühlt. Hat mich zwar getriggert, deinem Willen zu folgen, aber ich hätte gern gespürt, wie deine Nähe mich umgibt. Das wäre noch mal ein ganz anderes Gefühl gewesen. Das Lineal hat auf meinem Hintern gebrannt, auch wenn man das vielleicht nicht so gut sehen kann, ich ....«

»Bist du in Plapperlaune? Ich habe noch nichts gesagt, dich nichts gefragt und du fängst schon an, dich zu verteidigen?« Er gab seiner Stimme einen strengen Unterton und freute sich, dass er sein Schmunzeln nicht unterdrücken musste. Immerhin ein minimaler Vorteil.

»Glaubst du denn, du hast für diese Leistung einen Orgasmus verdient?«

Es blieb einen Moment still in der Leitung.

»Ich ... ich weiß nicht. Ich habe mir Mühe gegeben. Und ich bin schon den ganzen Tag so spitz, dass ich ausrasten könnte. Bitte Sir, ich brauche das jetzt.«

Er schmunzelte. »Nun, ich denke, du hast es nicht verdient ...« Er legte eine künstlerische Pause ein. Hatte er nicht gerade einen frustrierten kleinen Schnaufer vernommen? Er grinste breit, ließ sich sein Vergnügen jedoch nicht anmerken. »Aber weil du so brav darum gebeten hast, will ich mal nicht so sein. Leg dich auf den Rücken, spreiz die Beine und klemm das Telefon zwischen Kopf und Schulter ein.«

»Ich liege, Herr. Ich habe mir das Telefon mit einem Gummiband ans Gesicht geheftet. Kann sein, dass meine Stimme sich ein bisschen dumpf anhört.«

Er schaute durch den Feldstecher. Tatsächlich. Das sah so dämlich aus, dass er sich das Lachen verkneifen musste. Aber es war eine gute Idee, um das Gerät dort zu halten, wo sie es haben wollte und gleichzeitig die Hände frei zu haben.

»Ich schätze, du brauchst ein Headset. Beschreibe mir, wie du dich fühlst.«

»Würde sexuelle Spannung Strom erzeugen, dann würde ich gleißendes Licht absorbieren und Funken sprühen. Ich bin klatschnass und zittere vor Geilheit. Und ich wünsche mir so sehr, du wärst hier! Ich möchte dein Gewicht auf mir spüren, deinen Atem an meinem Ohr. Ich will dich riechen und schmecken. Es ist geradezu eine Qual, allein hier liegen zu müssen. Aber gleichzeitig bin ich so endlos geil. Ich glaube, ich würde schon kommen, wenn du nur einmal auf meine Klit pusten würdest. Mehr nicht, ein Lufthauch von dir, wäre absolut ausreichend.«

»Ich weiß, Kätzchen, ich verzehre mich auch nach dir.«

»Bitte, komm her, Julian.«

»Ich wünsche mir nichts sehnlicher, als deinen Saft von deinen Lippen zu lecken. Ich würde dir so gerne wehtun. Dich schreien hören, sehen, wie viel du aushältst. Und ich möchte dich im Arm halten, wenn dein Körper zu beben beginnt. Ich will vollkommen mit dir verschmelzen.« Er seufzte tief. »Aber das ist leider unmöglich. Das habe ich dir doch schon mehrfach erklärt. Ich möchte, dass du dich jetzt streichelst. Ganz sachte über deine Schamlippen. Sag mir, wie sich das anfühlt.«

»Wie du wünscht, Herr. Es ist schön. Allerdings nicht genug, um die unermessliche Gier in mir zu stillen. Ich bin so nass, dass meine Lippen glitschig sind, obwohl ich mich nur äußerlich berühre. Bitte, schenk mir Erlösung.«

»Scht, ich weiß, du bist ein gieriges kleines Luder. Wenn du zu sehr bettelst, werde ich dir verweigern, wonach du verlangst. Und wenn du nicht genug bittest, werde ich dir deinen Orgasmus ebenfalls versagen. Lass mich hören, wie gut es dir gefällt.«

Leises Stöhnen war die Antwort. Töne, die wie Musik in seinen Ohren klangen.

»Bitte Sir, ich brauche mehr. Viel mehr ... nein nur noch ein bisschen mehr. Es wird schnell gehen, wenn du mich lässt. Ich ...«

»Schweig! Wenn ich jetzt bei dir wäre, hättest du dir zehn Strafhiebe auf deinen blanken Arsch eingehandelt. Du bist ein ungezogenes kleines Luder!«

»Es tut mir leid, Herr.«

»Ich würde jetzt ziemlich fest, in deine Nippel kneifen. Aber das bekommst du alleine nicht so gut hin. Ich bin sicher, du tust dir selbst nicht weh genug. Okay spreiz die Beine weiter, so weit wie du kannst, ohne das es sich unangenehm anfühlt.«

Seine Stimme war leiser geworden, eine Spur dunkler und ganz sanft. Sara befolgte die Anweisung augenblicklich.

»Stell den Vibrator auf die kleinste Stufe und fahr mit der Spitze über deine Schamlippen, ganz sachte.«

»Mhm, das fühlt sich gut an, wie ein Streicheln nur mit den Fingerkuppen.«

»Sehr gut. Jetzt streichele mit der Spitze langsam durch deine Spalte, ohne deine Klit zu berühren.«

Er hörte sie schneller atmen. Musik in seinen Ohren.

»Wow das ist schön«, seufzte sie.

»Halte den Massagestab an deinen Eingang, ohne einzudringen, schließ die Augen, konzentriere dich nur auf das sanfte Vibrieren.«

Sie begann leise zu stöhnen.

»Leg den Vib der Länge nach zwischen deine Lippen, spür wie deine Pussy die Vibration aufnimmt.«

»Ah Julian!«

»Nicht zu viel, nimm ihn wieder weg. Du wirst noch lange nicht kommen! Überhaupt wirst du mich um deinen Orgasmus bitten und ich werde entscheiden, ob du dich gehen lassen darfst, oder nicht. Ist das klar? Und frag erst gar nicht in der nächsten halben Stunde. Ich will deine Geilheit genießen. Jetzt mach ihn aus. Keine Schwingungen mehr!«

Sie schnaufte enttäuscht und das leise gleichmäßige Brummen am anderen Ende verklang.

Julian lächelte. »Ich möchte, dass du den Freudenspender in deine Pussy stößt. Tief hinein und wieder heraus. Stell dir vor, es ist mein Schwanz, der in dich eindringt. Wenn ich bei dir wäre, würde dich jetzt ficken und ich möchte, dass du das spürst.«

Die Geräusche, die an sein Ohr drangen, ließen seinen Schwanz schon wieder vor Geilheit schmerzen, obwohl er es sich doch vorhin erst besorgt hatte. Sie war offenbar so nass, dass der Gummipenis Schmatzgeräusche erzeugte. Ihr Stöhnen wurde lauter. Herrlich, allein schon sie zu hören. Er schaute durch das Fernglas. Sie hatte die Schenkel so weit gespreizt, dass er einen guten Blick hatte. Aber noch viel interessanter war ihr Gesicht. Sie hielt die Augen geschlossen, die Lippen leicht geöffnet. Ihr Gesichtsausdruck wirkte entrückt. Pure Lüsternheit. Sogar durch den Feldstecher erkannte er, wie sehr sie sich fallen ließ, vollkommen auf seine Worte konzentriert.

»Julian, bitte! Lass mich kommen oder erlaube mir, den Vib zur Seite zu legen. Ich kann nicht mehr.«

»Nein, du wirst länger aushalten. Einfach nur, weil ich es will. Ich verlange Disziplin von dir!«

»Selbstbeherrschung? Jetzt? Du hast Nerven«, murmelte sie und die leichte Verzweiflung in ihrer Stimme amüsierte ihn fast so sehr, wie sie ihn erregte.

»Okay, leg den Vibrator für einen Moment neben dich aufs Bett.«

»Oh bitte ...«

108

»Jetzt!«

Der scharfe Befehl ließ sie wimmern und augenblicklich gehorchen.

»Kneif fest in deine Nippel, in beide gleichzeitig. Ich möchte dich jammern hören.«

Ihre Laute wirkten eher lustvoll, als schmerzvoll, aber das ging in Ordnung. Wichtiger war, dass sie ihm gehorchte, obwohl sie nicht wusste, dass er sie sah. Was für ein Anblick, wie sie da mit immer noch weit gespreizten Beinen auf dem Bett lag und mit ihren Nippeln spielte. Sie war völlig weggetreten, nur auf seine Stimme fixiert. Natürlich wäre er jetzt lieber dort drüben bei ihr. Aber verdammt, er hätte nie erwartet, dass es so geil sein könnte, mit ihr zu spielen, ohne tatsächlich Sex mit ihr zu haben.

»Julian!«, stöhnte sie sehnsüchtig ins Telefon.

Wahnsinn, wie sinnlich sein Name aus ihrem Mund klang. Wie eine atemlose Melodie, die unweigerlich auf den Höhepunkt zusteuerte. Genau wie sie.

»Nimm den Vibrator und stell ihn auf die höchste Stufe«, flüsterte er rau.

Er sah, wie sie den Freudenspender vom Bett nahm, hörte das Brummen im Hintergrund.

»Greif eine deiner Schamlippen mit Daumen und Zeigefinger und kneif dabei mit den Fingernägeln ins Fleisch. Zieh die Lippe so hoch, wie es geht.«

»Ja genau so!«

›Verdammt Julian, reiß dich zusammen! Sie darf nicht merken, dass du sie sehen kannst! Wie gut, dass sie viel zu weggetreten ist, um meinen Schnitzer zu bemerken.‹

»Jetzt nimm den Vib und streichele damit das feuchte Fleisch, das du so schön lang gezogen hast.«

»Ah, bitte Sir. Bitte, darf ich kommen?«

»Nein!«

Ein kehliges Stöhnen war die Antwort.

Er wartete einige lange Augenblicke, sah ihr zu.

»Okay, du darfst sie wieder loslassen. Fahre mit dem Vibrator über deine Lippen rund herum, ganz langsam mit Gefühl. Spüre, wie die Vibration sich überträgt.«

»Bitte, ich ertrage das nicht länger!«

Er beschloss, ihr eine kleine Pause zu gönnen. »Steht der Vibrator immer noch auf der höchsten Stufe?«

Ein atemloses »Ja, Sir«, klang an sein Ohr.

»Okay, dann halte die Gummieichel an deine Zungenspitze. Genieß das leichte Kitzeln.«

Julian schwieg, lauschte dem leisen Summen, das aus dem Telefonhörer drang, schaute durchs Fernglas und lächelte, als sie seinen Befehlen folgte.

»Umschließe die Spitze mit deinem Mund. Fühle, wie sich die Schwingungen auch auf diese Lippen übertragen ... Gut so! Jetzt stell den Motor aus, aber behalte ihn im Mund.«

Das Brummen verstummte.

»Sehr gut. Ich möchte, dass du ihn tiefer schiebst. Stell dir vor, es wäre mein Schwanz, den du verwöhnst. Konzentrier dich auf deinen eigenen Geschmack, den ich jetzt nur zu gerne kosten würde.«

Er schaute ihr eine Weile zu. Sein Schaft schmerzte vor Sehnsucht bei der Vorstellung, wie sich das anfühlte.

»Okay«, sagte er schließlich leise. »Ich denke, du hast dir deinen Orgasmus verdient. Stell das Ding wieder auf die höchste Stufe und führ ihn in deine Pussy ein, fick dich so, wie du mich jetzt gern spüren möchtest, und komm für mich!«

Sie stöhnte lauter. »Ich brauche es hart und tief, Julian. Fick mich!«

Beim Klang ihrer Stimme lief ihm eine Gänsehaut über den Rücken. Unbeschreiblich, wie sie sich anhörte, kurz bevor sie kam. Ihre Stimme dunkler als sonst, triefend vor Lust, genau wie sie. Fasziniert starrte er durch das Fernglas zwischen ihre weit gespreizten Schenkel. Verfolgte den schnellen Rhythmus, mit dem sie es sich besorgte. Beobachtete, wie sie sich aufbäumte, im gleichen Moment, in dem ihr erlösender Schrei an sein Ohr drang.

Ihre Bewegungen wurden langsamer, ihr Atem ging immer noch schwer, beruhigte sich nur ganz allmählich. Sie blieb liegen, wie sie lag, ließ nur den Vibrator auf die Bettdecke neben sich fallen.

Erst jetzt griff er nach seinem stahlharten Schwanz, während er mit der anderen Hand immer noch den Feldstecher hielt. Den Blick auf ihren atemberaubenden Körper gerichtet, wichste er seinen Schaft mit festen Strichen, zum zweiten Mal an diesem Abend. Er wusste, dass sie am anderen Ende auf seine Atmung lauschte. Er stöhnte leise, um keinen Zweifel daran zu lassen, was er gerade tat und hätte ewig so weiter machen können, in dem Wissen, dass sie ihm zuhörte. Aber er mochte sich nicht zurückhalten und kam mit einem tiefen, lang gezogenen Keuchen. Und während sein Saft ihm über die Hand und auf den Boden tropfte, stellte er sich vor, in ihren Mund zu zielen.

Einige Minuten lang genoss er den sanften Nachhall ihrer beider Gier. Wahnsinn! Wie geil wäre es, das mit ihr gemeinsam zu genießen. Ihre Zuckungen, um seinen Schaft zu spüren. Sie im Arm zu halten, während sie kam. Julian verkniff sich einen Seufzer. Er wusste, dass sie sich noch mehr danach sehnte als er und wollte sie nicht runter ziehen, indem er sich seine Sehnsucht anmerken ließ.

Leise wies er sie an, unter die Decke zu kriechen, und erzählte ihr noch ein paar Geschichten aus seiner Heimat. Erst als er spürte, dass sie müde genug war, um augenblicklich einzuschlafen, wünschte er ihr eine gute Nacht und beendete das Gespräch.

*

Manchmal, wenn Sara sich schlaflos in ihrem Bett drehte, stellte sie sich vor, wie er wohl aussah. Dunkles, schulterlanges Haar und braune Augen, leicht indianisches Aussehen, groß und schlank. So hatte er sich selbst beschrieben. Ein vages Bild waberte durch ihren Kopf, nur Millimeter außerhalb ihrer Vorstellungskraft. Stundenlang konnte sie ihm zuhören, dem Klang seiner Stimme lauschen. Sie redeten über alles und weil sehen und berühren nicht möglich war, hörten sie einander umso intensiver zu. Sara erzählte ihm ihre geheimsten Gedanken und Gefühle und erfuhr auch viel über ihn. Doch sie spürte deutlich die Barriere, an die sie stieß.

Sie wusste, dass er etwas vor ihr verbarg. Es musste was Gravierendes sein, über das er nicht reden konnte oder wollte. Es verletzte sie, dass er sich ihr nicht anvertraute, auch wenn er ihr versicherte, dass sie ihm wichtig war. Julian war ihr Freund, ihr Vertrauter. Noch nie hatte sie sich jemandem so nahe gefühlt, wie ihm, den sie noch nie gesehen hatte. Sie gab die Hoffnung nicht auf, dass er seine Zurückhaltung aufgeben würde, irgendwann ...

Inzwischen telefonierten sie jeden Abend und nicht immer lief das Gespräch auf Telefonsex hinaus.

Sie mochte ihr Leben, das Orchester und ging gerne mit Freunden oder Kollegen aus. Julian machte sie nicht nur heiß, er schenkte ihr Geborgenheit, die sie so intensiv noch nie gespürt hatte. Bei keinem ihrer Ex-Freunde, die körperlich anwesend gewesen waren. Sie war schon immer gerne nach Hause gekommen, in ihre heimischen vier Wände.

Doch seit einigen Wochen klopfte ihr Herz, wenn sie die Wohnungstür aufschloss, weil sie wusste, bald würde sie seine Stimme hören. Sie kniete nur selten nackt auf dem Bett, eigentlich nur dann, wenn sie schon heiß war, bevor sie redeten. Es geschah auch nicht oft, dass er dreimal durchklingelte, und wieder auflegte. Aber wenn er es tat, dann folgte sie seiner Anweisung für dieses Szenario. Meistens jedoch unterhielten sie sich ganz normal und machten einander während des Gesprächs gegenseitig scharf. Oft reichte schon ein Wort, auf das der Andere ansprang. Der letzte Gedanke, bevor sie abends einschlief, galt ihm und morgens wachte sie mit seinem Namen auf den Lippen auf.

Sie war verliebt in einen Traum und freute sich über jede kleine Aufgabe, die er ihr stellte und die sie hingebungsvoll erledigte.

Doch heute Nacht war alles anders. Sara träumte, Julian habe eine Bank ausgeraubt. Ein riesiges Polizeiaufgebot hielt mit Blaulicht vor seinem Haus, worauf er sie als Geisel nahm und drohte, ihr etwas anzutun, wenn die Einsatzkräfte nicht verschwanden. Tatsächlich bedrohte er sie nicht. Während die Polizei einen Plan schmiedete, wie man ihr Leben retten könne, verbrachte sie wunderschöne Stunden voller Leidenschaft mit Julian. Endlich zusammen! Im Traum konnte sie spüren, wie er tief in sie stieß und sie beide sich in einem Sturm der Ekstase dem Gipfel näherten. Doch plötzlich stürmte ein Sondereinsatzkommando ins Zimmer und zog ihn von ihr herunter. Mit einem Schrei und wildklopfenden Herzen erwachte sie. Was für ein dämlicher, vollkommen schräger Albtraum! Dennoch war sie aufgewühlt und hatte wahnsinnige Angst. ›Nein, bitte, ich darf ihn nicht verlieren, niemals!‹ Vielleicht war das ja so etwas wie eine böse Vorahnung und er würde für immer aus ihrem Leben verschwinden? Tränen traten ihr in die Augen. ›Es war doch nur ein Traum, Sara und ein lächerlicher noch dazu! Beruhige dich! Julian ein Bankräuber. Mal ehrlich, gehts noch?‹

Ja, sie wusste, wie dumm das war, aber ihre Panik wollte einfach nicht weichen. Sie griff zum Telefon, das nach ihrem abendlichen Gespräch mit Julian noch auf dem Nachttisch lag, und rief ihn an. Es klingelte bestimmt zwölf Mal. Sie bekam ein schlechtes Gewissen und wollte grade auflegen, als er sich meldete. Sein verschlafen gemurmeltes »Ja?«, ließ ihr Herz ein wenig schneller klopfen.

»Geh nicht weg, lass mich nie allein«, rief sie panisch.

»Äh was? Sara? Was ist passiert?«

»Ich ... ich habe geträumt, du wärst verhaftet worden.«

»Ich? Wieso?« Einen Moment blieb es still in der Leitung. »Ich versichere dir, ich habe nichts Gesetzwidriges getan ... in letzter Zeit zumindest nicht.«

Sie hörte, wie er aufstand. Es klang, als würde er ein Fenster öffnen, aber warum sollte er das tun, mitten in der Nacht?

»Was machst du?«

»Ich, äh ... hole mir nur ein Glas Wasser«, erwiderte er verschlafen. »Mach das Licht aus, Kätzchen und schlaf weiter. Ich schwöre dir, ich gehe nirgendwo hin. Ich bin für dich da, immer.«

»Danke, das bedeutet mir so viel. ... Moment ... Warum sagst du, ich soll das Licht ausmachen? Woher weißt du, dass es an ist?«

Stille.

»Das weiß ich nicht, ich habe es nur vermutet.«

Vielleicht hätte sie ihm geglaubt und das Thema nicht weiter verfolgt. Aber die Art, wie er reagierte, ließ sie aufhorchen. Zuerst sein Schweigen und als er dann sprach, wirkte er hellwach, obwohl er vorher total verschlafen gewesen war. Ein ganz mieses Gefühl breitete sich in ihr aus.

»Sara, bist du noch dran?«

Die mühsam unterdrückte Panik in seiner Stimme war unüberhörbar und Beweis genug, dass hier etwas ganz und gar nicht stimmte.

Sie sagte kein Wort, doch ihre Atemzüge waren vermutlich am anderen Ende zu hören.

»Sara? Sag doch was!«

Nein unmöglich! Das konnte nicht sein, das würde er niemals tun! Er war ihr Freund, ihr Vertrauter!

Aber er wohnte in derselben Stadt und wollte sich nicht mit ihr treffen. Sie musste sich immer zum Fenster drehen, wenn sie es sich selbst besorgte. Nie hatte er sie um ein Foto gebeten, dabei kannte er nur ihr Profilbild im WhipWeb. Männer sind doch visuelle Wesen. Warum hatte sie lediglich auf das geachtet, was er von ihr verlangte, nie darauf, was er nicht sagte oder einforderte?

Ihr wurde eiskalt.

Der Apparat fiel aus ihren tauben Fingern auf den Boden.

Ihre Gedanken rasten, aber sie bekam keinen einzigen davon zu fassen.

Sie hoffte, das Gerät sei in tausend Einzelteile zerborsten, dann müsste sie nichts mehr hören, nicht denken.

Eine Faust griff in ihr Innerstes, zerquetschte nicht nur ihr Herz, sondern auch ihre Lungen. Verzweifelt rang sie nach Luft.

Das Telefon funktionierte. Sie hörte ihn vom Boden aus ihren Namen rufen, nahm sogar die Verzweiflung in seiner Stimme wahr.

Schuldig! Schien der Tonfall zu sagen.

Etwas in ihr zerbrach.

›Dieses Schwein! Ich habe ihm vertraut! Sind denn alle Männer miese Ratten?‹

Sie staunte darüber, dass ihre Hand nicht zitterte, als sie sich bückte, um das Gerät aufzuheben. Ihre Faust schloss sich um das Gehäuse, als wollte sie es zerquetschen.

»Sara! Sag doch was!« Schallte es verzweifelt aus dem Lautsprecher.

»Du Perverser! Du erbärmlicher, dreckiger Spanner!« Sie wunderte sich, wie ruhig ihre Stumme klang. Vollkommen emotionslos. Am anderen Ende wurde es still.

»Ich habe dir vertraut! Mehr als jedem anderen Menschen zuvor!«

Sie lief zum Fenster. Sie war nackt, aber was machte das schon aus? Es gab nichts, was er nicht ohnehin schon gesehen hatte.

»Wo bist du? Zeig dich gefälligst! Ich will dich sehen! Los du Feigling. Beweise nur einmal, dass du Eier in der Hose hast!«, schrie sie ihn an.

Sie hörte ihn mehrmals tief durchatmen, während sie den Kopf hektisch nach rechts und links drehte. Fieberhaft suchte sie nach seiner Silhouette hinter den dunklen Fenstern auf der anderen Straßenseite.

›Wo ist er? Gegenüber steht doch nur das alte Bürohaus. Da wohnt niemand.‹ Es war drei Uhr nachts, die ganze Straße lag im Dunkeln. Ein kleines Licht ging auf dem Bürohausdach an und leuchtete in ihre Richtung. Offenbar hatte er die Taschenlampenfunktion seines Handys aktiviert.

»Du lungerst da oben auf dem Dach rum? Nur ein paar Meter von mir entfernt?« Einen langen Augenblick blieb es stumm in der Leitung. »Nein, du kannst mich nicht sehen von da! Du bist zu weit weg, um in mein Fenster zu gucken! Sag mir, dass du mich nicht sehen kannst, Julian! Nein, sag es mir nicht! Lüg mich nicht an! Wie machst du das?«

Sie hörte ihn tief einatmen.

»Sag es mir, verdammt noch mal! Sofort! Und wage nicht, mich anzulügen!«, brüllte sie ins Telefon.

»Ein Fernglas«, erwiderte er schließlich resigniert. »Vom Dach aus hat man mit dem Feldstecher einen guten Blick.«

»Du perverses Schwein! Ich will nie wieder was mit dir zu tun haben!« Ihre Stimme überschlug sich. Sie klang vollkommen hysterisch, aber das war ihr egal. Sie hörte ihn Luft holen, gab ihm aber keine weitere Gelegenheit zu sprechen. Sie wollte nichts mehr hören. Schluss, aus, vorbei, erledigt!

Sie drückte auf die Taste, die das Gespräch beendete und ließ den Apparat achtlos fallen. Dann zog sie die Jalousie herunter, bis kein einziger Lichtschein mehr ins Zimmer schien.

Mit wild rasendem Herzen setzte sie sich auf die Couch, gelähmt vor Entsetzen. Dann sprang sie wieder auf, lief hinüber zu ihrem Computer, löschte alle Mails von ihm und blockierte ihn im WhipWeb. Hätte sie das damals doch sofort getan! Ihm am besten niemals geantwortet! Sie schaute auf die geschlossene Jalousie. Hier konnte sie nicht länger bleiben!

Sara hatte ihr Miniloft immer geliebt, sich hier zu Hause gefühlt … bis jetzt zumindest. Plötzlich hatte sie den Eindruck, tausend Augen würden sie anstarren. Niemand konnte mehr hineinschauen, das wusste sie, aber dieses miese Gefühl wollte nicht weichen. Gleichzeitig kam es ihr vor, als läge sie in einem Sarg. Nicht rausgucken zu können, das Mondlicht nicht mehr sehen. Es wurde eng in ihrer Brust. Mühsam kämpfte sie die Panik nieder. Es half nichts, sie brauchte eine neue Wohnung, so schnell wie möglich! Hektisch öffnete sie den Wohnungsmarkt im Internet und begann fieberhaft zu suchen.

Julian schaute zu, wie die Jalousie vor ihrem Fenster hinabglitt. Das fühlte sich an, als würde ihm die Tür vor der Nase zugeschlagen, die sich vermutlich nie wieder öffnete. Zumindest nicht für ihn.

Er verfluchte sich selbst. Warum hatte er nichts Besseres zu tun gehabt, als auf das verdammte Dach zu klettern, als sie ihn geweckt hatte? Wieso war er nicht einfach in seinem Bett liegen geblieben? Er hätte doch nur in bisschen mit ihr zu reden brauchen, damit sie sich beruhigte und wieder einschlief. Dann hätte er das verflixte Licht in ihrer Wohnung gar nicht gesehen und sich nicht verplappert! Und warum um alles in der Welt hatte er dieses Versteckspiel überhaupt erst angefangen? Wäre er doch ehrlich zu ihr gewesen. Dafür hätte er ihr noch nicht einmal gegenübertreten müssen. Ihr zu erzählen, weshalb er sie nicht treffen konnte, hätte ausgereicht. Vielleicht hätte es sie sogar getriggert, von ihm beobachtet zu werden. Nicht auszuschließen, dass sie ihn verstanden hätte, wenn auch eher unwahrscheinlich. Aller Voraussicht nach hätte sie ihn zum Teufel gejagt. Dann wären ihnen ein paar prickelnde Stunden versagt geblieben, aber sie hätte ihren Respekt vor ihm nicht verloren.

Ob sie sich wieder beruhigte?

Nein.

Würde sie ihm jemals verzeihen?

Sicher nicht.

Mit geballten Fäusten lief er auf dem Flachdach hin und her. Was war er doch für ein Vollidiot! Er wollte etwas zerschlagen! Er hob das Fernglas vom Boden auf. Einen weniger robusten Gegenstand hätte er zerquetscht, so fest hielt er es. Was weckte sie ihn auch mitten in der Nacht, die Zicke! Julian schüttelte den Kopf. Kein Grund, seine Wut auf sie zu richten. Am liebsten hätte er den Feldstecher vom Dach geschmissen, doch er brachte es nicht über sich, ihn zu zerstören, also legte er ihn zurück an seinen Platz. Er setzte sich, barg das Gesicht in den Händen, wünschte sich, die Zeit zurückdrehen zu können und alles anders zu machen. Wie es ihr wohl jetzt ging? Bestimmt fühlte sie sich verraten. Mal wieder hatte er einen Menschen verletzt, an dem ihm sehr viel lag. Er hoffte, dass die Wunde heilen würde.

Er schaute ins WhipWeb. Natürlich gab es keine Nachricht von ihr. Einer bösen Ahnung folgend, klickte er ihr Profil an. »Sie können das Profil des Nutzers nicht ansehen, da Sie blockiert wurden.«

Na toll, was hatte er auch erwartet?

Nichts.

Aber gewünscht hätte er sich, dass sie ihm ihre Wut entgegenschleuderte. Damit könnte er besser umgehen, als mit dem Schweigen, das laut in seinen Ohren zu dröhnen schien.

Sollte er zu ihr hinüber gehen und versuchen mit ihr zu reden? Nach kurzem Überlegen schüttelte er den Kopf. Sie würde ihm nicht zuhören. Nicht jetzt. Vermutlich nie mehr. Er hatte es gründlich versaut. Zu spät, die Dinge gradezubiegen. Julian fühlte sich, als hätte er seinen besten Freund verloren. Und so war es ja auch. Sara war seit Langem die Einzige, die er an sich herangelassen hatte. Sie war Freundin und Vertraute für ihn geworden. Und nun gab es nichts weiter tun, als sich zurückzuziehen, und sie, genau wie all die anderen Menschen, die ihm wichtig waren mit seiner Gegenwart zu verschonen.

*

Wut!

Unsägliche, dunkle Wut.

Sie hatte es gewagt, ihn aus ihrem Leben auszuschließen. Einfach die Jalousie vor ihr Fenster gezogen und weg war sie. Warum hatte sie sich seinen Blicken entzogen? Hatte sie ihn bemerkt?

Unmöglich.

Die Nacht war seine Verbündete. Sie verbarg ihn vor den Augen der lästigen, viel zu neugierigen Masse.

Dass sich das kleine verdorbene Miststück vor ihm versteckte, konnte er jedoch nicht hinnehmen.

Er musste sie sehen. Aber sie war da drin und kam kaum heraus. Nur mit ihrem Geigenkasten in der Hand, wenn sie zur Arbeit fuhr. Ihr dorthin zu folgen, lohnte sich nicht. Sie parkte direkt vor dem Hintereingang der Philharmonie und verschwand sofort im Konzerthaus.

Das brachte ihn auf eine Idee, wie er sie endlich wiedersehen konnte. Er kaufte eine Eintrittskarte für das Konzert am nächsten Abend in der niedrigsten Preiskategorie. Vierzig Euro, immer noch ein unverschämt hoher Preis für seinen Geschmack.

Und dann musste er sich auch noch einen schwarzen Anzug leihen, obwohl er selbst einen besaß. Leider erwies sich sein Jackett als zu kurz, um die Gürteltasche vor neugierigen Blicken zu verbergen. Immerhin würde er sich mit der Maus im gleichen Saal aufhalten. Da konnte er unmöglich auf sein Messer verzichten. Wer weiß, vielleicht würde sich ja eine günstige Gelegenheit ergeben, mit ihr allein zu sein. Auf dem Weg zu der Veranstaltung malte er sich aus, wie er sie in die Garderobe zerrte, um sie dort an die Haken zu hängen. Eigentlich stand er ja mehr auf einen Showdown im Freien. Aber da hatte er auch schon Ausnahmen gemacht, die sehr erfreulich verlaufen waren.

Er würde lässig nach seinem Gürtel greifen, die Klinge aus dem Lederetui ziehen und zusehen, wie sie entsetzt die Augen aufriss. Irgendeiner der Besucher hatte bestimmt neben dem Mantel auch einen Schal an der Garderobe abgegeben. Es lag nicht in seiner Absicht, ihr die Augen zu verbinden. Nein, er wollte nicht, dass sie die Hälfte der Show verpasste. Schließlich war sie die Solokünstlerin in seiner Inszenierung. Ihr gebührte das Privileg, seine bildschöne Klinge aus glänzendem Edelstahl nicht nur spüren, sondern auch sehen zu dürfen. Den Schal würde er ihr als Knebel in den Mund stopfen, damit sie nicht das ganze Konzerthaus zusammen schrie. Und dann würde er sich gründlich um sie kümmern. Was für eine geile, wundervolle Vorstellung!

Die Realität allerdings war ernüchternd.

Rausgeputzte Frauen und Männer, die herumstolzierten wie alberne Pfaue. Sogar das Personal, das die Eintrittskarten kontrollierte und Getränke ausschenkte, wirkte auf ihn versnobt. Die Musiker sah er erst, als sie die Bühne betraten. Sein Platz befand sich so weit hinten, dass er das Objekt seiner Begierde inmitten des Orchesters kaum erkennen konnte. Das Gedudel fand er schrecklich langweilig. Das so etwas überhaupt als Musik durchging. Nach ungefähr zwanzig Minuten schlief er ein, was er eigentlich als Segen empfunden hätte. Doch ein solcher Kontrollverlust in der Öffentlichkeit war unverzeihlich und ärgerte ihn maßlos. Er verließ das Konzert in der Pause. Seine Wut stand kurz vor dem Siedepunkt. Der einzige Lichtblick war sein Messer. Ein gutes Gefühl, die Gürteltasche durch den dünnen Stoff seiner Anzughose zu spüren. Die Klinge war hungrig, genau wie er. Sie sehnte sich danach, einzutauchen, in Fleisch und Muskeln.

»Für diesen missglückten Abend wirst du büßen, Mäuschen, das weißt du, nicht wahr?«

Rot.

Die Farbe seiner Wut.

*

Vier Wochen waren vergangen. Sara steckte all ihren Zorn und ihre Energie in die Wohnungssuche. Sie brauchte dringend einen Tapetenwechsel. Das Miniloft schien ihr kein Glück zu bringen. Erst Konrad, dann Julian. Höchste Zeit für einen Neuanfang! Wenn sie nicht gerade probte oder mit ihrem Ensemble ein Konzert gab, brütete sie über Wohnungsinseraten, die sie in der Tageszeitung oder im Internet fand. Fast jeden Tag besichtigte ein oder zwei Objekte.

Kaum zu glauben, was man da alles angeboten bekam. Wohnungen, geschickt fotografiert, erwiesen sich als Bruchbuden mit Renovierungsstau. Zimmer, die viel kleiner waren, als die Bilder versprachen. Ein Balkon entpuppte sich als schmaler Vorbau, auf dem man sich kaum drehen konnte. Bei einem Objekt befand sich die Toilette auf dem Flur. Dass es so etwas heutzutage überhaupt noch gab. Aber sie schaute sich auch Mietwohnungen an, die ihr gut gefielen. Bei einer waren die Nebenkosten so hoch, dass die Miete für sie nicht bezahlbar war. Bei der Nächsten kündigte die Vermieterin an, sie käme gern alle paar Monate mal vorbei, um sich zu vergewissern, dass die Wohnung noch in gutem Zustand sei. Ein ältliches Ehepaar wünschte, nur an verheiratete Paare, ohne Kinder, zu vermieten. Und ein wirklich schönes Apartment bekam ein Mitbewerber, weil der Makler die Meinung vertrat, der sei langfristig solventer als eine alleinstehende Musikerin.

Sara schüttelte ihre Enttäuschung ab und suchte verbissen weiter.

Nebenher bemühte sie sich um Konzentration bei den Proben. Auf keinen Fall wollte sie sich noch einmal einen Tadel ihres Orchesterleiters einhandeln. Es fiel ihr nicht leicht, den nötigen Enthusiasmus beim Geigespielen zu entwickeln, denn am Liebsten hätte sie sich einfach nur unter ihrer Bettdecke verkrochen. Doch sie gab ihr Bestes.

Nach dem Ende der Orchesterprobe griff sie schnell nach ihrer Jacke und verstaute ihr Instrument, um zu einem weiteren Besichtigungsobjekt aufzubrechen. Die Adresse lag in der Nähe der Philharmonie in einer ruhigen Seitenstraße. Zweieinhalb Zimmer, der Boden mit alten Holzdielen ausgelegt, die sogar in der leeren Wohnung schon eine heimelige Atmosphäre verbreiteten. Das Objekt befand sich im ersten Stock, mit einem Balkon, auf den ein kleiner Tisch mit zwei Stühlen und ein ganzes Blumenmeer passen würden. Die Räume lichtdurchflutet und uneinsehbar.

Dieses Mal wirklich, soweit sie das beurteilen konnte, denn alle Fenster gingen auf einen kleinen Park hinaus. Die Äste der Bäume dort hingen so hoch, dass man ohne Leiter nicht hinauf gelangen konnte. Und das Beste daran, die Miete war bezahlbar und der Vermieter ein netter älterer Herr. Die Chemie zwischen ihnen stimmte sofort. Der Eigentümer bat sich Bedenkzeit bis morgen aus, da er noch andere Interessenten zur Besichtigung eingeladen hatte. Doch Sara verließ sich auf ihr Bauchgefühl. Sie würde die Zusage bekommen, keine Frage. Zum ersten Mal seit Wochen fuhr sie beschwingt nach Hause. Sie parkte den Wagen, schloss ihre Wohnungstür auf und ... brach in Tränen aus. Warum, wusste sie selbst nicht. Was war nur los? Sie verstand es nicht.

Der muffige Geruch in der Wohnung und das komplette Fehlen von Tageslicht deprimierte sie. Das war bestimmt nicht der Grund für ihren Gefühlsausbruch, trotzdem brauchte sie Licht. Jetzt sofort! Sonst lief sie Gefahr, durchzudrehen. Sara stürzte zum Fenster, zog die Jalousie hoch, riss das Fenster auf und atmete tief durch. Dennoch konnte sie nicht aufhören zu weinen. Schluchzend warf sie sich auf ihr Bett. Das hier ist doch mein Zuhause, dachte sie verzweifelt.

Sie drehte sich zum Fenster. Wie sehr sie den vertrauten Ausblick vermisst hatte, ging ihr jetzt erst auf. Aber was war so Besonderes an der Aussicht, wenn man nur auf die Häuserwand gegenüber und eine Straßenlaterne schaute? In der neuen Wohnung würde sie ins Grüne blicken. Konzentriert starrte sie hinüber auf das Flachdach. Jetzt, wo sie darauf achtete, sah sie einen Stuhl dort stehen, den sie vorher nie bemerkt hatte. Sie hätte schreien mögen, so weh tat der Anblick. ›Julian ...‹ Sie weinte heftiger.

Für einen Moment verschlug es ihr tatsächlich den Atem. Hustend stand sie auf, um sich die Nase zu putzen.

›Julian? Ernsthaft? Nach allem, was er getan hat? Er hat mein Vertrauen auf das Übelste missbraucht! Hat mich ausspioniert, begafft, hintergangen, belogen! ... Nein ... gelogen hat er eigentlich nie ...‹

Sie setzte sich im Schneidersitz auf ihr Bett und schaute nachdenklich hinaus. Schließlich stand sie auf, fuhr ihren Computer hoch und ging ins WhipWeb. Zum ersten Mal seit einem Monat. Sie hatte ihn blockiert. Eine Nachricht würde sie also nicht von ihm vorfinden. Oder hatte er vielleicht extra einen neuen Account generiert, um ihr zu schreiben. Sie checkte ihre Mails, löschte gleich den ganzen Spam. Nein ... Erleichterung und Enttäuschung wetteiferten in ihr um die Vorherrschaft. Offenbar war sie nicht wichtig genug für ihn, um ihr über Umwege seine Beweggründe zu erklären.

Andererseits hatte er ihren Rückzug respektiert und war ihr nicht auf die Pelle gerückt. Kein Mail-Terror, er schrieb ihr keine Briefe, wartete nicht vor ihrer Haustür und hatte kein einziges Mal versucht sie anzurufen. Nicht mitten in der Nacht, wo sie vielleicht nicht auf die Rufnummer im Display geachtet hätte und auch sonst nicht. Kein Versuch, sich zu verteidigen, keine Erklärung, nichts. Nicht unbedingt das Verhaltensmuster eines Stalkers. Bemüht hatte er sich allerdings auch nicht um sie. ›Herrgott, kann mich grad selbst nicht leiden. Dass er keinen Kontakt zu mir gesucht hat, ist entweder gut oder schlecht. Sollte mich wohl für eins entscheiden können.‹

Sie klickte ihren Papierkorb an. Vor vier Wochen hatte sie seine Mails gelöscht, jedoch nicht daran gedacht, dass sie im Papierkorb noch vorhanden waren. Vorsichtig, um nur ja keinen Fehler zu machen, stellte sie alle Nachrichten von ihm wieder her.

Erst jetzt verstand sie die wahre Bedeutung.

»Wenn ich mich allein fühle, koche ich mir eine Tasse heiße Schokolade und schaue hinaus. Und wenn ich mir die Fenster gegenüber anschaue und mir die Menschen vor Augen führe, die dort leben, vergesse ich meine Einsamkeit.«

Das hatte er ihr geantwortet, als sie ihn fragte, ob er sich manchmal einsam fühlte. Eigentlich hatte er ihr gesagt, was er tat, nur war ihr der Sinn seiner Worte natürlich verborgen geblieben.

›Verdammt! Er ist nur ein mieser Spanner, aber er fehlt mir wahnsinnig.‹ Eigentlich hatte er nichts Böses getan, außer sie ohne ihr Wissen zu beobachten. Aber das war schlimm genug! Und selbst wenn er sie nicht belogen hatte, er war nicht ehrlich gewesen.

Erneut putzte sie sich die Nase, wischte entschlossen die Tränen fort und griff zum Telefon. Selbstverständlich hatte sie seine Nummer gelöscht, aber sie wusste die Ziffern auswendig.

Nach dem dritten Klingeln meldete er sich.

»Du hast mich hintergangen und mein Vertrauen missbraucht!«

Verdutztes Schweigen am anderen Ende.

»Sara?«

Die Überraschung in seiner Stimme tat ihr gut. Offenbar hatte er nicht damit gerechnet, noch mal von ihr zu hören. Unbeirrt redete sie weiter.

»Ich bin entsetzt darüber, dass du auf dem Dach hockst und mich begaffst. Ich ... ich habe mir eine neue Wohnung angesehen, die ich wahrscheinlich auch bekomme.« Sie hielt inne, atmete mehrmals tief ein und aus.

Er schwieg, versuchte nicht einmal, sich zu verteidigen.

»Ich will einen Mann, den ich anfassen kann. Einen, der mich in den Arm nimmt. Ich brauche keinen Telefonsexpartner und erst recht keinen Spanner! Ich bestehe darauf, dass du rüberkommst. Jetzt!

Sofort! Keine Geheimnisse mehr! Vielleicht gebe ich dir sogar eine zweite Chance, ich weiß es noch nicht genau. Aber ich verlange absolute Ehrlichkeit von dir! Wenn du das nicht kannst oder nicht willst, unterschreibe ich morgen den neuen Mietvertrag und verschwinde aus deinem Leben. Ich werde dir nicht sagen, wohin ich umziehe. Du wirst mich nie wiedersehen. Entscheide dich schnell, ich warte nicht lange!«

Am anderen Ende blieb es still. Saras Herz schlug hart gegen ihre Rippen. Sie hatte sich vorher nicht überlegt, was sie ihm sagen wollte. Die Worte waren einfach aus ihr herausgesprudelt. Sie staunte selbst über das, was sie gesagt hatte und noch mehr darüber, wie wichtig ihr seine Antwort war. Vermutlich wunderte sie sich sogar noch mehr als er darüber, dass sie ihm eine zweite Chance anbot. Das war ihr nicht klar gewesen, als sie seine Nummer wählte. Alles Gewinnen oder alles Verlieren. Wie würde er sich entscheiden?

Julian räusperte sich. »Das kommt sehr plötzlich. Und es ist nicht leicht für mich, sonst wäre ich schon längst zu dir rübergekommen. Aber ...« Er brach ab, räusperte sich erneut. Seine Stimme klang unsicher. »Aber es kann vielleicht funktionieren. Wenn du zu einem Kompromiss bereit bist«, fuhr er fort und hörte sich dabei schon etwas entschlossener an. »Ich möchte nicht, dass du mir ins Gesicht schaust. Ich erkläre dir warum, sobald ich bei dir bin. Setz dich auf einen Stuhl mit dem Rücken zur Eingangstür. Du wirst dich nicht umdrehen und mich nicht ansehen. Wenn du mir das versprichst, komme ich zu dir rüber.«

»Das ... das ist ziemlich schräg, meinst du nicht? Nach allem, was du getan hast, soll ich mich darauf einlassen?«

Sie hörte ihn tief ein- und wieder ausatmen.

»Das ist viel verlangt, das ist mir klar. Aber es geht nicht anders. Das ist meine Bedingung. Nur ein kleines Entgegenkommen von dir, das uns möglicherweise eine echte Chance gibt.«

Sie zögerte. »Ich weiß nicht, findest du, dass es ein kleines Entgegenkommen ist? Und wie kommst du überhaupt auf den Gedanken, dass du ein Zugeständnis von meiner Seite verdienst? Du erwartest tatsächlich von mir, dass ich mich blind auf dich einlasse? Und das nachdem du mein Vertrauen so schändlich missbraucht hast. Du hast wirklich Nerven, das muss ich dir lassen.«

Schweigen.

»Hast ... hast du Angst vor mir, Kätzchen?«, fragte er zaghaft.

»Was? Nein.« Sie horchte in sich hinein. »Nein, keine Angst. Da bin ich mir absolut sicher.«

»Dann hilf mir. Gib uns diese Chance, bitte.« Sein Tonfall klang eindringlich, fast schon flehentlich.

Ihr Mund wurde trocken. ›Das ist viel verlangt. Soll ich mich darauf einlassen? ... Immerhin hat er nachgegeben. Ich bin ihm wichtig genug, dass er herkommt, obwohl er das bislang rigoros abgelehnt hat, warum auch immer. Glaubt er, dass er mir nicht gefällt? Verdammt es tut so gut, seine Stimme zu hören. Oh Gott, in nicht einmal zehn Minuten könnte er hier sein, ich muss nur diese kleine Bedingung akzeptieren. Ich darf ihn nicht ansehen, aber ich kann ihn anfassen und er mich. Ich will die Verbindung zu ihm nicht abbrechen. Er bedeutet mir zu viel. Und eigentlich ist mir, vollkommen egal, wie er aussieht. Wir haben uns auf einer ganz anderen Ebene kennengelernt, als das bei einem realen Treffen möglich gewesen wäre. Selbst wenn er ausschaut wie Quasimodo, wäre er mir nicht weniger wichtig.‹

»Ich ... also okay, ich bin einverstanden. Ich verspreche dir, auf dem Stuhl zu sitzen und den Blick auf den Boden zu richten. Ich werde nicht hochschauen, wenn du reinkommst. Wenn du es möchtest, lege ich einen Schal über die Rückenlehne, dann kannst du mir die Augen verbinden. Aber gib mir eine halbe Stunde Zeit. Ich bin gerade erst nach Hause gekommen und will mich kurz noch frisch machen. Wenn ich fertig bin, stecke ich meinen Schlüssel von außen in die Wohnungstür. Ich muss verrückt sein, aber du bekommst deine Chance.«

*

Julian fühlte sich mit der Situation überfordert. Von Null auf Hundert in wenigen Augenblicken. Wie sollte man sich darauf einstellen können? Er sprang unter die kalte Dusche, um den Kopf freizubekommen. Noch vor zehn Minuten glaubte er, ihre Jalousie würde sich nie wieder öffnen. Sie hatte ihn aus ihrem Leben ausgesperrt. Verzichtete dafür sogar auf das Tageslicht, das ihr offenbar so wichtig war, dass sie nicht mal Gardinen vor den Fenstern mochte. Seit vier Wochen warf er sich vor, sie enttäuscht zu haben, wünschte sich, das alles ganz anders angefangen zu haben. Und jetzt, nachdem er einsah, dass er sie besser nie gesehen und erst recht nicht kennengelernt hätte, setzte sie ihm das Messer auf die Brust, nötigte ihn, ihr gegenüberzutreten. Ob sie ihr Versprechen hielt? Konnte sie ihre Neugier bezähmen? Was blieb ihm übrig, als das Risiko einzugehen? Stimmte er nicht zu, zog sie weg und verschwand aus seinem Leben. Schaute sie ihm ins Gesicht, wäre sie entsetzt und würde nichts mehr mit ihm zu tun haben wollen. Das Ergebnis wäre das Gleiche.

Eiskaltes Wasser prasselte auf seine Haut und plötzlich fiel ihm auf, was für ein jämmerlicher Schlappschwanz er in den letzten zweieinhalb Jahren geworden war. Himmel früher hätte er nicht so gehadert. Hätte er gewollt, dass eine Frau ihn nicht ansah, hätte er ihr befohlen, ihn mit verbundenen Augen zu empfangen. Nicht den leisesten Zweifel hätte er gehegt, dass sie seine Anordnung befolgte. Er zögerte nie, verließ sich auf seine Intuition und seine Empathie.

Mit einem Kopfschütteln drehte er den Hahn zu. Von seinem einst eher übersteigerten Selbstbewusstsein, war nicht allzu viel übrig geblieben. Sollte er sich nicht freuen, dass sie ihn dazu nötigte, sie zu treffen? Endlich würden sie sich gegenüberstehen. Wenn sie sich trotz ihrer Vorbehalte zur Begrüßung umarmen ließ, würde er zumindest kurz ihren Körper spüren und endlich herausfinden, wie ihr Haar roch. Möglich, dass sie ihn schnell wieder hinauswarf, oder sie verbrachten einen wunderbaren Abend miteinander.

Er rasierte sich, zog Jeans und ein dunkelblaues T-Shirt an und verließ seine Wohnung, um die paar Schritte über die Straße zu ihr hinüberzugehen. Unmittelbar, nachdem er die Klingel betätigt hatte, drückte sie auf, ganz so, als habe sie vor der Tür gestanden und auf ihn gewartet. Mit wummerndn Herzen lief er die Treppe in den vierten Stock hinauf. Nie hätte er damit gerechnet, doch in nicht einmal einer Minute würde er ihr tatsächlich gegenüberstehen. Wie versprochen, steckte der Wohnungsschlüssel von außen. Der Knoten in seinem Magen verursachte ihm Übelkeit. Für einen Moment verharrte er, atmete mehrmals tief durch. Schließlich öffnete er die Wohnungstür, zog den Schlüssel ab und warf ihn drinnen achtlos auf die kleine Kommode.

Der geräumige Raum erschien ihm gleichzeitig fremd und vertraut. Julian fand jedoch keine Muße, sich umzusehen, denn sein Blick blieb an ihrer schmalen Gestalt hängen. Sie saß mitten im Zimmer mit dem Rücken zu ihm auf einem Stuhl und senkte den Kopf, genau, wie er es ihr befohlen hatte. Über der Rückenlehne lag ein schwarzer, zu einer Augenbinde gefalteter, Schal.

Er sagte kein Wort, nahm das Tuch, bedeutete ihr durch den sanften Druck seiner Hände, den Kopf ein wenig zu heben, und verband ihr die Augen. Sie trug ein rotes, kurzärmeliges Kleid. Der Rock bedeckte ihre Schenkel gerade so weit, dass es nicht aufreizend wirkte. Ihre lange Mähne floss seidig über ihren Rücken. Er hätte gern etwas Intelligentes gesagt, aber er befürchtete, seine Stimme könnte versagen, deshalb blieb er stumm. Er tauchte beide Hände in ihr Haar, das überraschenderweise dunkelbraun und nicht schwarz war, wie er immer gedacht hatte. Es fühlte sich wunderbar weich an und verströmte einen angenehmen Duft nach Jasmin. Er schob die dunkle Fülle über eine Schulter nach vorn und legte ihren Nacken frei. Hek-

130

tisch holte sie Luft, offenbar war sie genauso nervös wie er. Dieses Wissen gab ihm ein wenig Selbstsicherheit. Er beugte sich herunter, strich nur mit den Fingerkuppen sachte über ihren Nacken und flüsterte in ihr Ohr: »Guten Abend Lady in Red.«

Die Härchen in ihrem Nacken stellten sich auf und über ihren Rücken kroch eine gutsichtbare Gänsehaut. Seine Stimme hatte leicht brüchig geklungen, doch ihr schien das zu gefallen. Julian lächelte. Er ließ seine Hand locker auf ihrer Haut liegen, damit sie spüren konnte, dass er um sie herum ging. Den Blick richtete sie immer noch zu Boden, deshalb umfasste er ihr Kinn und veranlasste sie, den Kopf zu heben. Er wusste, dass sie schön war, doch sie zu betrachten, während sie weniger als eine Armlänge von ihm entfernt saß, war etwas ganz anderes, als durch ein Fernglas zu schauen. Ihm stockte kurz der Atem. Ihre vollen roten Lippen luden zum Küssen ein. Er beherrschte sich. Ihr Verhältnis konnte man zur Zeit nicht unbedingt harmonisch nennen. Kein guter Zeitpunkt, vorzupreschen und sich Freiheiten herauszunehmen, für die er eine Ohrfeige riskierte.

Herzförmiges Gesicht, schmale Nase, ihre Mundwinkel zierten zwei süße Grübchen. Mit der Augenbinde vermittelte sie den Eindruck von Verletzlichkeit, aber er wusste, dass sie stark war, und verdammt wütend auf ihn. Er schluckte. Ob es ihm gelang, sie zu besänftigen? Sein Herz schlug schneller. Er fasste nach ihren Händen und bedeutete ihr aufzustehen. Überrascht stellte er fest, dass sie gerade mal einen halben Kopf kleiner war als er. Das Kleid reichte im Stehen bis zur Mitte der Oberschenkel und betonte ihre endlos langen Beine.

»Es ... ich fasse es nicht, dass du endlich hier bist. Das ist ... ich bin so aufgeregt ... stinkwütend auch. Trotzdem ... ich weiß gar nicht, was ich sagen soll. Ich ... ich würde dich gerne berühren. Ich meine ... du hast mir ja einen meiner Sinne genommen, das muss ich doch ausgleichen, also ...«

Sie brach ab, schien nach Worten zu suchen.

Trotz seiner Nervosität stahl sich ein Lächeln auf seine Lippen. Ihre Unsicherheit half ihm ein wenig über seine eigene hinweg. »Klar, darfst du mich anfassen, wo du willst, aber bitte nicht ins Gesicht.«

»Dieses ganze Szenario ... und jetzt die Augenbinde ... ich war ... bin ... immer noch stocksauer auf dich ... sollte ich ... Aber das du hergekommen bist ... mich in diese devote Haltung zwingst ... Du lässt mich ganz andere Dinge fühlen und meine Wut rückt in den Hintergrund. ... Absicht?«

Sie löste ihre kleinen Hände aus seinen großen, strich über seine Handgelenke, über die Unterarme bis zu seinen Schultern. Er beschloss, das nicht als ernst gemeinte Frage aufzufassen. Stumm genoss er ihre vorsichtigen Berührungen, inhalierte ihren süßen Duft nach Jasmin und Frau. Wahnsinn, sie stand wirklich und leibhaftig vor ihm. Nach all der Zeit. Er hätte sie auch gern angefasst. Sie in seine Arme gezogen. Doch er zwang sich, ruhig stehen zu bleiben. Es lag ihm fern, noch Öl in das Feuer ihrer Wut zu gießen. Außerdem wollte er ihre Erkundungstour nicht stören. Behutsam ließ sie ihre Finger über seinen Körper wandern. Die unterschiedlichsten Emotionen nahmen ihn gefangen. Ihre Nähe berauschte ihn und er war froh darüber, dass er sie offenbar ein wenig von ihrem Zorn abgelenkt hatte. Sie strich seitlich über seinen Hals, bis zu den Ohren. Dort stockte sie kurz, er ahnte, dass sie nur zu gerne höher gewandert wäre, doch sie ließ ihre Hand sanft wieder hinabgleiten. Er wünschte, sie würde unter seinem T-Shirt über nackte Haut streicheln, aber sie blieb über dem Stoff, wanderte weiter hinunter, über seinen Bauch.

»Du bist gut in Schuss für jemanden, der kaum das Haus verlässt«, murmelte sie leise.

Er räusperte sich. »Ich habe mir eine Reckstange in einen Türrahmen gebaut. Ich mache täglich Klimmzüge, Sit-ups und Liegestütze und ich besitze ein Laufband. Ich halte mich fit, damit ich nicht aus der Form komme.«

Er stockte abrupt, weil sie über seinen Gürtel strich. Sein bester Freund reckte sich erwartungsvoll, doch sie fuhr seitlich über seine Hüften und dann an seinen Oberschenkeln hinab, bis zu den Knien.

»Okay«, sagte sie schließlich. »Ich habe einen recht ungewöhnlichen ersten Eindruck gewonnen. Keine Ahnung, ob ich dir je verzeihen kann, was du getan hast. Mich auszuspionieren und heimlich zu beobachten ist echt mies. Ich weiß selbst nicht, wieso ich dich hergebeten habe, oder überhaupt noch mit dir rede. Mir war nicht einmal bewusst, dass du mir gefehlt hast und ich verstehe wirklich nicht, warum. Ich muss vollkommen verrückt sein! Aus irgendwelchen Gründen, die mir selbst nicht klar sind, will ich dich scheinbar nicht verlieren. Aber ich verlange Erklärungen von dir! Vielleicht fängst du einfach mal damit an, warum du mich durch ein Fernglas begaffen musstest, obwohl du genau wusstest, dass du jederzeit hättest rüberkommen können.«

»Ich erzähl dir meine Geschichte. Das hab ich ja versprochen. Aber ich hätte dich gerne nah bei mir, während ich rede. Das würde mir helfen.«

Prompt trat sie einen Schritt zurück. »Übertreib es nicht! Ich höre mir an, was du zu sagen hast und das ist mehr, als du verdienst. Ich bin stocksauer auf dich! Wenn ich daran denke, wie sehr du mich die ganze Zeit über hintergangen hast, möchte ich dich anschreien und dann rauswerfen und dich nie wiedersehen.«

Sie schüttelte den Kopf und seufzte.

»Aber da ist diese andere Seite in mir, die sich nur danach sehnt, dir nahe zu sein. Und egal was du getan hast, dieser Wunsch ist im Moment dringender.« Sie schwieg einen langen Augenblick. Erst als das Schweigen zwischen ihnen unangenehm wurde, sprach sie weiter. »Du bist mir so vertraut, ich habe das Gefühl, ich kenne dich schon ewig, dabei sind wir eigentlich Fremde.« Sie hielt inne, atmete mehrmals tief durch. »Komm, wir setzen uns auf die Couch. Und dann höre ich mir an, warum du so etwas Schräges, Widerwärtiges, Perverses machst und ich hoffe sehr, deine Erklärung ist gut!«

»Okay«, murmelte er und führte sie dort hin. Seinen zaghaften Versuch, sie neben sich aufs Sofa zu ziehen, wehrte sie ab. Stattdessen tastete sie nach der Armlehne auf der anderen Seite des Möbels und setzte sich so weit wie möglich von ihm weg.

»Ich höre dir zu«, sagte sie resolut.

Er seufzte leise. Alles in ihm sträubte sich dagegen, dennoch atmete er mehrmals tief durch und begann:

»Es ist eigentlich eine kurze Geschichte, die schnell erzählt ist.« Er schluckte trocken. »Ich komme aus einem kleinen Dorf in Schleswig-Holstein«, fuhr er fort. »Da kennt jeder jeden. Eine einzige große Familie. Allerdings sagen sich da Fuchs und Hase gute Nacht. Wenn man ein bisschen Spaß haben will, fährt man die dreißig Kilometer nach Hamburg. Wir sind fast jeden Freitag und Samstag losgezogen. Unsere Clique kannte sich seit dem Kindergarten. Am Wochenende fanden sich immer fünf bis zehn Leute zusammen, um gemeinsam etwas zu unternehmen. An diesem Freitagabend zog ich mit sechs von den Jungs los. Die Frauen besuchten eine Dessousparty, zu der wir Männer keinen Zutritt hatten. Also beschlossen wir, uns in einer Disco in Hamburg zu amüsieren.«

Sie hörte, wie er sich bewegte. Vielleicht setzte er sich bequemer hin. Sie konnte es ja nicht sehen.

»Wir nahmen zwei Autos, Ben und ich fuhren. Wir verbrachten einen lustigen Abend. Etwa um Mitternacht verabschiedeten sich fünf meiner Kumpels, weil sie Samstag Morgen arbeiten mussten. Nur Steve und ich hatten noch keine Lust nach Hause zu fahren. Die erste schlechte Entscheidung in dieser Nacht. Wir flirteten mit zwei süßen Mädels. Nichts Wildes, nur ein bisschen Tanzen und quatschen. Die Frauen tranken Cola mit Rum, also bestellten Steve und ich abwechselnd Runden und hielten mit. Wir feierten bis vier Uhr morgens. Erst als die Disco schloss, sagten wir den Damen Aufwiedersehen.« Er stockte, atmete hektisch ein und aus. Das Weitererzählen schien ihm schwerzufallen. Plötzlich tat er ihr leid, deshalb rückte sie näher an ihn heran und streckte ihre Hände aus.

»Danke«, murmelte er, während er danach griff und sie umklammerte. »Wir hatten beide zu viel getrunken, um noch Autofahren zu können«, fuhr er dann leise fort. »Aber ich fühlte mich nüchtern. Und weil wir ja irgendwie nach Hause kommen mussten, setzte ich mich ans Steuer. Auf Steves Einwand, dass ich genauso viel intus hätte wie er, und er sich absolut nicht mehr fahrtüchtig fühle, lachte ich ihn aus.« Julian schwieg, drückte ihre Hände so fest, dass es wehtat. Doch das schien er gar nicht zu bemerken. Vorsichtig zog sie ihre Finger aus seinem Klammergriff, streichelte beruhigend über seinen Handrücken, während er stockend fortfuhr: »Der Heimweg führte uns über Landstraßen. Ich bin die Strecke schon hundert Mal gefahren und kenne sie im Schlaf. Doch in dieser Nacht verschätzte ich mich, fuhr viel zu schnell in eine Kurve und verlor die Kontrolle über das Auto. Wir überschlugen uns und landeten in der Leitplanke. Wir wurden beide schwer verletzt. Steve ...«

Seine Stimme brach, er zog seine Hände fort, rutschte noch näher heran und umarmte sie. Sara spürte, dass er Halt brauchte, deshalb schmiegte sie sich trotz ihrer Zweifel an ihn und streichelte beruhigend seinen Rücken. ›Das tut gut ... nicht nur ihm.‹

Nach einer kurzen Pause redete er stockend weiter.

»Steve ... er ... er kann nicht mehr laufen und das ist meine Schuld!« Er schluckte mühsam. »Das Ganze ist über zwei Jahre her. Ich habe noch nicht gelernt, damit zu leben. Vermutlich werde ich das niemals können.«

Er schwieg, klammerte sich an sie wie ein Ertrinkender.

Erschüttert suchte Sara nach Worten.

»Das ... das ist schrecklich. Ein Fehler, eine falsche Entscheidung und zwei Leben sind nicht mehr so, wie sie einmal waren. Es tut mir so leid, dass du diese Last tragen musst. Auch wenn das kein Trost für dich ist.« Sie fasste nach seinen Schultern und drückte sie leicht. »Du musst lernen damit umzugehen. Irgendwann wirst du dir selbst verzeihen müssen.«

»Nein!«, erwiderte er heftig und ließ sie los. »Es gibt keine Vergebung, niemals! Wir hätten uns ein Zimmer in der Stadt nehmen können, oder auf irgendeiner Parkbank ausnüchtern, oder jemanden anrufen, der uns abholt, oder ein Taxi bestellen. Es hätte ein Dutzend Möglichkeiten gegeben und jede Einzelne wäre besser gewesen, als angetrunken Auto zu fahren! Jeden Tag spiele ich diese Nacht mindestens zwanzig Mal in Gedanken durch. Wieder und wieder und wieder. Ich stelle mir vor, ich hätte mich anders entschieden. Ganz egal wie, außer mich alkoholisiert ans Steuer zu setzen!«

»Ich verstehe dich, aber du kannst die Vergangenheit nicht ändern. Du musst versuchen, damit abzuschließen.«

»Niemals!«, fiel er ihr ins Wort.

»Ich sage ja nicht, dass es leicht ist.« Sie schwieg einen Moment. »Was ist mit dir geschehen? Du wurdest doch auch verletzt.«

Julian stieß einen schweren Seufzer aus. »Ich lebe noch, wie du siehst. Es hat Monate gedauert, bis ich das Krankenhaus wieder verlassen durfte. Aber im Gegensatz zu Steve habe ich eigenständig auf zwei gesunden Beinen hinausgehen können. Trotzdem hat das Schicksal dafür gesorgt, dass ich an meinen Fehler erinnert werde, jedes Mal, wenn ich in den Spiegel schaue.« Er atmete tief durch. »Quer über meine linke Wange verläuft eine dicke, hässliche Narbe, die mein Gesicht entstellt. Eigentlich eine viel zu geringe Strafe für die Schuld, die ich auf mich geladen habe.«

Sara schwieg lange. DAS also war sein Geheimnis. Der Grund, warum er sich geweigert hatte, sie zu treffen. Deshalb starrte er aus sicherer Entfernung in ihr Fenster, anstatt ihr gegenüberzutreten. Deswegen musste sie auf ihn verzichten. Darum durfte sie ihn selbst jetzt nicht ansehen, wo er endlich bei ihr war.

Sie horchte in sich hinein. Was empfand sie bei der Vorstellung? Machte es ihr etwas aus? Ein bisschen schon, ja. Sämtliche Bilder in ihrem Kopf stimmten nicht mehr. Dass er sich so grämte, tat ihr leid. Natürlich hätte er nicht fahren dürfen in dieser Nacht. Trunkenheit am Steuer ist kein Kavaliersdelikt. Doch dafür büßte er schon genug. Sara konnte und wollte ihn deshalb nicht auch noch verurteilen. Blieb die Tatsache, dass er sie heimlich begafft und hintergangen hatte. Doch jetzt, wo sie seine Geschichte kannte, schmerzte der Vertrauensbruch gar nicht mehr so sehr. Immerhin war er ja kein Fremder für sie. Er hatte ihre Sehnsucht geweckt, ihre Lust getriggert. Hätte sie gewusst, dass er ihr zuschaute, es hätte sie erregt, sich ihm auf jede nur erdenkliche Weise zu präsentieren. Keine einzige seiner Anweisungen hätte sie verweigert. Im Gegenteil. Vielleicht hätte sie sogar ein paar Möbel umgestellt, um ihm noch bessere Einblicke zu ermöglichen. Sie bedauerte sogar, sich seiner Blicke nicht bewusst gewesen zu sein. Sie horchte in sich hinein. Er hatte sie hintergangen, aber sie konnte seine Gründe nachvollziehen. Mehr noch. Ihre Wut und Enttäuschung hatten sich in Luft aufgelöst. Sie hatte ihm schon verziehen.

Mit einem Mal wurde ihr die angespannte Stille zwischen ihnen bewusst. Sara tastete nach ihm, spürte, wie verkrampft er dasaß. Die Hände zu Fäusten geballt, wartete er darauf, dass sie ihn verurteilte. Und sie folterte ihn mit ihrem Schweigen.

Sie setzte sich auf seinen Schoß und schwang ihre Beine auf die Sitzfläche.

Mit beiden Händen fuhr sie sanft über seine Brust, hoch über seinen Hals und wühlte dann in seinen Haaren. Sie blickte mit blinden Augen geradeaus, dorthin, wo sie sein Gesicht vermutete.

»Und? Meinst du, mit diesem Geständnis bist du von mir erlöst? Ich muss dich enttäuschen. Es tut mir nur um all die Stunden leid, die ich gern in deinen Armen gelegen hätte. Schau mich an. Machst du das? Ich sehe es ja nicht.«

»Ja, ich schaue dich an.«

»Gut, denn wenn du das tust, dann schaust du gerade nach vorn. So funktioniert das. An dem Tag, an dem du das tatsächlich kannst, beginnt dein Leben neu.«

Er räusperte sich. »Es geht mir gut.«

»Nein, das ist eine glatte Lüge und ich brauche noch nicht einmal meine Augen, um das zu sehen. Ich höre es in deiner Stimme.« Immer noch kraulte sie seine Haare, trösten konnte sie ihn zwar nicht, aber sie hoffte, ihm zeigen zu können, dass sie für ihn da war.

»Julian?«

»Ja?«

»Wäre es okay ... ich meine, hättest du etwas dagegen, wenn ich dein Gesicht streichele? Ich meine nur die rechte Seite. Ich verspreche dir, ich werde deine linke Gesichtshälfte nicht berühren.«

Schweigen ... das sich in die Länge zog.

»Bitte vertrau mir, so wie ich dir. Immerhin lasse ich mich vollkommen blind auf dich ein ... und das nachdem du mich, wer weiß wie oft heimlich begafft hast.«

Stille.

Gespannt wartete sie.

»Nicht heute, Kätzchen. Aber ich wette, du schaffst es noch, dass ich das zulassen kann.«

Sie schluckte ihre Enttäuschung hinunter. »In Ordnung, ganz wie du willst, Herr.«

Sein Lachen klang freudlos. »Ist die Anrede in dieser Situation nicht etwas unpassend?«

»Nein, das ist sie ganz und gar nicht. Ich folge deinem Willen und ich möchte, dass du das weißt. Ähm, von den Schultern abwärts gibt es keine Beschränkungen, oder?«

»Nein, alles ist erlaubt, es sei denn ich befehle dir etwas anderes.«

Sie streichelte an seinem Oberkörper hinab, bis zu seinen Hüften, schob ihre Hände unter sein Shirt. Sie atmeten beide tief durch, als ihre Handflächen seinen nackten Bauch berührten.

Er legte seine Hände über dem Stoff auf ihre.

»Bist du sicher, dass du verstanden hast, was ich dir gerade erzählt habe?«

»Ja, ich bin ja nicht blöd.«

»Macht es dir denn überhaupt nichts aus?«

»Doch schon«, murmelte sie nach einigem Überlegen. »Es ist eine schreckliche Geschichte. Du hast einen schlimmen Fehler begangen und du bereust ihn jeden Tag. Das genügt mir. Wäre dir das Schicksal deines Freundes egal, wäre das etwas anderes. Gleichgültigkeit würde mich abstoßen.«

Beide schwiegen einen Moment. Dann begann sie vorsichtig seine verkrampften Schultern zu massieren, bis sich seine Anspannung ein wenig löste. Zart glitten ihre Fingerkuppen über seinen Hals. Links stoppte sie, als sie sein Ohr berührte. Rechts tastete sie sich behutsam an seinem Kinn entlang, fuhr mit einem Finger über seine Lippen. Dann nahm sie ihre Hand weg und küsste ihn, strich zärtlich mit ihren Lippen über seine. Leckte mit der Zungenspitze über seinen Mund und als er ihn öffnete, fand ihre Zunge seine, eröffnete den Tanz, bei dem er schnell die Führung übernahm. Sie spürte, wie sein Schwanz unter ihrem Hintern erwachte und rieb ihre Backen sanft an ihm.

Energisch griff er in ihren Nacken, presste ihren Arsch noch enger auf seinen Schoß. Sie stöhnte leise in seinen Mund, schlang ihre Arme um seinen Hals und ließ ihr Becken lasziv kreisen. Ihre Backen massierten ihn. Ihre Brüste drückten gegen seinen Brustkorb. Er krallte eine Hand in ihre Mähne und zog sie daran von seinen Lippen fort, hörte, wie sie scharf Luft einsog.

Und genau in diesem Moment spürte er die Veränderung, die in ihr vorging. Gerade noch die starke Frau, die ihm Mut zusprach, bereit für ihn und mit ihm gegen seine Dämonen zu kämpfen, drückte ihre Körpersprache jetzt Unterwürfigkeit aus. Mit dem entschlossenen Griff in ihr Haar übernahm er die Führung und sie akzeptierte nicht nur, sie ließ sich buchstäblich fallen und schenkte ihm die Macht, sie zu beherrschen. Hungrig leckte und küsste er ihren Hals. Ihr Atem ging schnell.

»Was soll das werden, Kätzchen?«, knurrte er in ihr Ohr. »Hast du vor mich zu verführen?«

»Ja, Sir«, stöhnte sie und bog den Kopf genüsslich zurück.

Er knabberte an ihrer Kehle, biss ganz sanft zu. »Bist du dir sicher?«

»Bitte, führ mich an den Ort, an den du mich am Telefon geleitet hast. Jetzt. Hier.«

Er betrachtete sie. Ihr Brustkorb hob und senkte sich schnell. Ihre Nippel pressten sich hart gegen den Stoff ihres Kleidchens. Die Lippen vom Küssen geschwollen, die Wangen leicht gerötet. Jetzt hätte er gern in ihre Augen gesehen. Ob sie verhangen waren vor Lust? Doch der Schal verweigerte ihm die Sicht und zeugte gleichzeitig von ihrem Vertrauen und ihrer Hingabe. Trotz allem was sie nun wusste, wollte sie ihn. Die Frau war vollkommen verrückt.

Sanft strich er an ihrem Schlüsselbein herab, verharrte eine Weile auf ihren Brüsten, die sich in dem BH aneinanderschmiegten, und umkreiste ihre Nippel über dem Stoff. Dann ließ er seine Hände weiter wandern, über ihre warme weiche Haut zu ihren Bauch. Er schob den Rock über ihre Schenkel nach oben. Sie hob die Arme, damit er ihr das Kleid über den Kopf streifen konnte. Er hatte rote Unterwäsche erwartet, doch sie trug einen lila Spitzen-BH, so dunkel, dass er fast schwarz wirkte und ein passendes Höschen. Die zarte Spitze war nicht dafür gedacht, zu verbergen, was sich darunter befand. Sie war eher geeignet, es in Szene zu setzen. Er brauchte einen besseren Blick.

»Warte einen Augenblick«, sagte er leise, hob sie von seinem Schoß und stand auf. Er räumte eine Schale mit Obst und ein breites Glas mit einer Kerze auf Moos und Bucheckern vom Couchtisch auf den Boden. Stattdessen legte er ein Sofakissen auf die Tischplatte. Dann fasste er nach ihren Händen und zog sie hoch.

»Ich möchte, dass du auf den Tisch steigst und dich dort hinkniest, damit ich dich ansehen kann.«

Die Verwunderung war ihr anzumerken, doch sie gehorchte widerspruchslos, als er ihr auf den Couchtisch half. Ohne weitere Aufforderung kniete sie sich mit leicht gespreizten Beinen auf das Kissen und faltete die Hände hinter dem Rücken. Sie hielt sich sehr gerade, drückte die Brust ein wenig nach vorn und senkte den Blick.

»Heb den Kopf, so als würdest du mich ansehen.«

Sie tat es.

Er schwieg eine Weile, betrachtete sie andächtig.

Auch sie sagte kein Wort und er war sicher, sie würde die ganze Nacht dort knien, ohne zu murren oder zu klagen. Eine starke, selbstbewusste Frau, dazu bereit und in der Lage, sich ihm zu unterwerfen und seinem Willen zu folgen. Sie schien gut erzogen zu sein, fast schon zu gut für seinen Geschmack.

»Ich sitze genau vor dir«, sprach er leise und sah, wie sie beim Klang seiner Stimme leicht erbebte. Prüfend schaute er in ihr Gesicht. Ja, ihr ging es gut. »Die Wäsche ist wunderschön. Herrlich, wie deine Nippel durch die Spitze blitzen. Deine Brüste sind der Hammer.«

»Danke, ich ...«

»Schweig! Ich sage dir, wenn du sprechen darfst.«

Ihr Kinn sackte nach unten.

»Kopf hoch! Ich will nicht, dass du den Blick senkst! Denk dir etwas anderes aus, um mir deine Ergebenheit zu signalisieren!«

Sie öffnete den Mund, schloss ihn jedoch wieder, da er ihr das Reden ja verboten hatte.

»Deine Lippen schmiegen sich verdammt eng an den Slip. Er ist ziemlich nass, nicht wahr? Am liebsten würde ich dir das Höschen mit den Zähnen ausziehen und den BH genau an deinen Nippeln von deiner Haut ziehen. Aber ich fürchte, ich würde die Wäsche zerreißen und das wäre schade, weil sie wirklich heiß ist.«

Sie versteifte sich, so als rechne sie mit einem Schlag.

»Du erwartest, dass ich dich für einen nassen Slip bestrafe? Ganz bestimmt nicht! Ich finde es wunderbar, wenn du erregt bist.«

Sie leckte sich über die Lippen, atmete hörbar aus und entspannte sich wieder.

Julian streckte die Hand aus und streichelte ihre Wange.

»Bei mir wirst du alles vergessen, was dir andere Männer beigebracht haben, Kätzchen«, raunte er in ihr Ohr. Mit Genugtuung registrierte er die Gänsehaut, die bei seinen Worten über ihre Arme kroch. »Wir Beide entdecken unsere Vorlieben und Grenzen neu. Gemeinsam. Ich werde dir wehtun. Natürlich. Weil ich weiß, dass du das brauchst und weil es uns beiden Spaß macht. Aber ich sorge dafür, dass du es genießt. Bei mir bist du in Sicherheit. Vertrau mir.«

Sie schluckte, nickte einmal zaghaft, blieb jedoch stumm, wie er es ihr befohlen hatte. Er beugte sich vor, rieb mit der Zunge über die Spitze ihres BHs, neckte den Nippel darunter. Vorsichtig, um den zarten Stoff nicht zu beschädigen, umschloss er eine harte Knospe mit den Lippen und saugte daran. Ihr Wimmern tönte wie Musik in seinen Ohren. Sie drückte den Rücken noch weiter durch, reckte ihm ihre

Brust entgegen. Er lächelte, stand auf, lief um den Tisch herum, stellte sich hinter sie und registrierte, dass es sich bei dem Slip um einen Stringtanga handelte. Verführerisch diese Backen. Am liebsten hätte er hineingebissen. Aber er beherrschte sich. Mit allen zehn Fingern kämmte er durch ihr Haar, strich die dunkle seidige Fülle über ihre Schulter nach vorn. Er umfasste ihre Brüste mit beiden Händen, knetete sie, küsste die empfindliche Stelle zwischen Hals und Schlüsselbein und lauschte ihrem leisen Wimmern.

»Lehn dich gegen mich«, zischte er in ihr Ohr und zog sie vorsichtig an ihren Haaren nach hinten. »Wenn nötig, stütz dich mit den Armen ab ... Ja genauso.« Er ließ seine Hände über ihren Bauch wandern, bis zum Ansatz ihres Slips und wieder zurück. Er kniff in ihre Nippel, nicht zu fest, gerade so, dass er ihr ein Stöhnen entlockte.

Er atmete tief ein. Wahnsinn! Hier zu sein, sie zu berühren, ihre Hingabe zu erleben und anzunehmen. Die Erfüllung seiner Träume.

»Augenblick, eine Kleinigkeit fehlt noch«, murmelte er. »Ich schaue mir kurz deine Musikauswahl an und lege eine CD ein. Wir brauchen ein wenig musikalische Untermalung. Bleib genau in dieser Position, ich bin sofort wieder bei dir.«

Es gab eine Auswahl an klassischen Werken, daneben aber auch AC/DC, Metallica und Megaherz.

›Interessante Mischung‹, dachte er schmunzelnd, wählte ›Bolero von Ravel‹ aus und stellte das Lied auf Dauerschleife.

In dem Moment, als er mit den Händen erneut ihre Brüste umschloss, erklangen die kleinen Trommeln, die ersten Töne des Stücks.

Sara atmete tief ein. Er hatte die Lautstärke aufgedreht, die Melodie der Querflöte klang leicht, fast spielerisch im Raum.

Sein Atem streichelte ihr Ohr.

»Fenster und Tür sind zu, die Musik wird deine Schreie übertönen.«

Er besaß das Talent, nur mit seiner Stimme Schauer über ihren Körper zu schicken. Doch diese Ansage verursachte wahre Stromstöße in ihrem Magen, der sie als Blitze in ihren Schoß ableitete. Ein Hauch von Gefahr waberte durch ihre Dunkelheit, während die Klarinette in die Melodie einfiel. Ob er ihre leichte Unruhe spürte? Umschloss er deshalb jetzt mit beiden Händen ihren Hals? Sie atmete schneller, rührte sich jedoch nicht. ›Vertrau mir‹, hatte er gebeten. Sie wusste selbst nicht warum, aber sie tat es. Der Druck an ihrem Hals nahm zu, langsam, zunächst fast unmerklich, aber stetig. Ihr Selbsterhaltungstrieb verlangte, dass sie augenblicklich aufsprang und sich wehrte. Oboe und Trompete fielen in die Melodie ein und ihr Vertrauen in ihn war stärker als alle Zweifel.

Nach und nach ließ der Druck wieder nach, während die Tonfolge anschwoll, bis er seine Hände von ihrem Hals löste.

»Du bist unglaublich«, flüsterte er, so nahe an ihrem Ohr, dass sie ihn trotz der instrumentalen Klänge verstand, die sie gefangen hielten. Sie bemerkte, dass er jetzt wieder vor ihr stand. Unwichtig, wo er sich befand. Da er ihr die Möglichkeit genommen hatte zu sehen, fühlte sie ihn so intensiv, wie sie noch nie zuvor einen Menschen wahrgenommen hatte. Mit dem Herzen sah sie ihn deutlicher, als ihre Augen es gekonnt hätten. Seine Aura schien Bilder auf ihre Haut zu malen. Dazu seine Lippen und Hände, die sie berührten, sein warmer Atem, der über ihren Körper strich. Vielleicht war das der Grund, warum ihr Vertrauen so unerschütterlich war.

Gerade fuhr er mit einem Finger .... nein mit seiner Zunge über ihren Slip. Der Stoff rieb rau über ihre Klit. Heißer Atem traf auf feuchtes, sensibles Fleisch. Sara stöhnte laut. Saxofon, Piccoloflöte, Horn ... noch nie hatte sie Bolero so intensiv in ihrem Magen gespürt.

»Oh Gott bitte, das ist wunderschön, aber nicht genug. Ich brauche mehr!«

»Du musst Disziplin lernen! Und Gehorsam ebenfalls, wie mir scheint.«

»Es tut mir leid, Herr! Ich möchte eine gute Sklavin sein. Ich habe gelernt, wie das geht«, flüsterte sie ergeben.

»Du bist wundervoll. Viel süßer, als ich es mir in meinen Träumen ausgemalt habe. Und für die nächsten Stunden gehörst du mir. Du bist mein Lustobjekt, meine Muse, mein Spielzeug. Aber keine Sklavin. Ich genieße, dass Du Deinen freien Willen in meine Hände legst. Es ist ein Geschenk auf Zeit und keine Selbstverständlichkeit.« Leise gemurmelte Worte, gekrönt durch einen zarten Kuss. Mit dem Daumen streichelte er ihre Wange. Dann griff er fest nach ihrem Kinn.

»Und jetzt will ich nicht mehr reden! Steh auf!«

Gerade noch sanft und zärtlich, klang sein Ton nun schneidend und so verdammt sexy. Das gesamte Orchester spielte inzwischen. Sie kannte das Stück auswendig, hatte es schon unzählige Male selbst gespielt und wusste im Schlaf, wann welches Musikinstrument in die Melodie einfiel. Sie genoss die gewaltigen Klänge, die den Raum erfüllten. Ihr Herz schlug im Dreivierteltakt. Sie spürte nur noch die Musik und ihn.

»Ja, Herr!«

Er fasste ihre Hände, stützte sie, als sie auf die Füße kam, packte sie und stellte sie auf den Boden. Umsichtig führte er sie, damit sie zwischen Couch und Tisch nirgends anstieß.

»Ich gebe dir die Chance, diese beiden hübschen Stofffetzen auszuziehen. Falls du sie nicht ablegen möchtest, fallen mir ein paar nette Spielchen damit ein, aber ich fürchte, danach wirst du sie wegwerfen müssen.«

Seine Worte brachten ihr Kopfkino auf Hochtouren. Doch das Dessous-Set war neu und nicht unbedingt ein Schnäppchen gewesen, deshalb entschied sie sich mit einigem Bedauern, die Wäsche selbst abzulegen. Das Orchester schwoll an, die Musik fuhr ihr in den Magen. Sie konnte ihn nicht sehen, doch seine Blicke versengten ihre Haut. Verführerisch streifte sie BH und Slip ab.

Totenstille. Für einen kurzen Augenblick nur, aber ihr kam er vor, wie eine Ewigkeit. Das Orchester hatte das Stück beendet.

Sie konzentrierte sich, nahm seine Atemzüge wahr.

Die kleine Trommel erklang von Neuem, kündigte genau in dem Moment den zweiten Durchlauf des Stückes an, als sie seine Hände auf ihrer Haut spürte. Die Anspannung ließ sie zusammenzucken.

»Du bist wunderschön,« raunte er ihr genüsslich zu.

 Er küsste sie, tauchte seine Zunge in ihren Mund. Ihre Mitte pochte im schnellen Takt ihres Herzens. Er war immer noch angezogen, dabei sehnte sie sich so sehr nach seiner nackten Haut an ihrer.

»Bitte zieh dich aus«, flüsterte sie atemlos, als er ihren Mund kurz freigab. »Ich möchte dich spüren.«

Sie nahm eine Bewegung wahr und als er sie wieder an sich zog, traf ihr Oberkörper auf nackte Haut. Sie seufzte leise, schmiegte ihren Kopf an seine Brust, lauschte für einen Moment seinem hämmernden Herzschlag, bis er in ihr Haar griff und sie daran zurückzog. Im nächsten Moment umschloss er ihren Nippel mit seinem Mund, saugte, leckte, während er die andere Hand in eine ihrer Backen krallte und ihr Becken gegen seines drückte. Stromstöße jagten durch ihren Körper, sie stöhnte lauter. Doch er hatte immer noch zu viel an. Sie bog den Oberkörper weiter nach hinten und tastete nach dem Knopf seiner Jeans. Er gestattete einen Abstand zwischen ihren Körpern, der gerade groß genug war, damit sie den Reißverschluss herunter ziehen konnte. Ungeduldig zerrte sie seine Hose mit samt Slip über seine Hüften. Er packte sie, trug sie durch den Raum und im nächsten Moment traf ihr Rücken auf die Matratze. Er fasste nach ihren Händen, zog sie über ihren Kopf. An dem leisen Scharren hörte sie, dass er ihre Nachttischschublade aufzog. Er schlang ein Seil um jedes Handgelenk und fesselte sie an die Bettpfosten. Eine Achterbahn rauschte durch ihren Magen. ›Er weiß, wo ich meine Spielsachen aufbewahre, das hat er beobachtet.‹

Der flüchtige Gedanke verschwand augenblicklich, als die Matratze unter seinem Gewicht nachgab. Heißer Atem traf auf ihre feuchte Mitte. Sie hörte auf zu denken, stellte die Füße auf die Bettdecke und spreizte die Beine weit, um ihm den bestmöglichen Zugang zu gewähren.

Für einige Atemzüge blieb es ganz still. Dann meinte sie ihn leise »Was für ein Unterschied«, murmeln zu hören. Doch sie war nicht sicher, ob sie ihn richtig verstanden hatte. Seine Zunge drang in ihre Spalte, rhythmisch mit der Musik züngelte und saugte er. Feuer raste durch ihre Adern, sie schrie. »Julian! Bitte! Langsamer! Das halte ich nicht lange aus!«

Er ließ tatsächlich von ihr ab. Stattdessen biss er sanft in die Innenseite ihres Schenkels, entlockte ihr ein Keuchen.

Die Matratze bewegte sich und im nächsten Moment war er über ihr, begrub ihren Körper unter seinem. Seine Spitze klopfte sachte an ihrem Eingang und dann drang er in sie ein, bis er sie vollständig ausfüllte. Sie stöhnte im Dreivierteltakt. Gott er fühlte sich wahnsinnig gut an. Flammen tanzten durch ihre Adern. Sie bekam erst mit, dass sie schrie, als er ihren Mund mit seinem verschloss. Er schmeckte nach ihrer Lust. Himmel, wie gerne hätte sie ihn jetzt umarmt, ihn ganz nah an sich gezogen. Aber ihre Hände waren über ihrem Kopf gefangen. Sein wilder Kuss wurde behutsamer. Verdammt, wie konnte er jetzt sanft sein? Jetzt, wo sie seine hemmungslose, ungezügelte Leidenschaft brauchte. Sie wand sich unter ihm, doch er hielt sie ruhig, zwang ihr seine Bedächtigkeit auf.

»Bitte, bitte«, jammerte sie schwer atmend.

»Bolero, Kätzchen«, raunte er in ihr Ohr. »Ravel bestimmt den Takt. Wir sind Teil des Orchesters. Ich bin der Spieler und du das Instrument und wir tanzen nicht aus der Reihe.«

Er begann sich gemächlich, im Gleichklang der Musik, in ihr zu bewegen. Tief stieß er in sie, biss in ihren Nippel, saugte an ihrem Hals, nahm ihre Lippen in Besitz. Nichts schien ihn dazu bringen zu können, das Tempo zu steigern. Bolero! Der Rhythmus verbrannte sie von innen. Sie stöhnte. Langsam, intensiv. Er raubte ihr den Verstand.

»Bitte Julian. Ich kann nicht mehr, gib mir mehr, bitte!«

Er biss ihr ins Ohrläppchen, süßer Schmerz ließ sie schaudern.

»Wie heißt das? Worum bittet eine brave Sub?«

Sie atmete mehrfach rasselnd ein und aus. »Bitte Herr, bitte, bitte schenk mir Erlösung!«

Sie konnte spüren, wie sich seine Lippen an ihrem Ohr zu einem Grinsen verzogen.

»Du bist süß und so gierig. Aber den Takt gibt Ravel vor und du bist nur eins von vielen Instrumenten. Hörst du sie? Klavier.«

Er stieß zu, zog sich zurück. Und wieder ein intensiver Stoß. »Violine.«

Im Dreivierteltakt der Musik zählte er die Musikinstrumente auf und stieß bei jedem Instrument tief in sie.

»Posaune.«

Sie atmete im Takt seiner Stimme, wiegte sich mit ihm zur Musik, ließ sich fallen, losgelöst von Zeit und Raum trugen die Klänge sie fort.

»Klarinette.«

Julian schaute auf sie nieder, während er gleichmäßig in sie pumpte. Seine Gier verlangte dringend danach, die Kontrolle zu übernehmen. Doch ließ er das zu, würde er sich nicht zurückhalten können. Nur ein paar harte Stöße und er würde sich viel zu schnell in ihr verlieren. Zu lange hatte keine Frau mehr unter ihm gelegen. Deshalb übergab er die Kontrolle an die Musik. In diesem Lied gab es keinen Tempowechsel, nur die Zahl der Instrumente sorgte für die Dramatik und er bewegte sich im Takt der Klänge. Sein Blut tanzte im Dreivierteltakt durch seine Adern, im Gleichklang mit ihrem Herzschlag und ihren lustvollen Schreien. Mit allen Sinnen fühlte er ihren Körper unter seinem. Den feuchten Film auf ihrer beider Haut, den Duft nach Lust und Schweiß, dazu ihre heftigen Atemzüge, ihr Stöhnen und über allem ... Bolero. Dieser uralte Klassiker, der von jetzt an und für immer untrennbar mit Sara und mit Sex verbunden sein würde.

»Komm für mich kleine Sub, verbrenne.«

Er blieb im Takt, stieß nur ein bisschen fester. Sie wand sich rhythmisch unter ihm, warf den Kopf von links nach rechts und wieder nach links. Er saugte eine Brustwarze in seinen Mund, zupfte, stieß. Zog fester, stieß härter, Sara schrie lauter, erzitterte unter ihm, zersplitterte in tausend Stücke. Fasziniert schaute er auf sie herab, sah ihr zu. Sie raubte ihm den Verstand, wie sie mit ihren inneren Muskeln seinen Schwanz umklammerte, als wollte sie ihn auswringen und nie wieder loslassen. Er schloss die Augen, ließ sich in die Musik fallen. Mit einem lang gezogenen Stöhnen rammte er sich noch ein letztes Mal tief in sie, spritzte seine Lust in ihren zuckenden Schoß. Sein Kopf fiel auf ihre Brüste. Eine ganze Weile bewegte sich keiner von ihnen. Erst als die kleinen Trommeln ein viertes Mal das Stück eröffneten, flüsterte sie leise.

»Bitte, löse die Fesseln, ich möchte dich anfassen.«

»Du kennst die Regeln«, murmelte er, während er ihrem Wunsch nachkam.

»Ich kenne sie und halte mich daran«, erwiderte sie ernst.

Schmunzelnd drehte er sich mit ihr im Arm auf die Seite, um sie von seinem Gewicht zu entlasten. Sofort schlang sie die Arme um seinen Hals und ihre Beine um seine Hüften.

Wie ein Äffchen klammerte sie sich an ihn. Ein schönes Gefühl, vor allem deshalb, weil sie das, seines Wissens nach, bei keinem der Typen getan hatte, mit denen er sie bisher gesehen hatte.

»Das war unbeschreiblich«, wisperte sie.

»Es wird vorkommen, dass ich dir mehr abverlange, Kätzchen. Aber heute wollte ich einfach nur, dass wir einander spüren.«

»Ich würde gerne neben dir aufwachen«, flüsterte sie nach einer Weile.

»Das geht nicht, das weißt du doch.«

*

Sara erwachte, weil ein Sonnenstrahl ihre Wange streichelte. Die letzte Nacht klang sanft in ihrem Körper nach. Es kam ihr vor, als könne sie Julian noch immer auf und in sich spüren. Träge schlug sie die Augen auf, doch alles blieb dunkel. Kurz wallte Panik in ihr auf, dann erinnerte sie sich an die Augenbinde und zog das Tuch vom Kopf. Julian war fort. Das überraschte sie nicht, dennoch spürte sie einen leichten Stich der Enttäuschung. ›Du hättest ruhig bleiben können, der Schal ist nicht verrutscht. Dann hättest du mich jetzt noch einmal nehmen können‹, dachte sie wehmütig.

Auf dem Nachttisch lag noch die Fernbedienung ihrer Musikanlage. Lächelnd drückte sie auf Start und die sanften Trommeln erfüllten den Raum. Sie schloss die Augen und ihr war, als könnte sie wieder spüren, wie er sie im Dreivierteltakt liebte. Bolero. Das Stück würde ab sofort und für immer eine ganz besondere Bedeutung für sie haben. Es stand dafür, dass sie vollkommen irre war und gleichzeitig für die intensivste Nacht ihres Lebens.

Dass sie sich überhaupt darauf eingelassen hatte, Julian in totaler Dunkelheit zu vertrauen, obwohl sie doch eigentlich fertig mit ihm gewesen war. Ihre Sehnsucht nach ihm hatte ihre Zweifel einfach fortgetragen. Nicht einmal ihr Selbsterhaltungstrieb hatte funktioniert. Bedenkenlos hatte sie sich würgen lassen. Der Abend mit ihm war wundervoll und wahnsinnig intensiv gewesen. Die Art, wie er seine Macht auf eine langsame, zärtliche Weise einsetzte. Nicht ein einziges Mal hatte er sie erniedrigt. Zwar hatte er fest zugegriffen, ihr aber eher zu wenig, als zu viel Schmerz zugefügt.

Lächelnd lauschte sie der Musik. Wer hatte eigentlich geführt letzte Nacht? Julian oder Ravel? Nein, Bolero war nur der Rhythmus gewesen. Ihr Körper hatte sich seinem Willen gefügt.

Dabei wusste sie noch nicht einmal, wie er aussah. Wegen einer Narbe zeigte er ihr sein Gesicht nicht. Wie schlimm mochte das aussehen, dass er so ein Geheimnis daraus machte? Der Unfall und die Verantwortung, die er damit auf sein Gewissen geladen hatte, setzten ihm hart zu.

Sie kuschelte sich tiefer in ihr Kissen.

Trotzdem war er nicht nur ein einfühlsamer, sondern auch ein dominanter Sexpartner gewesen. Lächelnd erinnerte sie sich, wie seine Lippen über ihre Haut gewandert waren. Wie sein Mund ihre Nippel umschloss, seine Lustfolter aus kleinen Bissen und festem Saugen, abgelöst durch sanfte Zärtlichkeit. Sie hätte sich suhlen mögen im Duft seiner Haut, im Geschmack seiner Küsse. Der Geruch nach ihrer beider Schweiß und Lust hatte die Luft erfüllt. Elektrisierend, animalisch. Bei der Erinnerung, wie er sich angefühlt hatte, auf ihr, in ihr, kroch ein sehnsuchtsvolles Ziehen in ihren Schoß. Sie öffnete die Schenkel, fuhr mit einem Finger durch ihre feuchte Pussy. Doch sie hatte keine Lust, es sich selbst zu besorgen. Obwohl ihr Köper bei den Gedanken an Julian und die gestrige Nacht verlangend pochte. Sie meinte, seine Hände noch auf ihrer Haut spüren zu können, und wollte nicht, dass dieses Gefühl verblasste.

Wohlig rekelte sie sich noch eine Weile, dann schwang sie die Beine aus dem Bett und widmete sich ihrer morgendlichen Routine. Doch ihre Gedanken weilten bei ihm und der letzten Nacht.

Bevor sie aus dem Haus ging, rief sie den netten älteren Herrn an und erklärte ihm, die Wohnung in der Nähe der Philharmonie leider doch nicht anmieten zu können.

Während der Orchesterprobe schwebte sie noch immer über den Wolken und sie hatte nie schöner gespielt. An Sauers verkniffenem Gesichtsausdruck merkte sie, dass sie sich das nicht nur einbildete. Aber der blöde Kerl interessierte sie gar nicht. Heute gab es nichts Wichtigeres als Julian.

Auf der Heimfahrt summte sie die Melodie der gestrigen Nacht vor sich hin. Es war jetzt schon ihr beider Lied, fand sie. Sobald sich die Wohnungstür hinter ihr schloss, zog sie sich aus, nahm die Geige zur Hand und spielte Bolero splitternackt. Dabei lief sie im Zimmer umher, wiegte sich zur Musik und sorgte dafür, dass man vom Fenster aus einen guten Blick auf sie hatte. ›Ob er mir zuschaut? Oder sitzt er am Schreibtisch und verpasst meine Show?‹ Sie trat ans Fenster und suchte ihn oben auf dem Flachdach. Da drüben war etwas ... jemand ...

Grinsend kniete sie sich mit leicht gespreizten Beinen aufs Bett und wählte seine Handynummer.

»Hallo Kätzchen«, meldete er sich und ihr war, als höre sie ein Lächeln aus seiner Stimme heraus.

»Guten Abend, Herr. Hast du mir zugeschaut?«, fragte sie atemlos.

Er lachte leise. »Du bist nicht zu übersehen, wenn du das Licht anmachst und vor dem Fenster herumtanzt.«

Ein Kribbeln breitete sich in ihrem Magen aus. »Ich habe gehofft, dass du mich siehst. Die Show war nur für dich gedacht.«

»Eine geile Vorstellung. Das Dumme ist nur, ich höre nichts. Leg das Telefon zur Seite, damit du die Hände frei hast. Ich möchte dich hören.«

Ein Schauer rann über ihren Rücken. »Was willst du hören«, flüsterte sie.

»Im Moment, dein Geigenspiel. Spiel für mich, Sara.«

Sie lächelte. »Ja Sir, mit dem größten Vergnügen.«

Sie setzte sich im Schneidersitz aufs Bett, warf den Apparat neben sich auf die Matratze und spielte die Melodie noch einmal ganz leise und gefühlvoll. Unmöglich, die Dramatik der immer neu hinzukommenden Musikinstrumente mit nur einem Instrument nachzuempfinden, daher versuchte sie, dem Stück über die Lautstärke Dramatik zu verleihen.

Sie stand auf. Er müsste sie auch hören können, wenn sie sich durch den Raum bewegte. Sie tanzte durch das Zimmer, wiegte aufreizend die Hüften. Drehte sich mit dem Rücken zum Fenster und wackelte mit dem Hintern. Kniete sich hin und ging ins Hohlkreuz, soweit wie es ihr möglich war, ohne das ihr Geigenspiel darunter litt.

Nachdem sie das Musikstück beendet hatte, legte sie das Instrument behutsam auf den Tisch und griff zum Telefon.

»Kommst du rüber? Ich würde dich wirklich gerne sehen.«

»Nein.«

»Warum nicht?«, sie schluckte.

»Weil wir beide etwas Besonderes sind, wir werden nicht zur Routine. Ich möchte, dass du dich jedes Mal auf mich freust, wenn wir uns treffen.«

»Aber das tue ich. Bitte ... Ich möchte dich heute einfach bei mir haben.«

Er schwieg. »Was du brauchst und was nicht, entscheide ich. Gewöhn dich besser schnell daran.« Seine Stimme klang freundlich, aber bestimmend.

»Ja, Herr, es tut mir leid.«

»Nein, tut es nicht. Du bist ein forderndes kleines Miststück. Ich bin nicht immer so sanft wie gestern, das ist dir hoffentlich klar.«

»Ich unterwerfe mich deinem Willen und werde annehmen, was du mir abverlangst.« Sie konnte selbst heraushören, wie enttäuscht sie klang. Natürlich blieb auch ihm das nicht verborgen.

»Du machst es mir nicht leicht. Okay, folgender Deal. Ich komme rüber und wir verbringen den Abend zusammen. Aber es wird nicht

154

so kuschelig wie gestern, das verspreche ich dir. In den nächsten zehn Tagen werden wir uns dann nicht sehen. Ich muss eine Auftragsarbeit fertigstellen und ich bin nicht dein Toyboy, den du nach Lust und Laune zu dir zitieren kannst.«

»Ja, Sir. Darüber bin ich mir im Klaren. Ich folge deinem Befehl.«

»Okay, dann schenke ich dir diesen Abend. Steck den Schlüssel von außen ins Schloss, verbinde deine Augen, knie dich aufs Bett und spiel Bolero für mich. Ich bin in ungefähr zwanzig Minuten bei dir.«

»Danke, Herr, ich freue mich wahnsinnig auf dich!«

Er beendete das Gespräch, ohne ein weiteres Wort.

Schnell sprang sie auf, flitzte ins Bad, um sich frisch zu machen, und befolgte anschließend seine Anweisungen. Augenbinde, Schlüssel, Geige.

Beim Klang der sich öffnenden und schließenden Wohnungstür, legte sie all ihr Können in die Melodie, denn sie wollte so schön, wie nur möglich für ihn spielen.

Ihr Herz setzte einen Schlag aus. Sie wusste, er war da und sog das Bild, das sie ihm bot in sich auf. Doch er sagte kein Wort. Sie hielt sich an Bolero fest, tauchte ein in das Stück. Das half ihr, im Rhythmus zu bleiben. Nicht das leiseste Geräusch im Raum, außer den harmonischen Tönen, die sie ihrem Instrument entlockte. Blicke, die sie auf der Haut spüren konnte, ließen ihre Nippel steinhart werden. In ihrem Schoß pochte es im Dreivierteltakt ihres Herzschlags und sie spürte die Nässe zwischen ihren Schenkeln. Sie spielte, als ginge es um ein Engagement an der Wiener Staatsoper. Tief atmete sie in die Musik, verlor sich, gab alles, was sie hatte. Doch erst, als sie das Stück einmal durchgespielt und wieder von vorn angefangen hatte, brach er das Schweigen.

»Wunderschön, ich wünschte, du könntest dich sehen, so wie ich dich sehe. Die pure Hingabe. Ich möchte, dass du weiter spielst, bis ich dir sage, dass du aufhören darfst.« Seine Stimme wurde strenger. »Für jeden falschen Ton kassierst du einen Schlag auf den Arsch.«

Sie lachte. »Du unterschätzt mich. Bolero ist kein schwieriges Stück für mich. Ich verspiele mich nicht.«

»Okay«, er zog die letzte Silbe länger als nötig. »Wenn das Lied dir so leicht fällt, bekommst du drei Hiebe für jeden Patzer. Und wenn du abbrichst, handelst du dir fünf ein.«

»Kein Problem, Deal«, meinte sie vergnügt. Sie spürte, wie sich die Matratze ein wenig senkte, vermutlich stützte er sich auf dem Bett auf. Schon im nächsten Moment kratzte der Bogen misstönend über die Seiten und sie brach abrupt ab, weil er mit seiner Zunge ihre Schamlippen streichelte.

Er hielt inne. »So gut bist du scheinbar doch nicht.« Heißer Atem traf auf ihre empfindlichen Lippen. Sie brauchte ihn nicht zu sehen, um zu wissen, dass er sich gerade köstlich auf ihre Kosten amüsierte. Das hörte sie aus seiner Stimme heraus. »In weniger als dreißig Sekunden hast du dir acht Hiebe eingehandelt. Du wirst nicht aufhören, bis du das Stück einmal komplett durchgespielt hast. Wenn du zu viele Fehler machst, beginnst du von vorn.«

›Wie herrlich gemein. Er spielt mit mir‹, dachte sie hingerissen. Wie wird es sich anfühlen, wenn Julian mich schlägt? Er war so behutsam gestern und mir so nah. Ich kann mir nicht vorstellen, dass er blaue und lilafarbene Male hinterlässt.‹ Ihr Herz galoppierte.

»Konzentrier dich, Sara! Und fang noch mal von vorne an!«

»Oh, Entschuldigung. Ja, S … ah. Ja, Sir.«

Er tauchte seine Zunge in ihre Nässe, streichelte ihre Klit, saugte sanft. Überwältigend, prickelnd, wahnsinnig geil. Lange würde sie diese süße Folter nicht aushalten. Auch hörte sich ihr Geigenspiel nicht mehr so einwandfrei an, wie sie es selbst von sich erwartete. Ehrgeiz packte sie. Sie wollte ihm zeigen, wie gut sie mit ihrem Instrument umzugehen verstand. Bemüht, sich zu fokussieren, gab sie ihr Bestes. Doch es dauerte nicht lange, da zwickte er so heftig in ihre Schamlippe, dass sie überrascht aufschrie und erneut abbrach.

»Dreizehn. Du konzentrierst dich einfach nicht genug. Daran musst du arbeiten. Spiel das Stück von vorn!«

Ihre Mitte pochte. Sie begann von Neuem und fragte sich, ob sie das Lied wohl jemals zu Ende bringen würde. Seine Zunge entfachte ein Feuer, das sie von innen zu verbrennen drohte. Sie verspielte sich vier weitere Male. Hätte die Gier nicht sämtliche anderen Gefühle in ihr ausgeschaltet, würde sie sich darüber ärgern. Doch so wie die Dinge lagen, zählte nichts mehr, außer seinen Lippen auf ihren, Bolero und der krönende Abschluss seiner Lustfolter.

»Bitte Herr, darf ich kommen?«

»Nein!«

Ein wimmernder Protestlaut entfuhr ihr, worauf er erneut in ihre Schamlippe biss und die Geige einmal mehr mit falschen Tönen antwortete. Doch sie war stolz darauf, dass sie dieses Mal zumindest weiterspielte.

»Achtundzwanzig Schläge. Du darfst jetzt aufhören zu spielen, sonst sammelst du noch mehr Hiebe und dann wird es zu hart für deinen Hintern.«

Vorsichtig nahm er ihr das Instrument und den Bogen aus den Händen, entfernte sich kurz, wahrscheinlich um sie irgendwo abzulegen.

»Steh auf«, zischte er plötzlich in ihr Ohr und sämtliche Härchen auf ihrem Körper stellten sich auf. Er griff nach ihrer Hand und leitete sie. Nur wenige Schritte, doch sie wünschte, er würde sie weiter führen. Nicht nur innerhalb ihrer vertrauten vier Wände, sondern irgendwohin, wo sie noch nie zuvor gewesen war. Aufregend, sich blind auf ihn zu verlassen.

»Wir stehen vor deinem Sessel. Ich setze mich jetzt und möchte, dass du dich quer über meinen Schoß legst.«

Halb dirigierte er sie, halb tastete sie sich in die richtige Position, als sie auf seine Schenkel kletterte. Plötzlich waren ihre Handflächen schweißnass und ihr Herz jagte. Ihr letztes Spanking lag schon einige Wochen zurück. Unangenehme Gedanken an Konrad wallten in ihr auf. Er hatte sie nur benutzt. Mit einem Mal fühlte sie sich nicht mehr wohl in ihrer Haut. Krampfhaft um Ruhe bemüht, schluckte sie. Woher kam diese Beklommenheit auf einmal?

Zärtlich streichelte er ihren Rücken, ihre Backen, ihre Oberschenkel.

»Hey, was ist los? Was beunruhigt dich?«

»Ich ... ich habe keine gute Erinnerung an mein letztes Spanking.«

»Komm her, dreh dich mal um«, sagte er leise.

Sie kam wieder auf die Füße und setzte sich auf seinen Schoß. Behutsam fuhr er mit dem Daumen über ihre Wange, küsste sie träge und genussvoll. Sie schmeckte sich selbst auf seiner Zunge, während seine Arme sie einhüllten in sanfte Geborgenheit.

Sie lehnte ihren Kopf gegen seine Brust, lauschte seinem Herzschlag. Mit hinter der Augenbinde geschlossenen Augen, konzentrierte sie sich auf das gleichmäßige Klopfen. Ruhiger, langsamer, bis ihr Herz sich mit seinem im Gleichklang befand.

»Du bestehst nicht darauf, mich zu schlagen? Das wolltest du doch, hast du am Telefon schon angedeutet«, murmelte sie überrascht.

Julian gab ein unwilliges Schnaufen von sich. »Ich beharre auf gar nichts. Dir den Arsch zu versohlen ist nur geil für mich, wenn es das auch für dich ist.« Er hielt sie im Arm, streichelte ihren Rücken.

›Er meint es wirklich ernst.‹ Der Gedanke sorgte dafür, dass sich ihre verkrampften Muskeln nach und nach lockerten. »Ich ... ich glaube, jetzt ist es wieder gut«, murmelte sie schließlich.

»Dein Ex ist ein Dreckskerl. Ich verspreche dir, ich bin nicht wie er. Ich sorge dafür, dass du unsere Sessions genießt. Und sollte dir etwas, was ich mit dir anstelle, oder wie ich dich anfasse, nicht gefallen, möchte ich, dass du mir das sagst. Immer.«

Er schwieg, knetete sanft ihre Backen, seine Lippen streiften ihr Ohr.

»Vertrau mir«, raunte er.

Allein seine Stimme, sein warmer Atem, der über ihr Ohrläppchen strich, sorgten für eine Gänsehaut auf ihrem ganzen Körper und ein Ziehen in ihrem Schoß. Sie wimmerte leise.

»Ich glaube, das tue ich. Darf ich einen Wunsch äußern, Herr?«

»Selbstverständlich.«

»Ich möchte dich schmecken. Deine Zunge kennt meinen Körper schon ziemlich gut. Und ich genieße es total, du raubst mir den Verstand. Aber ich kenne deinen Körper noch lange nicht so gut, wie du meinen. Ich habe Nachholbedarf. Oder ganz einfach ausgedrückt: Ich will deinen Schwanz, deinen Geschmack kennenlernen, wissen, wie du dich anfühlst in meinem Mund.«
Sie rutschte von seinem Schoß und kniete sich zwischen seine Schenkel.

»Diesen Wunsch werde ich dir sicher nicht verweigern. Nimm dir, was du begehrst.«

»Danke, Herr.«

Er regte sich im Sessel, vermutlich setzte er sich bequemer hin. Tastend fand sie Knopf und Reißverschluss und öffnete seine Hose. Behutsam befreite sie seinen steil aufgerichteten Schwanz. Sie leckte über seine Spitze, kostete ihn, küsste seine Eichel. Dann nahm sie ihn tief in den Mund.
Er stöhnte. »Gott Kätzchen, du ahnst nicht, wie oft ich mir das ausgemalt habe, drüben auf dem Dach.«
Das konnte sie sich sogar sehr gut vorstellen. Sie bewegte den Kopf gefühlvoll vor und zurück. Jetzt hätte sie gerne sein Gesicht gesehen. Wie sah wohl sein Minenspiel aus? Gierig ... genussvoll? Auf jeden Fall höllisch heiß, da war sie sicher. Genießerisch bewegte sie den Kopf. Saugte, leckte, knabberte an seinen Eiern und lauschte auf sein wonnevolles Keuchen. Ihre Bewegungen wurden schneller. Er stieß ihr seine Hüften entgegen. Himmel, wie geil, ihn so zu verwöhnen. Ihn zu schmecken, seine Lust zu hören und zu spüren. Plötzlich griff

er fest in ihre lange Mähne, drückte sie noch weiter herunter, presste ihr Gesicht auf sein Schambein. Sein Schwanz begann zu zucken. Mit einem lauten Stöhnen ergoss er sich in ihrem Rachen. Ergeben schluckte sie seinen Saft.

Eine volle Minute rührte sich keiner von ihnen. Nur seinen Griff lockerte er, streichelte sanft ihr Haar.

»Wow, das war der Hammer!«, murmelte er.
Sie lachte leise. »Hat mir auch gefallen, mein Herr.« Sie legte ihren Kopf auf sein Bein und lächelte. Eine Weile verharrten sie so. Sara hatte jedes Zeitgefühl verloren. Sie genoss einfach die Nähe des Augenblicks. Bis er schließlich mit einer Hand über ihre Wange strich und mit der anderen auf seinen Schenkel klopfte.

»Komm her, Kätzchen«, brummte er.
Er sagte nicht, ob sie sich auf seinen Schoß setzen, oder sich über seine Knie legen sollte. Er ließ ihr die Wahl und das fühlte sich verdammt gut an.
Sie setzte sich auf seinen Schoß, gab ihm einen langen Kuss. Dann drehte sie sich, bis sie auf seinen Knien lag und ihr Hintern in die Luft zeigte.

»Bitte bestrafe mich, Herr. Ravel würde das ebenfalls fordern. Dafür, dass ich sein Stück verhunzt habe. Ich bin bereit.«

Sie biss sich auf die Lippen. Jetzt fügte sich alles wunderbar zusammen und fühlte sich richtig an. Ihre Sehnsucht nach dem Brennen auf ihrer Haut. Die Freude, sich dem Herrn zu ergeben und den Schmerz von ihm annehmen zu dürfen, ganz gleich, wie hart es werden würde. Ihr Herz jagte, ihre Pussy pochte und sie fühlte sich lebendig.

Zärtlich tätschelte er noch einmal ihren Hintern, dann spürte sie, wie er ausholte und gleich darauf traf seine Handfläche ihre Haut. Fest, feurig. Doch der nächste Hieb folgte nicht sofort. Sanft streichelte er ihre Backe, bevor er die Hand erneut hob. Das fühlte sich ganz anders an, als Konrads Züchtigungen. Es brannte ähnlich heftig, aber sie empfand es eher als eine schmerzhafte Liebkosung, denn als Bestrafung. Er schlug abwechselnd auf jede Seite und traf, so erschien es ihr zumindest, immer exakt dieselbe Stelle. Die ersten sechs Hiebe ertrug sie klaglos. Doch schon beim Siebten konnte sie die Jammerlaute nicht mehr unterdrücken.

Er war gerade mal bei der Hälfte angekommen, da schmerzte ihr Hintern so arg, dass sie glaubte, nicht einen einzigen weiteren Schlag einstecken zu können. Als sie den Mund öffnete, um ihn, um Gnade zu bitten, teilte er mit der anderen Hand ihre Schamlippen. Er zupfte sanft, tauchte zwei Finger in ihre Nässe und stieß tief in sie. Im gleichen Moment sauste der nächste Hieb auf ihren Arsch, brachte ihre Rückseite zum Lodern. Das zärtliche Tätscheln, mit dem er den Schlag beendete, linderte den Schmerz nicht, sorgte aber dafür, das sie sich beschützt und geborgen fühlte. Die Sanftheit, mit der er ihre Perle liebkoste, bildete einen krassen Kontrast zu den Feuerküssen, die er auf ihrer Kehrseite platzierte. Schmerz und Lust bündelten sich, vervielfachten ihre Gier. Sie ließ sich fallen, verlor den Überblick, wie viele Hiebe sie schon eingesteckt hatte. Aber sie hoffte, es wäre noch lange nicht vorbei. Gellende Schreie erfüllten den Raum. Schmerz und Lust, Lust und Schmerz. Sie wusste nicht mehr, was sie fühlte, aber es sollte bitte niemals aufhören!

»Du wirst nicht kommen, bevor wir bei achtundzwanzig angelangt sind! Ich verbiete es dir!«

Seine Stimme, streng und dabei so sexy.

»Oh Gott, wie viele noch?«, japste sie.

»Noch fünf«, knurrte er und im selben Moment sauste der nächste Hieb auf ihre Backe und der übernächste gleich hinterher. Das scharfe Brennen wirkte wie ein Brandbeschleuniger auf ihre Lust. Gern hätte sie ihn um mehr gebeten, aber in ihrem Schoß brodelte ein Vulkan und der wollte, nein musste explodieren. Unmöglich länger durchzuhalten.

Als er ihr endlich ins Ohr flüsterte: »Jetzt lass es raus, kleine Sub. Komm für mich.« Hätte sie vor Erleichterung fast geweint. Doch immer noch hielt sie sich mit ganzer Willensstärke zurück.

»Bitte«, japste sie. »Ich will dich in mir spüren, bitte flieg mit mir.«

Statt einer Antwort stand er auf und stellte sie auf den Boden. Er brauchte nur wenige Augenblicke, um sich seiner Kleidung zu entledigen, doch ihr erschienen es wie eine Ewigkeit. Als er sie hochhob und auf seinem Schoß zurechtrückte, erkannte sie, dass er sich wieder in den Sessel gesetzt hatte. Sie ließ die Beine über die Armlehnen baumeln und er drang sofort in sie ein.

Dieses Gefühl, wie er sie ausfüllte! Sie biss sich so fest auf die Lippen, das sie Blut schmeckte, doch der Schmerz turnte sie nur weiter an. Er gab ihr einen leichten Klaps auf die Wange. »Schluss mit dem Unsinn!«, knurrte er. »Entweder du reitest ihn jetzt oder ich gehe rüber in meine eigene Bude.«

Sara schlang die Arme um seinen Hals, ritt ihn mit fiebrigen Bewegungen. Was sie jetzt brauchte, war die schnelle Penetration und sie war dankbar dafür, dass er sie gewähren ließ. Der Orgasmus überrollte sie schon nach wenigen Stößen wie eine Naturgewalt. Um sie herum das schwarze Nichts. An ihren Armen und Schenkeln seine Haut. Heißer Atem traf auf ihren Hals. Ihre inneren Muskeln umklammerten seinen Schwanz. Wild warf sie den Kopf zurück, zuckte, schrie, krallte ihre Fingernägel in seine Schultern. Die Welle schüttelte ihren Körper, ebbte nur ganz allmählich ab. Sie bewegte sich weiter, aber langsamer, spürte seine Arme wie Schraubklemmen um ihre Taille. Sie ritt ihn in einem gemächlichen Takt, solange, bis sich erneut Druck in ihrem Unterleib aufbaute.

Doch als sie schneller werden wollte, zog er sie plötzlich grob von seinem Schoß. Ihre Protestlaute ignorierend, schob er sie energisch hinüber zum Bett und warf sie auf die Matratze. Sofort war er über ihr, drang in sie ein, stieß hart zu, benutzte sie, brachte sie noch einmal in Ekstase. Er pumpte in sie, so herrlich rücksichtslos, dass sie schon wieder zu zucken begann. Und als er laut aufstöhnte und sich heiß in ihr ergoss, erklomm sie den Gipfel ein zweites Mal, dieses Mal mit ihm gemeinsam.

*

Er schaute durch das Fernglas und lächelte, als er sie sah. Nur mit einem Slip und einem kurzen Top, das knapp unter ihrer Brust endete bekleidet, hantierte sie in ihrer offenen Küchenzeile. Vermutlich bereitete sie ihr Abendessen zu.

»Hast du die Lokalnachrichten verfolgt, Mäuschen?«, fragte er gut gelaunt. »Ja ich weiß, du bist schockiert. Aber sieh es mal so, hättest du die Jalousie nicht hochgezogen, würden sie im Fernsehen jetzt über dich berichten. Hast du dich meinen Blicken entzogen, weil du mir die Ruhe gönnen wolltest, nach der ich mich sehne? Das hat nicht funktioniert. Dich zu verbarrikadieren und dich mir so rüde zu entziehen hat eher das Gegenteil bewirkt. Ich konnte an nichts anderes mehr denken. Nur noch an dich und daran, was du wohl hinter verschlossenen Fenstern treibst.

Um mich abzulenken, habe ich die kleine Rothaarige im Park angesprochen. Die, der man schon von Weitem ansah, wie untervögelt sie war. Ich habe sie mitgenommen zu mir. Sie hat meinen privaten Rückzugsort entweiht, von dem ich geschworen habe, dass ihn keine Frau jemals wieder betreten wird. Du verstehst sicher, dass dieser Frevel durch ein Blutopfer gesühnt werden musste? Wer mein Refugium betritt, verlässt es nicht mehr.

Kennst du das Gefühl, wenn alles in dir nach etwas schreit, was du unbedingt haben willst? Vergleiche es mit den High Heels, die dir im Vorbeigehen in einem Schaufenster ins Auge stechen. Du weißt, du brauchst sie. Du gehst nach Hause, weil es nicht vernünftig ist, sie zu kaufen, aber sie lassen dich nicht los. Sie flüstern dir zu: ›Komm her und hol uns. Wir gehören dir, du kannst uns nicht ignorieren.‹ So ungefähr fühlt es sich an. Und ich kann genauso wenig widerstehen wie du.

Warum sie und nicht du, fragst du? Ich kann es dir gar nicht so genau beantworten. Du hast den Tod mehr als verdient und das weißt du auch, nicht wahr? Schließt mich aus deinem Leben aus. Entziehst dich meinen Blicken. So seid ihr Weiber, ihr findet immer einen Weg, euch wichtig zu tun. Du hast erreicht, was du wolltest. Ich habe an nichts anderes mehr denken können. Nur noch an dich. Du lässt mir keine Ruhe. Ich muss dich haben ... Auf Knien zu meinen Füßen, während du um dein Leben bettelst. Oder vor mir auf der Matratze. Nein, noch besser auf meiner Kücheninsel. Die Küche ist gefliest, weißt du. Und die Arbeitsplatte hat eine Oberfläche aus weißem Klavierlack. Dort hat sie auch gelegen. Anfangs fand sie das ziemlich geil. Und ich habe dafür gesorgt, dass sie es genießt. ... Eine Weile zumindest.«

Er hielt für einen Moment mit seinem Monolog inne, betrachtete Sara versonnen.

So herrlich unschuldig, so ahnungslos, wie sie dort am Herd stand und gerade etwas aus einem Topf auf einen Teller schüttete. Er hob das Fernglas, als sie einen Finger in den Teller tauchte und ihn dann genüsslich ableckte.

Verdammt, sie wagte es, ihn zu reizen. Er hatte Lust auf sie.

»Du wirst schon sehen, was du davon hast, Mäuschen! Und wenn es dann so weit ist, sag nicht, ich hätte dich nicht gewarnt! Du hörst doch die Lokalnachrichten, oder? Bestimmt tust du das. Sicher weißt du, was geschehen ist ... Was ich getan habe.

Bist du schockiert? Zweifellos wärst du es, denn es gibt etwas, das kannst du nicht wissen. Nämlich, dass sie deinen Platz eingenommen hat, als sie vor ihren Schöpfer trat. Du hast mich ignoriert, als ich dich im Konzerthaus besucht habe. Das war nicht nett von dir. Seitdem sehne ich mich jeden Tag danach, dich zuhause zu besuchen. Wieso ich es nicht getan habe? Ich war neugierig, wie lange du mir den Blick noch durch die herunter gelassene Jalousie verwehren willst. Ich wollte diese unvergleichlichen Einblicke noch mal genießen, die mein Fernglas und du mir bescheren. Sie dagegen war entbehrlich. Warum, fragst du? Vielleicht einfach nur, weil sie die falsche Haarfarbe hatte oder weil sie gerade verfügbar war. Das Schicksal ist manchmal sehr profan. Es war ihre eigene Schuld, sie hätte ja nicht mitgehen müssen. Es ist gefährlich, meine Ruhe zu stören, weißt du ...?

In dem Moment, als sie meine Einladung annahm, wusste ich schon, dass die Konsequenzen für sie weitreichend sein würden. Allumfassend ist wohl der treffendere Ausdruck. Der Hunger nach Blut schweigt nie, zumindest nicht besonders lange. Genauso wenig, wie die Lust auf neue Schuhe, du kennst das Gefühl. Genieß das Leben, Mädchen. Nutze die Zeit, die dir noch bleibt gut, sonst wirst du es am Ende bereuen.«

*

Zehn Tage. Zugegeben, er vermisste sie. In seinen Pausen lungerte er auf dem Flachdach herum und gönnte sich das Vergnügen, zu Sara hinüber zu schauen. Sie zu beobachten, war noch reizvoller geworden, seitdem sie es wusste. Diese Woche verbrachte sie mehr Zeit zuhause als gewöhnlich. Das mochte Zufall sein, aber ihm gefiel der Gedanke, dass er der Grund dafür war. An den ersten Tagen hatte sie zumindest alles daran gesetzt, seine Aufmerksamkeit auf sich zu ziehen. Sie putzte ihre Wohnung, spielte Geige, kochte, lag auf der Couch oder auf ihrem Bett und trug dabei nichts anderes als höllisch heiße Dessous. Manchmal lief sie auch ganz ohne einen Fetzen Stoff am Leib herum.

Natürlich schaute er hin. Welcher Kerl täte das nicht? Er genoss ihren Anblick. Erfreute sich an ihren aufreizenden Bewegungen. Und an der schlichten Tatsache, dass sie sich für ihn auszog, in der Hoffnung, dass er rüber kam, bevor die zehn Tage vorbei waren. Sie ahnte nicht, dass sie mit ihren Bemühungen eher das Gegenteil bewirkte. Er ließ sich nicht manipulieren.

Sara tat ihm gut. Er fühlte sich lebendig, wie schon lange nicht mehr. Er dachte oft an sie, malte sich Szenarien aus. Aufgaben, die er ihr stellen, oder Sessions, die er mit ihr erleben wollte. Erinnerte sich an ihren Geschmack auf seiner Zunge. Daran, wie weich sich ihre Haut unter seinen Lippen und Händen anfühlte. Verrückt, wie sich die Dinge entwickelt hatten. Nie hätte er erwartet, dass seine wildesten Träume wahr werden könnten. Und je häufiger seine Gedanken bei ihr weilten, desto seltener blickte er zurück auf die Vergangenheit.

Es gab Phasen, da schwiegen sogar seine Schuldgefühle, auch wenn sie irgendwann mit geballter Heftigkeit zurückkehrten. Dann fühlte Julian sich, wie ein mieses Schwein, weil er unbeschwerte Stunden genoss. Er durfte nicht vergessen, was er seinem Freund angetan hatte. Und das er dem Unglück den Rücken gekehrt hatte und abgehauen war, wie so ein elender Feigling. Wie es Steve wohl ging? Früher war er ein Energiebündel voller Lebensfreude gewesen. Unvorstellbar ihn an den Rollstuhl gefesselt zu sehen. ›Das ist allein meine Schuld! Ich darf das nicht verdrängen, niemals!‹

Julian seufzte und schob das Stück Leder, das er gerade für die Bearbeitung vorbereitete, beiseite. Material und Werkzeug hatte er sich heute mit aufs Dach genommen, um draußen zu arbeiten. Die Sonne wärmte angenehm, er bekam frische Luft und konnte zwischendurch immer mal wieder zu Sara hinüber schauen.

Stirnrunzelnd betrachtete er sie durch das Fernglas. Sie kniete nackt, mit leicht gespreizten Beinen auf ihrem Bett und las ein Buch. Der Anblick war reizvoll, trotzdem störte er sich plötzlich gewaltig daran, denn in dieser Position hatte sie auf ihren Ex gewartet. Zwar wandte sie sich dem Fenster, und nicht, wie damals der Badezimmertür zu. Doch die Stellung blieb die Gleiche. Und er hatte ihr auch noch befohlen, diese Pose für ihn einzunehmen, erinnerte er sich. Das musste er dringend ändern!

Obwohl er entschlossen gewesen war, sie heute nicht anzurufen, griff er spontan zum Handy und wählte ihre Nummer.

»Steh auf!«, bellte er in das Gerät, sobald sie abgenommen hatte.

»Dir auch einen guten Tag, Herr.«

Ihre Frechheit ärgerte und amüsierte ihn gleichermaßen. Ihrem Ex gegenüber, hätte sie sich diesen ironischen Unterton wahrscheinlich nicht erlaubt. ›Genau so ist es richtig‹, dachte er zufrieden. ›Sie weiß, dass sie sich gerade ein paar Hiebe einhandelt. Sie ist verspielt und reizt mich absichtlich.‹ Das gefiel ihm, sein Ärger verflog.

»Mir ist bewusst, dass ich dir befohlen habe, auf deinem Bett zu knien. Aber ich habe es mir anders überlegt. Ich will diese Position nicht mehr sehen, wenn du allein bist. Setz, oder leg dich hin, wie es dir gefällt. Knien wirst du ab sofort nur noch vor mir!«

Für einen langen Augenblick blieb es still in der Leitung. Daran erkannte er ihre Überraschung.

168

»Ja Sir, wie du wünschst. Es ... es ist schön, deine Stimme zu hören.«

Jetzt hörte er keine unterschwellige Ironie mehr, nur noch Sehnsucht, Respekt und Enthusiasmus. Er lächelte, sein Herz wurde leicht.

Er fragte, wie es ihr ging und was sie beschäftigte und freute sich, zu hören, dass sie ihn vermisste und oft an ihn dachte.

»Wir können uns leider erst nächsten Sonntag sehen«, eröffnete er ihr.

»Aber heute ist Samstag und es sind schon fünf Tage um«, erwiderte sie enttäuscht. »Zehn Tage hast du gesagt, das wären dann aber schon zwei Wochen.«

»Gefällt mir, dass du die Tage zählst. Aber es gibt einige Aufträge, die ich zeitnah erledigen muss. Und weil du mich mit deinem verführerischen Körper ständig ablenkst, dauert es länger. Ich will meine Kunden nicht enttäuschen. Außerdem gibt es da noch ein paar Sachen, die ich fertig haben möchte, wenn ich dich das nächste Mal besuche.«

»Was denn genau?«

»Du bist ganz schön neugierig. Na gut, etwas verrate ich dir, der Rest bleibt eine Überraschung. Ich arbeite unter anderem an einem neuen Flogger. Extra für dich. Der Alte, den ich früher benutzt habe, liegt noch im Keller. Aber du verdienst einen ohne Vorgeschichte.«

Sie lachte leise. »Finde ich gut. Er wird für einen Neuanfang stehen. Nur du und ich.« Für einen Moment blieb es still in der Leitung. Er konnte ihre Atemzüge hören. »Julian, ich ...« Sie brach ab, schien plötzlich merkwürdig gehemmt zu sein. »Weißt du«, begann sie dann erneut, »wir werden vielleicht ein paar Fehlschläge einstecken müssen, aber es ist richtig und wichtig, neu anzufangen. Rückschläge halte ich aus, wenn du mich auffängst .... und ich fange dich auf, wenn es nötig ist.«

Der Verlauf des Gespräches überraschte ihn. Er hatte das dumme Gefühl, dass ihr noch etwas auf der Seele brannte. Er wägte seine Worte ab, bevor er antwortete. »Danke«, sagte er schließlich. »Ich kann dir nicht versprechen, wie weit ich mich auf einen Neuanfang einlassen kann. Es gibt Dinge, die kann und darf ich niemals vergessen. Aber um deinetwillen versuche ich, so unvorbelastet wie möglich an die Sache heranzugehen.«

»Nicht um meinetwillen, Julian. Für uns.«
An ihrem Tonfall erkannte er, wie wichtig ihr das Thema war und unterdrückte einen Seufzer. Das hier drohte zu einer Grundsatzdiskussion auszuarten und darauf hatte er keine Lust. Er überlegte, das Gespräch in eine andere Richtung zu lenken oder es zu beenden. Doch er entschied sich dagegen und hörte ihr zu.

»Es gibt Dinge, die vergisst man nicht so schnell, aber man muss sie früher oder später mal verarbeiten. Irgendwann musst du dir selbst verzeihen, sonst wirfst du dein Leben weg.«

Sie machte eine Pause, offenbar erwartete sie eine Entgegnung, doch er tat ihr den Gefallen nicht und schwieg.

»Wie geht es deinem Freund heute?«, fragte sie bedrückt, als sich das Schweigen in die Länge zog. »Wie steht er zu dem Unfall? Hat er sich mit seinem Schicksal abgefunden?«

Julian schloss für einen Moment die Augen. Wieder einmal überrollte ihn eine Welle von Schuldgefühlen. Er hätte jetzt gern ein Bier getrunken, aber er hatte keins mehr im Haus.

»Ich ... ich hab keine Ahnung, wie es ihm geht«, antwortete er leise. »Als ich meine Heimat verließ, lag er noch auf der Intensivstation.«

Vor seinem geistigen Auge erschien das Krankenhauszimmer, die Infusionsnadel in Steves Hand, sein bleiches Gesicht auf dem weißen Kissen, die Apparate, die seine Lebensfunktionen überwachten.

»Mit einem der Ärzte bin ich zur Schule gegangen. Der hat mich über seinen Gesundheitszustand informiert, obwohl ich ja kein direkter Angehöriger bin. Von ihm erfuhr ich, dass mein Freund nie wieder laufen wird. Steve hatte starke Schmerzmittel bekommen. Er war wach, aber ziemlich weggetreten, als ich das letzte Mal bei ihm war. Nach diesem Besuch und dem was ich erfahren hatte, wusste ich, dass

170

ich mein altes Leben hinter mir lassen muss. Ich konnte es einfach nicht ertragen dortzubleiben, wo jeder mit dem Finger auf mich zeigt und wo mein bester Freund im Rollstuhl spazieren fährt. Es hat keine zwei Wochen gedauert, bis ich alle Brücken hinter mir abgebrochen hatte und hierher nach Köln kam.«

»Moment! Du hast ihn nur einmal besucht, zu einer Zeit, wo es ihm noch richtig schlecht ging?«

»Nein, ich war oft da, als ich noch selbst im Krankenhaus behandelt wurde. Ich ging zu ihm, sobald ich aufstehen durfte, und saß stundenlang an seinem Bett. Zu der Zeit lag er noch im Koma.«

»Du hast also nie mit ihm gesprochen? Zumindest nicht, nachdem er wieder ganz bei Sinnen war?«

»Nein, aber das macht keinen Unterschied. Was geschehen ist, ist geschehen. Es bringt auch nichts, das Thema zu vertiefen. Ich muss jetzt weitermachen, hab noch ne Menge zu tun. Wir sehen uns nächstes Wochenende.«

»Ja Herr, ich sehne den Sonntag herbei.«

Er beendete das Gespräch, ohne ein weiteres Wort und stürzte sich in die Arbeit. Heute musste er dringend noch zwei Kundenaufträge fertigstellen. Einen Gürtel mit dem Schriftzug BIKER in 3D Optik und einen Hut aus Büffelleder nach speziellen Maßen, als Geburtstagsgeschenk für den Ehemann einer Kundin. Außerdem hatte der Erotikshop, zu dem er Sara vor einigen Wochen geschickt hatte, zehn Flogger bestellt. Natürlich führte der Shop auch günstige, Massenware. Aber es gab einen kleinen, exklusiven Markt, der gute Handarbeit zu schätzen wusste. Seine Schlaginstrumente waren ausbalanciert und lagen hervorragend in der Hand.

***

Schockiert dachte Sara über das eben Gehörte nach. Dazu gäbe es eine Menge zu sagen, jedoch musste sie den richtigen Zeitpunkt dafür abpassen.

Gedankenverloren starrte sie aus dem Fenster, sah ihn drüben auf dem Dach sitzen und werkeln.

›Er kann froh sein, dass ich kein Fernglas besitze. Sonst könnte ich ihn jetzt ausspionieren, so, wie er mich früher und mir sein Gesicht anschauen, das er mir nicht zeigen will. Wie soll das nur weitergehen mit uns? Habe ich mich so schnell verliebt? In einen Typen, von dem ich nicht mal weiß, wie er aussieht? In einen Mann, der jede Menge Probleme mit sich und seiner Vergangenheit herumschleppt und sich scheut, sie anzugehen? Das kann ja heiter werden.‹

Sara fand den zweiten Punkt schlimmer als den Ersten. Zwar war sie nicht so idealistisch, sich einzureden, dass ihr das Äußere vollkommen unwichtig wäre. Doch es war ihr nicht halb so wichtig, wie Julian zu glauben schien. Je mehr sie ihn kennen und schätzen lernte, desto nebensächlicher wurde sein Aussehen. Dennoch, ein frustrierendes Gefühl für sie. Während sie ihm so viel Vertrauen schenkte, dass sie sich blind und wehrlos auf ihn einließ, verbarg er sein Gesicht vor ihr. War seine Entstellung wirklich so furchtbar? Verdiente sie nicht ein wenig mehr, als er bereit war, zu geben? Mehr Zuversicht, mehr Risikobereitschaft, mehr Hoffnung. Und vor allem die Bereitschaft, gemeinsam mit ihr neu anzufangen. Neue Spielzeuge aus Leder zu fertigen, stellte noch lange keinen Neuanfang dar. Brauchte er nur mehr Zeit, oder würde er nie dazu in der Lage sein?

BDSM mit ihm war wunderschön. Niemals, nicht einmal im Traum hätte sie erwartet, dass es so sein könnte. Mal hart, mal ganz sanft, aber immer achtsam und rücksichtsvoll. Sein SM unterschied sich total von dem, was Konrad und andere Doms vorher, ihr von dieser Welt gezeigt hatten. Theoretisch war sie eine komplett ausgebildete gut erzogene Sklavin. Es gab vermutlich wenige Praktiken und Sexspiele, die sie noch nicht erlebt hatte. Sie wusste, wie sie ihrem Herrn Freude bereiten konnte. Dennoch war mit Julian alles anders. Er lehrte sie, dass BDSM nicht nur Härte und Gehorsam, sondern auch Zärtlichkeit, Aufmerksamkeit, Rücksicht, Respekt und lustvolle Qualen bedeutete. Eine Welt, in der ihr Herr ihr das Gefühl gab, ihre Hingabe und Unterwerfung seien kostbare Geschenke. Nichts, was ihm durch die Rollenverteilung per se zustand oder was er durch Schläge und Strenge errang.

Sie verstand schon jetzt nicht mehr, warum sie sich von Konrad so rücksichtlos hatte benutzen lassen. Verdiente Julian nicht schon allein dafür ihre Beharrlichkeit und Loyalität? Sie dachte an seine Stimme, die Ameisen über ihre Haut marschieren ließ. Dunkel wie Espresso und sogar dann noch liebevoll, wenn der Ton streng wurde. Meistens sprach er leise. Er war ein Mensch, dem man zuhörte. Sie liebte seine Art sie auf lustvolle Weise zu quälen, genau wie seine Geduld, seine Aufmerksamkeit und ihre Gespräche am Telefon. Inzwischen fand sie es sogar aufregend, dass er sie beobachtete.

Dennoch spielte es eine Rolle, dass er sich nicht nur vor ihr, sondern offenbar vor der Welt und nicht zuletzt vor sich selbst versteckte. Ewig konnte sie das nicht hinnehmen. Aber ein wenig Geduld und Nachsicht hatte er mehr als verdient.

*

Die Woche war ihr endlos lang erschienen, doch ihre Vorfreude hatte sich von Tag zu Tag gesteigert. Am Sonntag saß Sara mit verbundenen Augen und gesenktem Kopf im Schneidersitz auf ihrem Bett. Am liebsten wäre sie ihm entgegengelaufen, um sich in seine Arme zu werfen. Doch sie übte sich in Disziplin und rührte sich nicht, genoss nur das Gefühl seiner Nähe, sobald er ihre Wohnung betrat. Als er ihr über die Wange strich und sie seinen Atem auf ihrer Haut spürte, bekam sie eine Gänsehaut. Sanft berührte er ihre Lippen mit seinen.

»Nicht erschrecken«, sagte er leise und nahm ihr die Augenbinde ab.

Sie schaute immer noch nach unten. Nachdem der Schal verschwunden und es wieder hell geworden war, traute sie sich nicht, den Kopf zu heben. Ihr Blick fiel auf schwarze Schuhe, Beine, die in einer grauen Jeans steckten. Wie in Zeitlupe hob sie den Kopf, jeden Moment damit rechnend, dass er ihr befahl, die Augen auf den Fußboden zu richten. Flacher Bauch, weißes Hemd, schwarze Lederweste ... Erschrocken schrie sie auf, starrte entgeistert in sein Gesicht ... das eine Maske aus dunkelbraunem Leder verbarg. Ihr Herz hämmerte, als wollte es zerspringen.

Wie gebannt stierte sie ihn an. Die Gesichtsmaske hatte er offensichtlich handgefertigt, denn sie passte wie angegossen. Sie bestand aus weichem dünnen Leder und bedeckte seinen ganzen Kopf, bis zur Mitte des Halses. Mund, Nasenlöcher und Augen waren ausgeschnitten. Wie zum Teufel hatte er das Ding über den Kopf gezogen?

Er schien ihre Frage zu erraten, denn er sagte: »Sie wird am Hinterkopf mit Druckknöpfen verschlossen.«

Sara schluckte, nickte zögernd. Sie konnte sich nicht vorstellen, dass die Narbe, die er darunter verbarg, viel beängstigender wirken könnte, als das Bild, das er mit dieser Ledermaske bot. Stumm schaute sie ihn an, gewöhnte sich nur schwer an den Anblick, sah aber durch-

174

aus die Vorteile dieser Lösung. Jetzt musste sie nicht mehr ständig die Augenbinde tragen, nur noch dann, wenn er es in einer Session so bestimmte. Endlich konnte sie ihm in die Augen schauen und die waren wunderschön. Braun mit goldenen Sprenkeln. Um die Pupille herum ein schmaler, dunkler Ring. Wahnsinn! Augen, an denen sie sich nicht sattsehen konnte, in denen man versinken konnte. Sein Blick, so tief, so ehrlich. Unwillkürlich lächelte sie, versuchte, sich an die Maske zu gewöhnen. Er erwiderte ihr Lächeln. Um seinen Mund herum war ein Streifen von der Breite ihres kleinen Fingers nicht vom Leder bedeckt. Genug Platz für eine wilde Knutscherei.

Unter der Maske schauten seine schwarzen Haare heraus, die ihm bis auf die Schultern fielen.

»Ich habe nicht erwartet, dass sie so ausdrucksstark sind.«

Seine Worte verwirrten sie für einen Moment, bis sie begriff, dass er von ihren Augen sprach. Logisch, die kannte er nur von ihrem Profilbild im WhipWeb. Durch sein Fernglas waren sie bestimmt nicht gut zu erkennen. Und die beiden Male, die er hier gewesen war, hatte sie die Augenbinde tragen müssen. Immer noch fasziniert von seinem Anblick, war sie unfähig zu sprechen.

Behutsam strich er ihr eine Haarsträhne hinters Ohr und küsste sie sanft auf den Mund.

»Dunkle Haare und blaugraue Augen. Ich mag diese Kombination sehr. Steh auf, ich will dich ansehen.«

Sie senkte kurz den Blick, schaute ihn dann wieder an, lächelte und folgte wortlos seinem Befehl. Sie trug champagnerfarbene Wäsche. Keinen BH, nur ein Trägerhemdchen, das kurz über ihrem Hüftknochen endete, so durchsichtig, dass seinen Blicken nichts verborgen blieb. Dazu einen Stringtanga, durch den ihre Lippen gut zu erkennen waren, halterlose Nylons und High Heels. Ihr langes Haar fiel ihr offen über die Schultern.

Lässig schlenderte er zu ihrem Sessel und setzte sich.

»Ich möchte, dass du mit auf dem Rücken verschränkten Händen durch das Zimmer läufst. Ich will dich ansehen, aus jeder Perspektive. Und ich habe Lust auf Bolero. Wenn du an der Musikanlage vorbei kommst, spiel das Stück in Dauerschleife.«

»Ja, Herr.«

Sie stakse los, startete die Musik.

»Hol die Spielzeuge, die du neulich in dem Erotikshop abgeholt hast. Das eine oder andere werden wir heute brauchen.«

»Jawohl, Sir.«

Sie fischte das Gewünschte aus ihrer Nachttischschublade und legte es auf den Couchtisch, bevor sie die Hände wieder hinter dem Rücken faltete.

»Bring mir die Nippelklemmen und den Analplug, aber halte die Hände mit den Sachen hinter dem Rücken und geh langsam. Ich möchte deinen Anblick genießen.«

Mit klopfendem Herzen nahm sie die Toys vom Tisch.

»Vergiss nicht, mir auch deine Kehrseite zu zeigen, wenn du läufst.«

Sie drehte einige Runden durch den Raum, spürte seine Blicke, die sich in ihren Körper zu brennen schienen. Sie ließ sich in die Melodie fallen, wiegte Oberkörper und Hüften lasziv zur Musik. Der bedrückende Anblick der Maske trat in den Hintergrund. Wichtig war nur er, seine Präsenz, seine Dominanz, seine Aufmerksamkeit, die auf ihr ruhte. Nicht die kleinste Bewegung entging ihm. Schließlich blieb sie vor ihm stehen, lächelte ihn verführerisch an, sank auf die Knie und streckte ihm die Toys entgegen.

Er beugte sich vor, berührte ihre Lippen sanft mit seinen. Seine Zunge eroberte ihren Mund, nahm den Takt der Musik auf. Er küsste sie, bis ihr schwindelig wurde.

Als er sich zurückzog, legte sie ihre Hände mit den Handflächen nach oben auf ihre Oberschenkel und bot ihm die Spielzeuge erneut dar. Er

176

griff nach einer Nippelklemme, schob ihr Hemdchen hoch und klippte sie auf ihre harte Brustwarze. Gequält stöhnte sie auf, als eine Flamme aus Schmerz über ihren Nippel leckte. Ungerührt nahm er den Plug und die zweite Klemme und wiederholte die Prozedur auf der anderen Seite, entlockte ihr abermals ein Wimmern. Er ließ das Hemd wieder herunter. Das Metall drückte leicht gegen den zarten Stoff. Sie lehnte sich etwas zurück, genoss seinen Blick, der sich für einen langen Moment an ihren Brüsten festsaugte, bevor er ihr wieder ins Gesicht schaute.

»Dreh dich um, Vierfüßlerstand und spreize die Beine für mich.«

Sie schluckte. Die Stellung würde mächtig an ihren Nippeln ziehen.

»Ja, Herr«, hauchte sie, holte tief und zittrig Luft und brachte sich in die gewünschte Position. Sie erwartete, dass er sie schlagen würde, doch er tat nichts dergleichen.

Stattdessen knetete er ihre Pobacken, bevor er sie schließlich mit beiden Händen weit auseinanderzog. Seine Berührungen und ihre Hilflosigkeit erregten sie. Willig ergab sie sich. Mit einer Hand massierte er ihre Backe weiter, die andere schob er zwischen ihre Schenkel. Mit dem Daumen rieb er fest über den Stoff ihres Höschens, das schon jetzt von ihrer Lust getränkt war. Dann fuhr er mit einem Finger unter den Stoff, tauchte in ihre Nässe, stieß in sie, zog seinen feucht glänzenden Finger wieder heraus und drückte ihn vorsichtig in ihren Hintereingang. Er zupfte ihren Slip zur Seite, tränkte den Analplug mit ihrem Saft und schob ihn dann zwischen ihre Backen. Sie stöhnte auf, als er das Toy sehr behutsam in sie einführte. Dann tätschelte er ihren Hintern.

»Steh auf und tanz für mich. Bolero, Kätzchen. Das ist unser Lied. Ich will dir zusehen in dem Wissen, dass du die Toys spürst.«

Sie schluckte. »Ja Sir.« Das klang ein wenig gepresst.

Sie tanzte für ihn, wand sich lasziv und verführerisch im Takt. Sie war sich bewusst, dass sein Blick ihren Körper nicht eine Sekunde losließ, und schwelgte in dem Gefühl, schön, begehrenswert und verrucht zu sein. Als das Musikstück von Neuem begann, winkte er sie mit einer Handbewegung zu sich.

»Zieh den Schuh aus und stell deinen Fuß auf mein Knie.«

Erstaunt, aber ohne zu zögern führte sie seine Anordnung aus. Er schnallte eine breite Fußmanschette aus dunkelbraunem, mit einem hübschen Muster verzierten Leder um ihren Knöchel. Das Material fühlte sich weich und nachgiebig an, dennoch vermittelte die Manschette einen robusten Eindruck.

»Wow, die ist wunderschön«, staunte sie.

»Danke, den anderen Fuß bitte.«

Auch den Rechten zierte einen Augenblick später eine handgearbeitete Fußfessel.

Dann fischte er zwei etwas schmalere Ledermanschetten gleicher Machart aus seiner Tasche.

Wortlos ging Sara vor ihm auf die Knie und streckte ihm ihre Arme entgegen. Er legte ihr die Lederarmbänder an.

»Die hast du extra für mich angefertigt, oder? Sie sind wunderschön«, hauchte sie bewegt.

Er lächelte und sie hörte ein wenig Stolz aus seinem Ton heraus, als er antwortete. »Freut mich, dass sie dir gefallen. Du siehst toll damit aus.« Er holte einen weiteren Gegenstand aus seiner Tasche und zeigte ihn ihr. Es handelte sich um einen kleinen Flogger. Ebenfalls aus dem dunkelbraunen Leder, mit dem er gern zu arbeiten schien.

»Den hatte ich dir ja schon versprochen. Er ist heute Mittag erst fertig geworden. Speziell für dich. Du wirst zu spüren bekommen, ob ich ihn gut hinbekommen habe.«

Beim letzten Satz verzog sich sein Mund zu einem dunklen Grinsen, das eine Gänsehaut über ihren Körper schickte.

»Darf ich aufstehen, Herr?«, flüsterte sie atemlos.

Er betrachtete sie einen Moment, dann nickte er.

Sie erhob sich anmutig, setzte sich auf seinen Schoß und küsste ihn mit all ihrer Hingabe. Ihre Zunge spielte mit seiner, mit ihrer feuchten Mitte massierte sie seinen Schwanz. Den Plug in ihrem Hintereingang nahm sie sehr deutlich wahr, während sie die Hüften kreisen ließ und ihn reizte. Unmöglich, sich zurückzuhalten. Sie keuchte, hielt sich an ihm fest, überstreckte ihren Oberkörper lasziv und reckte ihm ihre Brüste in dem hauchdünnen Hemdchen sehnsüchtig entgegen. Dabei wippte sie mit dem Becken auf seinen Schenkeln, um den Plug noch intensiver zu spüren. Das verfehlte seine Wirkung auf Julian natürlich nicht. Er fasste in ihren Ausschnitt und riss mit einem Knurren an dem zarten Stoff, der mit einem feinen Ratschen nachgab. Sara stöhnte laut auf. Vor Gier aber auch vor Schreck.

Rauschen in ihren Ohren, Blitze in ihrem Schoß. Er griff in ihr Haar und zog ihren Kopf weiter nach hinten, mit der anderen zupfte er abwechselnd leicht an den Nippelklemmen. Der Schmerz und das Machtgefälle ließen ihr Herz wummern und ihre Säfte fließen. Sie keuchte und wand sich, hilflos vor Lust.

»Auf die Knie, wo du hingehörst!«, zischte er. Halb sorgte sein sanfter Schubser dafür, halb rutschte sie selbst von seinem Schoß auf den Boden.

»Umdrehen! Vierfüßlerstand, drei Schritte vor und reck mir deinen Arsch entgegen!« Befehle wie Peitschenhiebe und sie beeilte sich, zu gehorchen. Sie hörte, wie er aufstand und im nächsten Moment landete der Flogger mit Schwung auf ihrem Hintern.

»Bolero, Kätzchen«, raunte er und ließ das Schlaginstrument im Dreivierteltakt auf ihr Hinterteil klatschen. Sie ließ sich fallen, in die Musik, in den Schmerz, in die Lust. Ergab sich in dem Wissen, dass ihr nichts Schlimmes geschehen würde, denn Julian passte auf sie auf.

Sie liebte das Leder auf ihren Backen, hieß jeden Schlag, jedes Brennen willkommen. In der kurzen Pause, die er ihr gönnte, um den Plug zu bewegen, wäre sie fast gekommen. Er bemerkte es, zog sie an den Haaren hoch und stieß sie aufs Bett. Willig drehte sie sich auf den Rücken, während er ihre Hand- und Fußmanschetten mithilfe von Karabinern an den vier Pfosten ihres Himmelbetts befestigte. Weit gespreizt lag sie vor ihm.

Einen Moment lang schaute er sie einfach nur an. Das Bild, das sie bot, hätte sie selbst gerne gesehen. Das zerfetzte Hemdchen hing noch immer an ihrem Körper, bedeckte ihre Brüste aber nicht mehr. Ihr Atem ging schnell und so heftig, dass sie das Gefühl hatte, ihr ganzer Körper würde sich heben und senken. Sie wollte mehr, brauchte mehr. Offenbar wusste er das, denn die Lederzotteln trafen ihre Oberschenkel, ihren Bauch. Sie schrie gellend, als er auf ihre mit den Nippelklemmen verzierten Brüste zielte. Zum Glück traf er jede Seite nur ein einziges Mal. Ihre Haut brannte, als wäre sie in der Hölle gelandet. Und dann traf er ihre Schamlippen. Sie schrie und er traf die gleiche Stelle erneut. Im Dreivierteltakt spankte er ihre Pussy. Die Fesselung hinderte sie daran, die Schenkel zu schließen und ihre empfindliche Mitte zu schützen. Dieses scharfe Brennen ... Himmel und Hölle zugleich. Das Gefühl, ihm ausgeliefert und gleichzeitig beschützt zu sein, ein bizarrer Genuss.

Julian schien genau zu wissen, wie viel er ihr zumuten konnte. Schon landete der nächste Streich auf ihrer Scham. Qualvoll, wundervoll. Bis sie glaubte, es nicht mehr aushalten zu können. Und doch nahm sie noch drei Hiebe mehr. Erst dann ließ er den Flogger auf den Boden fallen, entledigte sich seiner Klamotten, nur die Maske behielt er auf. Dann kniete er sich zwischen ihre weit gespreizten Schenkel und drang mit einem festen Stoß in sie ein. Sie versank in Ekstase. Nahm nichts mehr wahr, bis auf das Brennen ihres Körpers, seinen Schwanz, der sie ausfüllte und den Plug, mit dem er sie stimulierte, während er sich bewegte. Schon nach wenigen Stößen explodierte sie. Doch das Feuer in ihren Adern schien nicht abkühlen, das Zucken in ihrem

Schoß nicht abklingen und ihre Schreie nicht leiser werden zu wollen. Er zog sich aus ihr heraus, spritzte auf ihre Brüste und als sie den Mund öffnete, landeten einige Tropfen auf ihren Lippen. Sie fuhr mit der Zunge darüber, leckte ab, was sie erreichen konnte.

Er beobachtete sie mit wildem Blick. Sie hätte seinen Schaft gern sauber geleckt, doch sie war gefesselt und konnte sich nicht herunter beugen. Sara blieb ruhig liegen, schloss die Augen und entspannte sich. Ihr Körper glühte immer noch, doch das Brennen war angenehm. Ein sanfter Nachhall, passend zu dem Nachbeben in ihrem Schoß. Sie strahlte ihn an.

»Danke, Herr. Das war der Wahnsinn. Der Flogger ist dir gut gelungen.«

Schmunzelnd löste er die Karabinerhaken und nahm sie in den Arm. Eng schmiegte sie sich an ihn, kostete das Gefühl aus, ihm nahe zu sein. Eine stumme Vertrauthcit, die sie so intensiv noch nie empfunden hatte. Glücklich und vollkommen erschöpft schlief sie ein.

Als sie am Morgen erwachte, war sie allein. Ein wenig enttäuscht blieb sie auf dem Rücken liegen. Doch als sie die letzte Nacht an sich vorbeiziehen ließ, konnte sie ein Lächeln nicht unterdrücken. Immer noch glaubte sie, Julians Blicke auf sich zu spüren. Bei nahezu jedem Hieb hatte er sie beobachtet. Sichergestellt, dass es ihr gut ging und seine Feuerküsse ihre Lust anheizten. Offenbar bereitete es ihm Vergnügen, sie zu schlagen, jedoch schien er keinen Spaß daran zu haben, sie zu quälen. Nicht ein einziger Hieb war wirklich qualvoll oder gar unerträglich gewesen. Schon bei dem Gedanken daran, meinte sie, das Brennen wieder auf ihrer Haut zu spüren. Auf eine so lustvolle Weise schmerzhaft, dass sie ... ihn unbedingt anrufen musste.

Das Telefon lag auf dem Nachttisch.

Es klingelte fünfmal, bevor er abnahm und ein müdes »Hallo?«, in den Höherer nuschelte.

»Oh, habe ich dich geweckt? Das tut mir leid. Ich wollte nur deine Stimme hören und dir sagen, wie schön das gestern für mich war.«

»Das freut mich, Kätzchen. Ich fand's auch toll.« Er gähnte herzhaft. »Und du darfst mich zu jeder Tages- und Nachtzeit wecken.«

»Du hörst dich sogar sexy an, wenn du noch nicht richtig wach bist.«

»Und du klingst sogar am frühen Morgen kitschig.«

Sie kicherte.

»Wann sehen wir uns wieder?«

Er überlegte kurz. »Ich habe noch einiges zu tun. Was hältst du von Samstag?«

»In Ordnung«, meinte sie zögernd. Lieber wäre ihr gewesen, er hätte ›heute Abend‹ gesagt. Aber so hatte sie eine ganze Woche Zeit, sich auf ihn zu freuen. Das klang auch nicht schlecht.

»Ich würde dich gern zum Essen einladen. Ich koche uns was Leckeres. Eine Überraschung.«

»Klingt toll, die Einladung nehme ich gerne an, danke.« Einen Moment blieb es still. »Ich möchte aber, dass du mir einen speziellen Wunsch erfüllst. Besorge bitte Vanilleeis zum Nachtisch.«

Sie schmunzelte. »Kein Problem, das bekommst du.«

»Ich bringe den Wein und Kerzen mit.«

»Kerzen? Das ist nicht nötig, um die Tischdeko kümmere ich mich schon selbst.«

Sie konnte sein Grinsen förmlich durch den Apparat hören. »Keine Diskussion. Du darfst dir die Farbe aussuchen.«

»Ja, Herr, wenn du darauf bestehst.« Sie überlegte kurz. »Rote Kerzen bitte.«

»Sehr gerne, rot macht sich gut.«

Warum nur beschlich sie das Gefühl, dass ihr irgendetwas entging? Da sie nicht verstand, was es war, schob sie den Gedanken beiseite und freute sich auf den kommenden Samstag.

»Gehst du heute joggen?«, wechselte er das Thema.

»Nein. Hast du die Lokalnachrichten nicht gehört?«

»Nein, warum?«

»Hier ganz in der Nähe wurde letzte Woche eine Frau umgebracht. Erstochen und grausam zugerichtet. Das haben sie gestern in den Nachrichten gebracht. Ich hatte neulich schon in der Zeitung gelesen, dass ein Frauenmörder in der Region sein Unwesen treibt. Ich dachte, den hätten sie längst gefasst und eingesperrt. Aber die Polizei tappt bei der Suche nach dem Täter offenbar im Dunkeln. Das Opfer kannte ich sogar. Sie haben im Fernsehen ein Bild von ihr gezeigt. Sie ist mir hin und wieder beim Joggen im Park begegnet.«

»Tatsächlich? Davon habe ich noch gar nichts mitbekommen. Das ist ja schrecklich!«

 »Ja, das ist es. Und so nah. Seit ich gestern den Bericht gesehen habe, fühle ich mich in der Grünanlage nicht mehr sicher. Gut möglich, dass der Mörder hier in der Gegend herumläuft.«

»Ein Killer, der sich in unserem Viertel rumtreibt? Verdammt, das ist erschreckend. Hoffentlich kriegen sie den schnell!«

»Ich glaube, ich werde lieber zum Hallenbad fahren und ein paar Bahnen schwimmen.«

›Wäre sie mit einem halbwegs normalen Mann zusammen‹, dachte er frustriert, ›würde der anbieten, sie beim Joggen zu begleiten. Dann bräuchte sie keine Angst zu haben.‹

»Auf keinen Fall solltest du noch mal in den Park gehen, bevor der Täter gefasst ist. Versprich mir das!«

»Klar, ich verspreche dir, ich meide die Grünanlage und komme, soweit möglich, nach Hause, solange es noch hell ist, bis die Gefahr vorüber ist. Ich setze mich keinem unnötigen Risiko aus. Mach dir bitte keine Gedanken.«

Bald darauf verabschiedeten sie sich und das Wissen, dass er sich um sie sorgte, ließ sie mit Elan in die neue Woche starten.

*

Julian legte sich mächtig ins Zeug, um die vielen Aufträge termingerecht zu erledigen. Trotzdem, die Zeit, bis er Sara wieder in die Arme schließen konnte, verging quälend langsam. Natürlich könnte er einfach zu ihr rübergehen. Doch dagegen sprach nicht nur die fehlende Freizeit. Die Art von Beziehung, die er mit ihr zu führen gedachte, erforderte ein gewisses Maß an Disziplin und die Gelegenheit, einander zu vermissen. Ganz ohne sie hielt er es aber auch nicht aus. Also griff er Dienstagmorgen zum Telefon, um ihnen beiden die Wartezeit zu versüßen. Mit einem atemlosen »Ja?«, nahm sie das Gespräch an, bevor der erste Klingelton verklang.

»Guten Morgen, Kätzchen. Hast du gut geschlafen?«

»Wunderschönen guten Morgen, Herr. Yep, wie ein Stein. Aber du fehlst und die Zeit bis Samstag ist noch so lang. Schön deine Stimme zu hören.«

»Du mir auch«, knurrte er. »Ich will dich riechen und schmecken.«

»Oh Mann! Ich werde schon bei der Vorstellung feucht. Kommst du ...«

»Nein!«, fiel er ihr energisch ins Wort. »Aber ich möchte, dass du eine Aufgabe erledigst, damit uns beiden die Zeit nicht zu lang wird. Du schreibst mir bitte jeden Tag drei Sätze mit mindestens zehn Wörtern pro Satz, was du dir von mir wünscht. Dabei wirst du Sexpraktiken nach dem Alphabet finden. Du könntest zum Beispiel heute bei A wie Analverkehr anfangen und Freitag bei D, wie Dildospiele aufhören. Das sind nur Beispiele, du darfst natürlich andere Begriffe wählen, wenn sie dir besser gefallen. Hauptsache du gehst alphabetisch vor und begründest in drei Sätzen, warum du das mit mir erleben möchtest. Du hast den ganzen Tag dafür Zeit. Spätestens bis einundzwanzig Uhr abends erwarte ich, eine Mail von dir in meinem WhipWeb Postfach vorzufinden, und zwar täglich!«

»Ähm ... ja, Sir. Bedeutet das, dass wir alles, was ich aufschreibe, auch tatsächlich ausprobieren werden?«

»Das entscheide ich, nachdem ich deine Zeilen gelesen habe. Ist aber sehr gut möglich, also bring mich lieber nicht auf Ideen von denen du nicht willst, dass ich mich näher damit beschäftige.«

»Müssen es unbedingt die Buchstaben A bis D sein? Wird mir schwer fallen, etwas mit C zu finden und es kommt kein S wie Spanking darin vor.«

»Dann wirst du eben ein bisschen nachdenken müssen, es gibt genug hübsche Dinge, die mit C anfangen. Und das du auf Spanking stehst, musst du nicht extra aufschreiben und begründen. Das weiß ich und es gefällt mir gut.«

»Wahnsinn. Du weißt immer genau, wie viel ich brauche, und gehst nie zu weit. Du machst mich verrückt mit deiner Lustfolter!« Einen Moment blieb es ruhig in der Leitung. Als sie fortfuhr, klang sie richtig enthusiastisch. »Dafür bin ich dir unendlich dankbar.«

Unbewusst setzte er sich etwas aufrechter hin und grinste breit. »Freut mich, dass du es genießt, Kätzchen. Das tue ich auch. Aber jetzt verabschiede ich mich. Ich muss bis zum Wochenende noch einige Taschen und Hüte fertigen und das ist eine Menge Arbeit.«

»Okay, ich zähle die Stunden, bis du wieder bei mir bist und ich werde meine Tagesaufgaben pünktlich erledigen.«

»Ach eins noch«, sagte er beiläufig. »Wann willst du denn ins Hallenbad?«

»Eigentlich wollte ich heute gehen, aber ich glaube, ich schaffe es Donnerstag besser.«

»Gut, ich möchte, dass du deinen Analplug im Schwimmbad trägst. Und abends telefonieren wir und du beschreibst mir, wie sich das angefühlt hat.«

»Äh … ja, Sir. Ich war noch nie mit einem Plug schwimmen, aber wenn du es wünschst, wird es Donnerstag das erste Mal sein.«

»Ich wünsche es und jetzt, lass dir die Tage nicht zu lang werden. Bis Donnerstag.«

»Bis Donnerstag.«

Während er die Lederstücke für die Hüte zuschnitt, überlegte er, welche Begriffe sie wohl finden würde und freute sich auf ihre täglichen Mails.

Die Arbeit beruhigte ihn und der Ledergeruch übte wie immer einen besonderen Reiz auf ihn aus. Seine Gedanken weilten bei Sara. Sie tat ihm gut, stellte er wieder einmal fest. So kreativ und zufrieden mit sich selbst war er schon lange nicht mehr gewesen. War es tatsächlich sie, die diese Wirkung auf ihn hatte? Oder lag es daran, dass er sich überhaupt irgendeinem Menschen öffnete? Er grübelte eine Weile über diese Frage nach, während er arbeitete, kam jedoch zu keinem Ergebnis. Er wusste nur, dass er sie vermisste und das musste irgendetwas zu bedeuten haben. Unbewusst lächelte er.

Konzentriert werkelte er einige Stunden, formte und nähte, bis der erste Hut im Rohzustand vor ihm lag. Bevor er damit begann, ihn umzunähen und zu verzieren, stand er auf und streckte seine steifen Glieder. Jetzt brauchte er eine Tasse starken Kaffee.

Die Zeit, das Getränk frisch von Hand aufzubrühen, nahm er sich immer, egal wie viel er zu tun hatte. Während er kochendes Wasser in den Filter füllte, schmierte er sich noch schnell ein paar Brote. Kauend fuhr er seinen Computer hoch und checkte die Mails. Werbung. Ein Auftrag eines Stammkunden, der um eine spezielle Weste aus schwarzem Nappaleder bat. Julian schrieb zurück, dass er sich in der nächsten Woche telefonisch melden würde, um die Einzelheiten abzuklären.

Im WhipWeb fand er nur einen Posteingang, nämlich den auf den er gehofft hatte. Eine Nachricht von Sara mit dem Betreff ›Buchstabe A‹. Er grinste. Eingegangen um 12:56 Uhr. Lange hatte sie nicht gebraucht, um den ersten Teil der Aufgabe zu erfüllen. Er öffnete die Message und las:

»Hallo Schatz.« ... ›Schatz? Wäre ›Guten Tag, Herr‹ nicht die angemessenere Anrede? Schmunzelnd schüttelte er den Kopf. Der Kosename berührte etwas in ihm. So hatte ihn schon ewig keine Frau mehr genannt. Keine seiner Subs hatte sich diese Freiheit herausgenommen. Es gefiel ihm, dass sie es tat. Aufmerksam las er weiter.

»Deine Order gefällt mir, auch wenn ich bei dem einen oder anderen Buchstaben gut überlegen muss. Aber der erste Tag ist einfach, deshalb kann ich dir auch so früh schon schreiben. Also, drei Sätze mit mindestens zehn Wörtern:

›Analverkehr‹ war in der Vergangenheit nicht immer ein Vergnügen für mich. Aber grundsätzlich liebe ich die Penetration in dieser Form und das Gefühl, beherrscht zu werden, ist so für mich am stärksten. Mit deiner Vorsicht und deinem Einfühlungsvermögen könnte das eine gigantische Erfahrung werden, die ich sehr gerne mit dir erleben würde.«

Julian las die wenigen Zeilen ein zweites und drittes Mal, einfach nur, weil sie sein Ego streichelten. Dass ihre Neigungen sich hervorragend ergänzten, war ihm bewusst. Auch spürte er, dass Sara sich bei ihm wohlfühlte. Selbst dann wenn sie, anstatt in ein vertrautes Gesicht, auf eine Maske blicken musste. Und sogar wenn sie vollkommen blind war. Analverkehr wollte sie also. Das hatte er etwas später eingeplant, wenn sie ihn besser kannte. Aber wenn sie sich das jetzt schon wünschte, erfüllte er ihr Anliegen gerne. Sein bester Freund reckte sich bei der Vorstellung in die Höhe und sorgte dafür, dass es eng wurde in seiner Jeans. Beschwingt erhob er sich, um sich noch eine Tasse Kaffee einzuschenken, und arbeitete dann vergnügt weiter.

Erst als es draußen bereits stockdunkel war und ihm zum wiederholten Male die Augen zufielen, stand er auf, streckte sich und warf einen Blick aus dem Fenster. Von hier konnte er sie zwar nicht beobachten, aber er sah, dass kein Licht in ihrer Wohnung brannte. War sie ausgegangen, oder schlief sie schon? Es störte ihn, dass er das nicht wusste, auch wenn es ihm fernlag, sie zu überwachen.

Immerhin hatte er heute eine Menge geschafft ... obwohl seine Gedanken zwischendurch abgedriftet waren, gestand er sich lächelnd ein. Ziemlich oft sogar. Er fiel ins Bett und schlief wie ein Stein, bis ein Sonnenstrahl ihn an der Nase kitzelte. Einer der ganz seltenen Nächte, in denen er mal durchgeschlafen hatte und das tat verdammt gut. Gewöhnlich wachte er schon nach zwei oder drei Stunden wieder auf und quälte sich mit den Geistern der Vergangenheit herum, bis der Morgen graute.

Unter der Dusche dachte er an Saras ›A‹ und baute ihren Wunsch in seine Samstagabendplanung ein. Mhm, eine anregende Vorstellung. Er griff nach seinem Schwanz, der die Idee ebenso erhebend fand und bearbeitete ihn genüsslich mit langsamen, festen Strichen. Er verlor sich in der Fantasie, wie er Saras Backen auseinanderzog und mit seinem Schaft genussvoll ihren süßen Arsch eroberte, bis er mit einem tiefen Stöhnen zum Höhepunkt kam.

Nachdem er in die Realität zurückgekehrt war und sich abgetrocknet hatte, machte er sich ein paar Stichpunkte, damit er auch ja nichts vergaß. Genauso und nicht anders würde die Session am Samstag ablaufen.

Nach einem schnellen Frühstück tauchte Julian erneut in den Duft des Leders ein, genoss die schlichte Freude daran, das Material zu bearbeiten, und war mit sich und seiner Welt zufrieden. ›Fast so, wie Früher.‹

Kaum hatte er diesen Gedanken zu ende gedacht, übermannte ihn das schlechte Gewissen. Er drehte sich um und blickte in den großen Spiegel an der Wand. Er durfte niemals vergessen, was geschehen war.

Steve konnte das schließlich auch nicht. ›Ich bin ein egoistischer Mistkerl‹, dachte er angewidert. Sara ... Sie bewirkte, dass die Vergangenheit für ihn an Bedeutung verlor. Noch vor einigen Wochen hätte er nicht gewollt, dass sich jemand auf ihn verließ. Daran hatte sich im Grunde nichts geändert. Er war nach Köln gekommen, um Ruhe zu finden. Hatte die Einsamkeit bewusst gewählt und auch genossen. ...
›Wirklich?‹

Über diese Frage grübelte er lange nach. Ein Genuss war sein Leben wahrhaftig nicht. Aber es verlief so, wie er es geplant hatte ... zumindest, bis er ihr Profil im WhipWeb gefunden und sie dort angeschrieben hatte. Er schaute aus dem Fenster. Seitdem lief nichts mehr nach Plan. Sie hatte seine Einöde gesprengt und alles auf den Kopf gestellt. Sie veränderte ihn und das konnte er nicht zulassen. Niemals durfte er die Vergangenheit vergessen.

›Ich muss das mit Sara beenden.‹

Verbissen arbeitete Julian weiter. Seine Gedanken drehten sich im Kreis. Er musste sie loslassen. Aber wie? Er hatte sie nicht verdient und er brauchte sie auch nicht. Ohnehin wäre er ohne sie besser dran. Keine Verpflichtungen, niemand, der dauernd fragte, wann er vorbei kam. Obwohl ... schon irgendwie ein schönes Gefühl, vermisst zu werden. Der Sex mit ihr ... gigantisch. Ihm war gar nicht bewusst gewesen, wie sehr ihm eine Sub gefehlt hatte, die sich ihm anvertraute und sich unter seiner Führung wohlfühlte.

Je mehr Argumente er gegen seine Beziehung zu ihr suchte, desto mehr fand er dafür und schließlich gab er den Kampf gegen sich selbst auf. Er hasste sich für seine Selbstsucht, aber er wollte Sara und würde nicht auf sie verzichten, so viel stand fest. Entschlossen stand er auf, legte Werkzeug und Leder beiseite und stellte sich unter die eiskalte Dusche.

Julian hatte seine Entscheidung getroffen. ›Thema erledigt!‹

Ob sie ihre Tagesaufgabe schon erfüllt hatte?

Er bestellte sich eine Pizza und fuhr den PC hoch.

Ja.

›B wie Bondage‹ stand im Betreff. Gespannt öffnete er die Nachricht.

»Du wunderst dich vielleicht, dass ich Bondage gewählt habe. Du hast mich ja schon gefesselt und weißt, dass ich es genieße. Aber ich wünsche mir:

Bondage auch mal anders, als an meine vier Bettpfosten gebunden zu werden. Ich kenne eigentlich kaum eine andere Pose als diese. Es ist zwar erregend, weil ich bewegungsunfähig bin, aber ich würde gerne neue Fesselposen kennenlernen.

Ich hätte auch B wie Blowjob wählen können. Aber ich glaube, du hast bei unserer letzten Begegnung bemerkt, wie sehr ich es liebe, deinen Schwanz zu verwöhnen, auch ohne dass ich es hier als Wunsch formuliere. Du fehlst mir, ich zähle die Stunden, bis du wieder bei mir bist.«

Er stutzte, zählte nach ... tatsächlich. Ihr zweiter Satz bestand lediglich aus neun Wörtern. Damit hatte sie ihre Aufgabe nicht ordnungsgemäß erfüllt. Dafür verdiente sie eine Strafe. Die Session am Samstag wurde immer kompakter.

*

Ihre dritte Mail erreichte ihn erst Donnerstagabend.

›C wie Chocking‹

»Guten Abend, Sir«, schrieb sie.

›Aha, so förmlich heute‹, dachte er. Interessiert las er weiter.

»Heute war ich im Schwimmbad. Selbstverständlich habe ich deine Anordnung befolgt und bin mit dem Analplug geschwommen. Ich schreibe jetzt nichts darüber, weil ich dir ja noch telefonisch davon berichten werde. Ich will auf keinen Fall die Gelegenheit versäumen, deine Stimme zu hören. Aber zunächst einmal mein heutiger Wunsch.

Chocking. Ich möchte gerne wieder erleben, wie du mir die Luft abdrückst. Deine Hand, um meinen Hals gibt mir das Gefühl, dir vollständig ausgeliefert zu sein – und es treibt meine Lust ins Unermessliche. Allein schon der Gedanke erregt mich wahnsinnig.«

Er runzelte die Stirn. Was sie schrieb, gefiel ihm. Wenn er sich auch des Eindrucks nicht erwehren konnte, dass der Plug in ihrem Arsch, ihre Demut getriggert und dazu beigetragen hatte, dass sie Chocking wählte. Ein angenehmer Nebeneffekt. Dennoch erschien es notwendig, sie an die Einhaltung seiner Anweisung zu erinnern. Er griff zum Telefon und wählte ihre Nummer.

»Worum hatte ich dich gebeten?«, fragte er streng, bevor sie auch nur einen Ton sagen konnte.

»Äh, was? Hallo, schön dich zu hören.«

»Ich erwarte eine Antwort, wenn ich dich etwas frage! Für diese Unhöflichkeit kassierst du drei Strafhiebe!«

»Äh, ja Sir! Entschuldige. Ich weiß aber gar nicht, was du meinst.«

»Deine Tagesaufgaben, Sara. Worum habe ich dich gebeten?«

»Was? Aber ich ... ich hab dir doch jeden Tag Spielarten geschickt, die ich gerne mit dir erleben möchte. Ich hab mir große Mühe damit gegeben, wirklich.« Es entstand eine kurze Pause. »Wenn das nicht ausreichend war, dann tut es mir leid«, setzte sie leise hinzu und klang ziemlich kleinlaut.

»Ich habe deine Mails mit Genuss gelesen, Kätzchen. Mit dem Inhalt bin ich sehr zufrieden. Aber achte bitte auch auf die äußere Form! Drei Sätze mit mindestens zehn Wörtern, so lautete die Aufgabe. Gestern und heute habe ich weniger als zehn in einem Satz zählen müssen. Dafür kassierst du zehn Hiebe, damit du ein Gefühl für diese Zahl bekommst. Eigentlich sah meine Planung für den Samstagabend kein Spanking vor. Aber wegen deiner Nachlässigkeit bin ich gezwungen das mit einzubauen. Unsere nächste Session wird nicht einfach für dich, richte dich darauf ein.«

Er vernahm ein paar hektische Atemzüge und grinste.

»Ich ... ja ... also, ich habe die Anzahl der Wörter tatsächlich aus den Augen verloren. Es tut mir leid, Herr. Ich ... ich sehe ein, dass ich eine Bestrafung verdient habe und ...« Sie stockte, holte tief Luft. »Und ich gebe mich gern in deine Hände«, fuhr sie dann mit fester Stimme fort.

»Danke für dein Vertrauen. Ich freue mich auf Samstag. Wie war dein Tag mit dem Plug heute? Erzähl mir davon!«

»Ich ... es war ... schön ... und aufregend.« Es entstand eine kleine Pause, er hörte Hintergrundgeräusche, so als ob sie mit irgendetwas hantierte. Die Laute verstummten, als sie weitersprach. »Nicht mal wegen dem leichten Druck in meinem Hintereingang, der mich ständig begleitet hat, sondern weil ich die ganze Zeit an dich denken musste. Hab mich dir sehr nahe gefühlt, fast so, als spüre ich deinen Atem in meinem Nacken. Ich habe deine Macht gespürt und es genossen. Das Ding fühlte sich so herrlich schamlos an, so heimlich in aller Öffentlichkeit. Ich hatte Angst, jeder der mir begegnet, weiß was los ist und stand total unter Strom. Ich hätte es mir gern selbst besorgt, aber ich habe mich an dein Verbot gehalten. Es war ein schöner Tag, ich danke dir dafür, Herr.«

Er lächelte. »Bitte, gern geschehen. Bist du immer noch so geil?«

»Ja, Sir.«

Wie viel Hoffnung und Eifer sie in nur zwei Worte legen konnte, herrlich. Er grinste. »Und du würdest es dir jetzt gern besorgen, nicht wahr?«

»Oh ja, ich wünsche mir, dass du mich anleitest. Die Vorstellung, dass du mich beobachtest, während ich mich nach deinen Anweisungen befriedige, triggert mich total.«

»Sehr gut, bewahre dir deine Geilheit, bis wir uns wiedersehen.«

Einen Moment herrschte verdutztes Schweigen.

»Äh, wie meinst du das?«

»Genauso, wie ich es gesagt habe. Du wirst heute nicht an dir herumspielen und auch morgen nicht. Aber du darfst dich auf Samstag freuen. Unsere Session wird intensiv, das kann ich dir versprechen. Sie wird dich für die Entbehrungen entschädigen, die du jetzt erduldest. Für die zwei Tage, die du ohne einen Orgasmus auskommen musst, erlasse ich dir die zehn Hiebe, die du dir durch deine Nachlässigkeit beim Schreiben eingehandelt hast. Aber glaube nicht, dass ich immer so großzügig bin. Ein paar Tage Verzicht sind eine Selbstverständlichkeit. Die werden gewöhnlich nicht extra belohnt.«

Stille.

»Ähm, Herr?«, drang ihre Stimme zögernd, fast schüchtern an sein Ohr.

»Ja?«

»Ich hätte bitte lieber die Hiebe aber dafür heute einen Orgasmus.«

›Was für ein gieriges Luder.‹

194

»Nein! Du wirst dich zurückhalten bis Samstag! Und wenn du weiterhin versuchst, mit mir zu feilschen, erhöhe ich auf dreißig Schläge und das Verbot, an dir herumzuspielen, bleibt bestehen.«

Er lächelte über ihren frustrierten Schnaufer. Doch als er sprach, ließ er sich sein Vergnügen nicht anmerken, sondern gab seiner Stimme einen strengen Unterton. »Du bist aufmüpfig. Du wirst noch lernen, wie du dich als meine Sub zu benehmen hast.«

»Oh, es tut mir leid, Sir! Ich gehorche dir. Und ich werde mich nie wieder im Ton vergreifen! Ich ... ich erwarte am Samstag deine Strafe für meine schlechten Manieren.«

Er verkniff sich einen Seufzer. Bemüht um einen neutralen Ton antwortete er: »Ob und wofür ich dich züchtige, das lass mal meine Sorge sein. Du wirst meine Entscheidungen zu gegebener Zeit zu spüren bekommen.«

»Ja, Herr« ‚flüsterte sie.

»Morgen erwarte ich deine vorerst letzte Mail dieser Art. Aber deine Wünsche haben mir so gut gefallen, dass wir dieses kleine Spiel demnächst fortsetzen werden. Wäre doch schade, die übrigen zweiundzwanzig Buchstaben des Alphabets ungenutzt zu lassen.«

Sein Lob sorgte offenbar dafür, dass sie sich ein wenig entspannte. Zumindest klang ihr Ton beschwingt, als sie entgegnete: »Ich werde dir meine Mail pünktlich schicken und die Anzahl der Wörter beachten. Zwei Tage noch, dann sehen wir uns endlich.«

Sie verabschiedeten sich und er gestand sich ein, dass auch er den Samstag herbeisehnte.

Ihre Mail kam Freitag gegen Mittag an und sorgte für ein Stirnrunzeln bei ihm. Sie schrieb:

»Guten Tag, Sir. Mein vorerst letzter Begriff lautet Deep-Throat. Das zu lernen, war nicht unbedingt ein Vergnügen für mich. Doch heute beherrsche ich die Technik, einem Mann auf diese Weise Genuss zu bereiten. Halte dich nicht zurück, wenn du in meinen Mund stößt, ich wäre stolz darauf, dir diese Lust zu schenken.«

›Nicht unbedingt ein Vergnügen‹

Von seinem Beobachtungsposten aus hatte er hin und wieder zugesehen, wie sie es ihren jeweiligen Spielpartnern mit dem Mund besorgte. Natürlich waren ihm allzu genaue Details verborgen geblieben. Unmöglich einen Deep-Throat von einem normalen Blowjob zu unterscheiden, wenn man durch ein Fernglas schaute.

Die Vorstellung, wie irgend so ein Dreckskerl ihr das beigebracht hatte, verursachte ihm Übelkeit. Ihm stand nicht der Sinn danach, sie an diese Erfahrung zu erinnern. Ihr den Wunsch zu erfüllen, kam deshalb nicht infrage, zumindest nicht in absehbarer Zeit. Ohnehin war die Art, wie sie ihn mit ihrem gierigen Mund verwöhnte perfekt. Wie sie neckte, saugte, wie ihre Zunge über seine Spitze glitt. ... Dann der Moment, wo sie ihn ganz umschloss, Tempo und Druck variierte ... allein schon beim Gedanken daran wurde er hart.

Julian dachte an die morgige Nacht, stellte sich vor, wie ihr Minenspiel aussehen würde.

Konzentration, Überraschung, Staunen, Wonne, Schmerz, Hingabe und endlose Geilheit. Er malte sich aus, wie sie die Augen aufriss oder genießerisch schloss. Wie sie ihre Lippen verzog ... zu einem seligen Lächeln oder zu einem Schrei. Wie sie Worte stammelte, um ihn anzuflehen, weiterzumachen oder aufzuhören.

Seine Träumerei sorgte für einen Dauerständer in seiner Hose.

Am frühen Abend stand ihm der Sinn nach frischer Luft und er wollte sie sehen. Deshalb kletterte er rüber aufs Flachdach.

Ihr Wohnraum war leer, aber es brannte Licht. Also musste sie im Bad sein. Sie gehörte ihm. Am liebsten hätte er ihr befohlen, zu ihm zu kommen, sich vor ihn zu knien und ihren süßen gierigen Mund über seinen Schwanz zu stülpen. Aber das ging auf keinen Fall. Disziplin, so wichtig! Außerdem betrachtete er das Dach, genau wie seine Wohnung, als seine Rückzugsorte, sein selbst gewähltes Exil. Niemand außer ihm hatte es je betreten und so sollte es auch bleiben.

Gegenüber öffnete sich die Badezimmertür und Sara stolzierte nackt herein und rubbelte im Laufen ihr langes Haar trocken. Sie zog einen Stuhl in die Nähe des Fensters, stellte einen Fuß auf die Sitzfläche und begann in aller Ruhe ihre Mähne zu kämmen. Lächelnd schüttelte Julian den Kopf. Natürlich tat sie das nur, weil sie hoffte, dass er zusah. Es gab sonst keinen vernünftigen Grund, die Haarpflege derartig zu zelebrieren. Er befreite seinen Schwanz aus der Hose und massierte ihn genüsslich.

Die Tatsache, dass er sie nicht mehr heimlich begaffte, sondern sie extra für ihn posierte, hatte einen ganz besonderen Reiz. Er malte sich aus, zu ihr rüber zu gehen. Er würde sich gar nicht erst mit einem Vorspiel aufhalten. Er würde sie im Nacken packen und ihr befehlen, beide Füße auf den Boden zu stellen und sich mit den Unterarmen auf der Sitzfläche des Stuhls abzustützen. Zitternd vor Ungeduld würde sie ihre Beine weit für ihn spreizen. Er würde sie nicht warten lassen, sondern seinen steinharten Schaft in ihre nasse Pussy stoßen. Er konnte fühlen, wie sie ihn umschloss. Weich und warm. Fieberhaft fuhr er mit der Hand über seinen Schwanz. Auf und Ab. Dabei wäre er jetzt so viel lieber in ihr. Und er wusste, dass auch sie sich nach ihm sehnte. Willig würde sie sich ihm hingeben, wenn er seine Fantasie in die Tat umsetzte. Lustvoll bearbeitete er seinen Schaft. Auf und Ab, immer wieder. Still war es hier oben, so gut wie kein Verkehrslärm heute. Sein eigenes Keuchen klang überlaut in seinen Ohren.

Sex mit einer Partnerin. Seine Macht, sie zu lenken, Leidenschaft gemeinsam erleben, zuschauen, wie sie sich unter seinen Händen in ihrer Ekstase verlor, der Wahnsinn. Doch, das Vergnügen am eigenen Körper war für ihn schon immer wichtig gewesen. Egal, ob solo oder in einer Beziehung. Er liebte es, nur auf die eigene Geilheit konzentriert, sich selbst zu verwöhnen. Das war ein unentbehrlicher Teil seiner Sexualität. All seine Sinne waren auf seinen pulsierenden Schwanz gerichtet. Er spürte die Adern unter seinen Fingern dick hervortreten und massierte ihn noch ein bisschen fester. Dann streichelte er seine Eier, zwang sich, das sanft zu tun. Das kleine Luder gegenüber kämmte immer noch ihre Haare. Die waren sicher schon ganz weich und seidig.

Wie gern hätte er jetzt dabei zugeschaut, wie sie über ihre rasierten Lippen strich, einen Finger in ihre feuchte Pussy tauchte, voller Genuss den Kopf zurückwarf ... Aber das hatte er ihr ja verboten. Über diese Einschränkung würde er noch mal nachdenken müssen. Er war sicher, dass sie nass war, die Vorstellung, dass er ihr zusah, heizte sie an, das wusste er. Er stellte sich vor, ihre dunkle Mähne um seine Hand zu wickeln und ihren Kopf an den Haaren nach hinten zu ziehen, während er in sie pumpte. Sein Schaft war warm geworden. Der Druck baute sich immer weiter auf, bis sein ganzer Körper unter Strom stand. In ihm brodelte es. Alles in ihm drängte danach, es zu Ende zu bringen. Er gierte nach der Detonation und er brauchte sie jetzt. Sein Schwanz begann zu zucken, sein Kopf explodierte, sein Saft spritzte aus ihm heraus. Befreiend, erleichternd. Ein lautes Stöhnen entfuhr ihm. Langsam rutschte er etwas tiefer in seinen Sessel. Der Körper total entspannt, nur sein Atem benötigte Zeit, sich zu beruhigen. Mit leichten, trägen Bewegungen streichelte er seinen besten Freund weiter. Gegenüber hatte sie die Bürste weggelegt und den Stuhl wieder an seinen Platz gestellt. Ganz so, als wüsste sie, dass die Stimulation nicht mehr nötig war. »Luder!«, knurrte er und lächelte.

Sie zog sich an. Schwarze, enge Lederhose, in der sie einen Arsch zum Niederknien hatte. Schwarzes enges Tanktop und drüber eine rote, durchscheinende Bluse, die sie nur vorn über der Gürtelschnalle in die Hose steckte. Sie schminkte sich sorgfältig vor dem Spiegel und flocht dann ihr langes Haar zu einem dicken, französischen Zopf, legte Ohrringe und Halskette an. Er konnte trotz Fernglas nicht erkennen, was für einen Anhänger sie an der Kette trug, nur, dass er den Blick auf ihr Dekolleté lenkte. Zum Abschluss zog sie ihre hohen schwarzen Pumps an. Sie drehte sich noch einmal vor dem Spiegel, schaute einen Moment zum Fenster hinaus. Dann nahm sie ihr Handtäschchen und trat zwei Minuten später auf die Straße, wo ihre blonde Freundin sie schon erwartete. Die Frauen stiegen ins Auto und weg waren sie.

Wo sie wohl hinfuhren? Vielleicht in eine Cocktailbar? Oder in eine Disco zum Tanzen? Er gönnte ihr das Vergnügen, obwohl er Bedenken hegte. Immerhin lauerte in jeder Bar ein ganzer Schwarm geiler Typen, die nur darauf warteten, eine scharfe Braut abzuschleppen, die ihnen die Nacht versüßte. Und Sara hatte so verdammt heiß ausgesehen! Er stellte sich vor, jetzt bei ihr zu sein, mit ihr auszugehen, Spaß zu haben.

Früher hatte es kaum einen Abend gegeben, an dem er allein zu Hause herumsaß. Irgendein Kumpel war immer auf ein Bier vorbei gekommen, manchmal auch mehrere. Oder er hatte Freunde besucht. Oder man hatte sich auf einen Drink in der Kneipe getroffen. Er war immer gern ausgegangen. Party die ganze Nacht. Oder auch einfach gemütlich mit ein paar Jungs abhängen und Fußball gucken. Im Grunde war er ein sehr geselliger Mensch. Hier in seiner Einöde fiel ihm oft die Decke auf den Kopf. Nun, Steve hatte sicher auch nicht mehr viel Fun in seinem Leben.

Er hätte zu gern gewusst, wo sie hingegangen war. Wieder malte er sich aus, wie es wäre, mit ihr auszugehen. Wie die Leute sie anstarren würden, wenn er mit Sara ein Restaurant oder eine Bar betreten würde. Sein Gesicht verborgen unter der Ledermaske. Die Schöne und der Freak. Eine solch peinliche Situation wollte er ihr nicht zumuten. Nie würde er sie begleiten, wenn sie ausging. Er war noch nicht einmal in der Lage, auf sie aufzupassen. Bei dem Gedanken, an die Kerle, die sie vermutlich gerade in diesem Moment gierig begafften, spürte er eine Ader an seiner Schläfe pochen. Wenn er schon nicht mit ihr ausgehen konnte, sollte er dafür sorgen, dass sie nicht auf dumme Ideen kam, wenn sie auf die Piste ging. Er stand auf, kehrte in seine Wohnung zurück und schaute sich am Computer Keuschheitsgürtel auf den Seiten eines Erotikshops an. Ob sie zulassen würde, dass er ihr so ein Ding anlegte? Er grübelte eine Weile über diese Frage nach. Doch ... wahrscheinlich schon. Immerhin hatte sie sich von den Kerlen, mit denen er sie beobachtet hatte, eine Menge krasses Zeug gefallen lassen. Aber solche Zwangsmaßnahmen entsprachen überhaupt nicht seiner Natur und auch nicht seinem Geschmack. Er legte Wert darauf, dass sie seinen Befehlen freiwillig folgte. Weil sie ihn respektierte und es ihr eigener Wunsch war, ihm zu gehorchen. Wenn er das nicht erreichte, dann hatte er sie nicht verdient, so einfach war das. Er schloss den Browser wieder. ›Ein Keuschheitsgürtel ist keine Lösung und erzwungene Treue nichts wert.‹

Er seufzte, machte ein paar Klimmzüge, dann ging er aufs Laufband und powerte sich aus, bis seine Muskeln zitterten. Nach einer schnellen Dusche fiel er todmüde ins Bett.

*

Unruhig rutschte er auf dem alten Bürostuhl herum, sah zu, wie die Maus gegenüber sich herausputzte. Offenbar wollte sie ausgehen. Was für eine wunderbare Gelegenheit.

Die Zeit war reif.

Das Blut rauschte ihm in den Ohren. Adrenalin sauste durch seine Adern.

»Es ist so weit, Mäuschen«, zischte er voller Vorfreude in die Stille. Er zog das Messer aus dem Gürteletui und betrachtete die Klinge. Dann polierte er den Edelstahl mit einem sauberen, weichen Stofftaschentuch, bis auch sie in gespannter Erwartung blitzte. »Es wird wehtun, das kann ich dir nicht ersparen. Aber wir zwei werden eine Menge Spaß haben. Ich werde dich genießen, das verspreche ich dir. Wir machen es schön langsam. Wird interessant, zu sehen, wie viel du aushältst.«

Einer Eingebung folgend schaute er hinunter auf die Straße. Eine schlanke, hochgewachsene Frau mit langen fast weißblonden Haaren näherte sich mit dem Handy in der Hand. Sie schien zu telefonieren. Missbilligend schüttelte er den Kopf. Konzentrierte sich denn heutzutage niemand mehr auf den Straßenverkehr? Jeder war nur noch mit dem Smartphone beschäftigt. Er hasste das. Er richtete das Fernglas auf das Gesicht der Passantin. »Wow!«, entfuhr es ihm. ›Was für ein heißer Feger.‹

Er zögerte, blickte in das Fenster gegenüber, wo die dunkelhaarige Schönheit gerade in schwarze Pumps schlüpfte. Dann wieder auf die Blondine auf dem Bürgersteig.

Er grinste breit.

»Ein Luxusproblem«, murmelte er gut gelaunt. ›Allerdings ist es doch sehr nett hier oben in dem alten Großraumbüro. Was soll ich noch hier, wenn du nicht mehr da drüben herum stolzierst und mir intime Einblicke bietest, Mäuschen? Wäre doch schade, dieses gemütliche Plätzchen schon aufzugeben.‹

Erneut richtete er seinen Feldstecher auf die Blonde auf der Straße und fasste einen Entschluss.

»Heute ist dein Glückstag, Mäuschen. Aber glaub ja nicht, dass du immer so ungeschoren davon kommen wirst.«

Entschlossen stand er auf, legte das Fernglas auf den Boden, verbarg das Messer in seiner Gürteltasche und lief hinunter auf die Straße. Im Schutz der Dunkelheit schlich er auf der anderen Straßenseite an seiner Auserwählten vorbei, um dann hinter ihr die Fahrbahn zu überqueren. Gerade mal eine Armeslänge ging sie jetzt vor ihm hier. Perfekt.

Showdown!

Wenige Meter vor ihnen öffnete sich eine Haustür. Wie angewurzelt blieb er stehen, bemühte sich, mit den Schatten der Nacht zu verschmelzen.

»Rabea, super, du bist ja überpünktlich! Dann lass uns gleich losfahren. Jana wartet sicher schon ungeduldig auf uns. Und auf ihr Geschenk natürlich.«
Die Maus umarmte die Blondine herzlich.

Autotüren wurden mit einem Klicken entriegelt.

»Schau, ich habe gestern einen Parkplatz direkt vor der Tür bekommen. Steig ein.«

Bevor er reagieren konnte, stiegen die beiden Frauen ins Auto und fuhren davon.

Mit geballten Fäusten blieb er zurück. Wie ein Vollidiot stand er allein auf dem Bürgersteig. Die Wut schwelte in seinen Adern wie Säure.

»Jetzt reichts! Das wirst du büßen, Mäuschen. Niemand versaut mir die Tour. Damit hast du dein Schicksal endgültig besiegelt. Du bist die Nächste!«

*

Janas Party war ein voller Erfolg. In lustiger Runde wurde viel geredet, getrunken und gelacht.

Sara nippte jedoch nur hin und wieder an ihrem vorzüglichen Rotwein. Die ganze Woche freute sie sich schon auf ihr Date mit Julian. Da wollte sie nicht riskieren, morgen früh mit einem Brummschädel aufzuwachen.

Nachdem die Gäste sich nach und nach verabschiedet hatten, zog sich auch Janas Mann Derek diskret mit seinem Sohn Marvin zurück und ließ Sara, Rabea und Jill mit Jana allein.

Ein bisschen neidisch hatte sie Vater und Sohn nachgeschaut, als Derek den Kleinen an die Hand nahm und mit ihm die Treppe zum Kinderzimmer hinaufging. ›Die zwei sind einfach Zucker und Jana ist ein Glückskind‹, dachte sie leicht wehmütig.

Würde sie jemals eine eigene Familie haben? Ihr Männergeschmack war speziell, das wusste sie. Vor nicht allzu langer Zeit hatte sie gehofft, in Konrads Leben eine größere Rolle zu spielen, aber der hatte sie nur benutzt. Das sah sie heute mit einigem Abstand klarer. Mit Julian sah das zwar anders aus. Aber ein Kerl, der ihr noch nicht mal sein Gesicht zeigen wollte, würde am Ende wohl keine tiefere Bindung eingehen.

›Irgendwann suche ich mir einen Mann, mit dem eine gemeinsame Zukunft möglich ist.‹ Sie seufzte leise. Jetzt wollte sie zunächst einmal ihre Zeit mit Julian genießen.

Rabea, die neben ihr saß, knuffte sie leicht. »Erde an Sara. Wo bist du mit deinen Gedanken?«

Sie hatte ihre trüben Überlegungen beiseitegeschoben und mit den Mädels gefeiert. Erst weit nach Mitternacht hatte sie sich in ihr Auto gesetzt und war mit leicht schlechtem Gewissen nach Hause gefahren.

Als sie Julian das Versprechen gegeben hatte, im Hellen heimzukommen, solange sich ein Killer in der Gegend herumtrieb, hatte sie gar nicht an Janas Party gedacht.

***

Am nächsten Morgen erwachte sie voller Energie und Tatendrang.

Samstag, endlich!

Sara stand zügig auf, um für ihr Dinner einzukaufen. Lachsfilet, Kokosreis und jede Menge Früchte, denn es würde Obstsalat geben, der zum Hauptgericht gehörte. Als Nachtisch besorgte sie Vanilleeis, das hatte Julian sich gewünscht. Aufgeregt schnippelte sie das Obst. Der Rest verursachte kaum noch Arbeit. Reis und Fisch würde sie circa eine Stunde, bevor Julian eintraf, zubereiten.

Sie freute sich wahnsinnig auf ihn. Es kam ihr vor, als hätte sie ihn mindestens einen Monat nicht gesehen. Sie musste sich zwingen, Bolero nicht den ganzen Tag in Dauerschleife zu spielen. Die Vorfreude darauf, das Stück gemeinsam mit ihm zu hören, war schöner, deshalb ließ sie es bleiben. Stattdessen hörte sie eine uralte Kuschelrock-CD, die sie mal auf einem Flohmarkt ergattert hatte.

Heute stand weder eine Probe noch ein Auftritt an. Einerseits war das gut, denn sie hätte sich wahrscheinlich kaum auf die Musik konzentrieren können. Andererseits wollte der Tag einfach nicht vergehen. Sie gönnte sich das komplette Verwöhnprogramm. Zuerst ein Schaumbad mit duftendem Rosenblütenbadeschaum. Danach rasierte sie sich sorgfältig und cremte sich mit ihrer Lieblingsbodylotion ein. Anschließend föhnte sie ihr langes Haar.

In der vergangenen Woche ohne Julian hatte sie hin und her überlegt, ob sie überhaupt etwas anziehen sollte. Stunden hatte sie damit zugebracht, sich auszumalen, wie er reagieren würde und wie das Essen verlaufen würde, wenn sie ihn nur in halterlosen schwarzen Strümpfen und High Heels empfing. In ihrer Fantasie zwar sehr reizvoll, erschien ihr die Umsetzung jedoch zu platt. Sie glaubte, ihn gut genug zu kennen, um beurteilen zu können, dass er ein Mann war, der den Anblick einer hübschen Verpackung zu genießen wusste. Sie mochte ihm das Vergnügen nicht nehmen, sein Spielzeug zu einem von ihm selbst gewählten Zeitpunkt auszupacken.

Außerdem plante sie ein Candle-Light-Dinner mit allem Drum und dran. Guter Wein, leise Musik und prickelnde Erotik in der Luft. Wenn sie ihm nackt die Tür öffnete, riskierte sie, dass er sie unverzüglich auf die Matratze warf, während der Lachs im Ofen verbrannte. Schade, um das leckere Essen, mit dem sie sich so viel Mühe gab. Nach langem Überlegen und einer wahren Anprobeorgie hatte sie keines ihrer Outfits für geeignet befunden. Deshalb rief sie Rabea an und bat die Freundin darum, sie spontan auf eine Shoppingtour zu begleiten.

»Ich hab nicht viel Zeit, höchstens zwei Stunden. Ich brauche unbedingt ein Kleid für heute Abend, das schick, nicht zu elegant, aber auch nicht zu lässig, sexy, aber nicht frivol ist«, hatte sie Rabea leicht verzweifelt erklärt. Die hatte gelacht. »Und das in so kurzer Zeit? Das wird schwer. Man das muss ja ein verdammt scharfer Typ sein, den du dir da angelacht hast. Wann lernen wir ihn kennen?«

Sara hatte in bisschen herumgestottert. »Ähm nun ja ich äh … habe keine Ahnung, ob er heiß ist. Aber ich mag ihn und darauf kommt es schließlich an.«

»Das klingt ernst. Dich hat es ganz schön erwischt, oder? Den Kerl will ich mir anschauen. Bring ihn doch mit zum Mädelsabend am Donnerstag.«

»Äh, ne … das wäre echt zu früh. Außerdem ist das ja ein Mädelsabend. Männer unerwünscht, da machen wir keine Ausnahme.«

»Wenn du aus dem Typen wieder so ein Geheimnis machst, wie aus dem Letzten, bin ich ernsthaft böse. Jana und Jill ebenfalls, das garantiere ich dir!«

In ihrer Not hatte Sara versprochen, Julian den Freundinnen vorzustellen, aber gleichzeitig um Geduld gebeten. »Also äh … das … das ist alles noch so frisch und äh ... wir ... wir sehen uns nicht so häufig. Wir brauchen einfach noch ein wenig Zeit für uns allein«, hatte sie gestottert und sich mit einem Anflug von Verzweiflung gefragt, wie sie ihr Versprechen einlösen sollte. Sie konnte ihren Freundinnen schlecht einen Mann mit einer Ledermaske vorstellen. Vielleicht könnte sie behaupten, Julian leide an einer seltenen Hautkrankheit und die Maske sei ärztlich verordnet. Sie seufzte und schüttelte den Kopf. Eine blöde Ausrede. Außerdem widerstrebte es ihr, die Mädels anzulügen. Entschlossen hatte sie das Problem beiseitegeschoben und sich auf die Shoppingtour konzentriert. Rabea fand schließlich das Kleid, das sie jetzt vorsichtig über den Kopf streifte. Sie betrachtete sich aufmerksam im Spiegel. Das Fähnchen hatte tatsächlich die gleiche Farbe, wie ihre Augen. Der weiche, elastische Stoff schmiegte sich wie eine zweite Haut an ihre Kurven. Der Rock reichte nicht ganz bis zur Mitte ihrer Oberschenkel. Dazu wählte sie schwarze Halterlose mit einer Naht hinten auf dem Bein und hoffte, dass der Rock nicht zu weit hochrutschte.

Auch wenn sie Julian gern sämtliche Einblicke gewährte. Wenn der Rock über den Ansatz der Nylons rutschte, würde ihr Outfit schnell billig wirken und das galt es zu vermeiden. Auf Unterwäsche verzichtete sie dieses Mal komplett, was Julians scharfem Blick bestimmt nicht lange verborgen blieb. Sie schminkte sich dezent, band ein schwarzes Samthalsband mit Strasssteinchen um ihren Hals und klippte die großen silbernen Kreolen in ihre Ohren. Zum Schluss schlüpfte sie in ihre schwarzen Heels und betrachtete sich in der verspiegelten Badezimmertür.

›Perfekt! Wenn ihn der Anblick nicht aus den Socken haut, weiß ich es auch nicht‹, dachte sie vergnügt, während sie zwei Rotweingläser polierte. Zufrieden platzierte sie die Gläser auf den hübsch gedeckten Tisch. Die Farben rot und silbergrau dominierten die Tafel, die fast schon ein bisschen zu festlich wirkte. Es fehlten nur noch die roten Kerzen in den beiden schweren silbernen Kerzenständern, die Julian mitzubringen versprochen hatte.

Gerade, als sie aus dem Fenster blickte, ging das Licht in seiner Wohnung schräg gegenüber aus. Schnell stellte sie die beiden Schüsseln und die Platte mit dem Lachs auf den Tisch, bevor sie die Tür öffnete und ihm um den Hals fiel.

»Endlich, es ist so schön, dass du da bist!«, jubelte sie und küsste ihn stürmisch.

Er lachte leise. »Hey, lass mich doch erst mal rein und die Weinflasche abstellen, bevor hier, noch was zu Bruch geht.«

Widerstrebend ließ sie ihn los.

»Halt, rühr dich nicht vom Fleck!«, befahl er streng, als sie schon wieder auf ihn zu stürmte, nachdem sie die Wohnungstür geschlossen hatte.

»Dreh dich, schön langsam.«

Unter seinen begehrlichen Blicken wurden ihre Nippel hart. Auch er machte in dem dunkelgrauen Anzug und dem hellgrauen Hemd eine gute Figur. Die ersten drei Knöpfe hatte er offengelassen und wirkte elegant und lässig zugleich. Dennoch, die Maske störte das Bild. Wieder einmal fragte sie sich leicht bedrückt, ob das, was er unter dem Leder verbarg, so viel schlimmer sein konnte.

»Wow«, flüsterte er heiser. »Du siehst hammermäßig aus.« Er drückte ihr die Weinflasche in die Hand.

Mühsam schluckte sie ihre Beklommenheit herunter und gab ihm noch einen Kuss.

»Du hast einen geilen Arsch in dem Outfit«, sagte sie, um einen lockeren Tonfall bemüht, als er sich Richtung Tisch wandte, um die Kerzenständer zu bestücken.

»Setz dich doch, sonst wird das Essen kalt. Ähm, warum hast du Teelichter mitgebracht?«

Irritiert beobachtete sie, wie er vier niedrige Glaskerzenhalter auf dem Esstisch verteilte.

»Die roten Kerzen bleiben während des Essens aus«, bestimmte er, während er die kleinen Teelichter anzündete.

Allmählich begann sie zu ahnen, was er mit den Kerzen vorhatte. Eine Gänsehaut rieselte über ihre Arme.

»Nimm Platz«, bat sie erneut und machte Anstalten, sich hinzusetzen. Doch er griff nach ihr und hielt sie davon ab.

»Warte, nicht so rasch.«

Er ließ seine Hand an ihrer Taille hinabgleiten, streichelte ihre Backen über dem dünnen Stoff, strich über ihr Bein, bis hinunter zum Knie. Dann an der Innenseite wieder hinauf. Sie atmete schneller, doch knapp über dem Bund ihrer Halterlosen stoppte er. Mit der anderen Hand fasste er in ihren Nacken, küsste sie, langsam, sehr zärtlich, nur sein Griff um ihren Schenkel wurde fester. Sie wimmerte.

»Danach hast du dich gesehnt nicht wahr?«, knurrte er auf ihre vom Küssen feuchten Lippen. »Danach, dass es wehtut. Ich weiß, dass du das brauchst und heute werde ich dir geben, wonach du dich sehnst.«

Sara vergaß zu atmen. Schmerz ... hatte er recht? Sehnte sie sich nach Qualen? Nein ... ja doch schon. Genau wie nach einem Regenguss die Sonne viel heller und wärmer zu strahlen scheint. Genau wie man ohne Trauer das Glück nie wirklich zu schätzen weiß, erlebte sie Lust deutlich intensiver, wenn sie dafür ein bisschen Leid erdulden musste.

Unvermittelt ließ er sie los und zog galant einen Stuhl für sie zurück.

»Du hast dir so viel Mühe gegeben und das Essen duftet himmlisch. Es wäre schade, wenn es kalt wird.«

Sie setzte sich und widerstand der Versuchung, über die schmerzende Stelle an ihrem Oberschenkel zu streichen. Sie war nass und wünschte sich, sie hätte anstatt des aufwendigen Menüs lieber einen Eintopf zubereitet. Den hätte man später wieder aufkochen können.

Gedankenverloren starrte sie auf eine der roten Kerzen mit dem noch unverbrannten Docht, während er mit einem leisen Plopp die Weinflasche öffnete und einschenkte. Er bemerkte offenbar ihren Blick, denn er lächelte, als er sein Glas hob.

»Auf eine Nacht, die jeden einzelnen unserer Sinne befriedigt.«

Sara schluckte hart. »Auf eine Nacht mit allen Facetten von Zweisamkeit«, hauchte sie atemlos.

Einen langen Moment schauten sie einander tief in die Augen und genossen dabei den vorzüglichen Rotwein. Dann füllten sie ihre Teller und begannen zu essen.

»Mhm köstlich«, murmelte er und schloss für einen Augenblick genießerisch die Lider.

»Danke, Herr.« Saras Wangen wurden heiß, so sehr freute sie sich über das Kompliment.

Das Tischgespräch verlief harmonisch. Sie unterhielten sich über unverfängliche Themen, wie Arbeit, Sport und Lieblingsgerichte. Erst nachdem sie beide das Besteck beiseitegelegt, und er beteuert hatte, keinen Bissen mehr hinunter zu bringen, griff er über den Tisch nach ihrer Hand.

»Ich gebe zwar ein paar feste Regeln vor, aber du wirst feststellen, dass ich in dem einen oder anderen Punkt meine Meinung schon mal ändere. In Zukunft habe ich nichts mehr dagegen, wenn du dich selbst befriedigst.«

Erstaunt riss Sara die Augen auf.

»Es gibt nur eine Bedingung. An den Tagen, an denen wir uns treffen, will ich dich hungrig und geil. Deshalb bitte ich dich, mindestens vierundzwanzig Stunden vorher nicht an dir herumzuspielen. Ansonsten darfst du es dir besorgen, wann und so oft du das möchtest.«

Unsicher schaute sie ihn an. »Warum ...?«

Er ließ ihre Hand los und strich sanft über ihre Wange.

»Weil die Lust am eigenen Körper etwas sehr Schönes ist. Ich habe darüber nachgedacht und glaube es ist falsch, dich darin einzuschränken.«

»Hm ... danke, Sir.« Wirklich sicher, war sie nicht, ob sie das Angebot annehmen wollte. Zeigte sie ihrem Herrn nicht ihre Hingabe und Ergebenheit, indem sie ihre ganze Sehnsucht und Geilheit, für ihn aufsparte?

»Es ist manchmal schwer, mich zurückzuhalten ... aber jetzt wo ich das nicht mehr muss, wäre mir deine Führung lieber.« Sie lächelte strahlend. »Ich könnte dich anrufen und du sagst mir dann, wie ich mich berühren soll. Dann kannst du mir auch dabei zuschauen, wie ich deine Anweisungen ausführe, wenn du das möchtest.« Sie leckte über ihre Lippen. »Ich glaube, das würde mir sehr gefallen«, flüsterte sie atemlos.

Schmunzelnd stand er auf. »Danke für das tolle Essen. Es war köstlich. Lass uns abräumen.«

»Okay, es gibt ja auch noch Nachtisch. Vanilleeis. Das hattest du dir gewünscht.«

»Freut mich, dass du mir den Wunsch erfüllst. Aber die Nachspeise nehmen wir auf eine ganz spezielle Weise zu uns. So hast du wahrscheinlich noch nie Eis gegessen.«

Saras Magen begann zu flattern. ›Was um alles in der Welt hat er vor? ... Was auch immer es ist, ich werde es erleben, erdulden und mit Sicherheit genießen.‹

Unter seinem intensiven Blick senkte sie den Kopf und murmelte leise: »Ja, Herr.«

Schweigend stellten sie das schmutzige Geschirr in die Spülmaschine. Julian schnappte sich einen Lappen, räumte Kerzenständer und die brennenden Teelichter auf die Küchenarbeitsplatte und wischte den Tisch sauber.

»Wir brauchen ein Schälchen mit Vanilleeis und einen Kühlakku. Hast du so etwas? Das Eis wird länger draußen stehen, ich möchte nicht, dass es zu rasch schmilzt.«

Sara murmelte ihre Zustimmung und bereitete den Nachtisch nach seinem Wunsch vor.

Julian zündete die roten Kerzen an. Sein hintergründiges Lächeln verstärkte das unruhige Flattern in ihrem Magen. Er wandte sich zu ihr um, zog sie mit den Augen aus. Sorgte nur mit seinen Blicken dafür, dass ihr das Atmen schwerfiel. Spannungsgeladenes Schweigen. Sie stand wie erstarrt, wagte nicht, sich zu rühren. Er lief einmal um sie herum, dann steuerte er ihre Musikanlage an und wenige Augenblicke später ertönten die ersten Klänge der kleinen Trommel ... Bolero ... was sonst. Was immer er für den heutigen Abend geplant hatte, die Melodie würde sie auf ihrem Weg begleiten. An den Klängen konnte sie sich festhalten, wenn es nötig wurde.

Sara hörte ihn mit leisen Schritten näherkommen. Sie drehte sich nicht um, als sie spürte, wie er hinter ihr stehen blieb. Stille.

Die Luft im Raum schien immer dünner zu werden. Sie stand einfach nur da, ließ die Arme an den Seiten herabhängen. Doch sie war nicht halb so locker, wie sie vorgab. Die Hände, schweißnass, durch ihren Magen fuhr eine Achterbahn. Vorfreude, Nervosität, gemischt mit einem Funken Unsicherheit.

Hauchzart strich er über ihre Arme bis hoch zu den Schultern, erzeugte eine Gänsehaut, die an ihren Unterarmen hinauf kroch. Ansonsten berührte er sie nicht. Doch seine Präsenz hielt sie gefangen, als hätte er sie bereits fest verschnürt. Unfähig, auch nur einen Muskel zu bewegen, schloss sie die Augen und konzentrierte sich auf seine Berührung. Julian griff nach ihren Handgelenken und legte ihr Manschetten an. Danach kniete er sich hin und schnallte die Fußmanschetten um ihre Knöchel. Sie schaute auf ihn hinunter, versuchte, ihre

Nervosität unter Kontrolle zu kriegen, was ihr aber nicht gelang. Er umfasste ihre rechte Wade mit beiden Händen, streichelte sich langsam nach oben. Sie schluckte und wünschte, sie hätte nicht auf Unterwäsche verzichtet. Wirkte das nicht zu billig?

Leise keuchte sie, als seine Handflächen die Innenseiten ihrer Schenkel berührten. Ihre feuchte Mitte ignorierend, wechselte er das Bein und strich an der linken Seite hinab. Dann an beiden Außenseiten wieder hinauf. Dabei schob er ihren Rock hoch, bis über ihre Hüften. Als sein Atem auf ihren Venushügel traf, kribbelte es in ihrem Magen, als befände sich eine Überdosis Brausepulver darin. Er beugte sich vor, hauchte kleine Küsse auf ihre Scham, zog mit den Zähnen vorsichtig an ihren Lippen. Ihre Knie begannen zu zittern. Sie wünschte, er würde seine Zunge in ihre Spalte gleiten lassen.

Doch er stand auf, griff nach ihren Backen, knetete sie, schob das Kleidchen weiter nach oben. Er hielt kurz inne, küsste sie zärtlich, streichelte ihren Bauch. Dann entblößte er ihre Brüste und zog ihr das Kleid wenige Augenblicke später endlich über den Kopf. Er biss in einen ihrer harten Nippel, während er mit dem Daumen über den Anderen rieb. Unfähig sich länger zurückzuhalten, wimmerte sie, bog den Kopf noch weiter nach hinten. Doch er ließ von ihr ab, packte sie, drehte sie herum, umfasste ihren Nacken und presste ihren Oberkörper auf den Esstisch. Er drückte sein Becken gegen ihren Arsch, ließ sie seine Lust auf sie spüren. Wieder keuchte sie.

»Bitte!«

»Bitte was? Du glaubst doch nicht etwa, dass du dir meinen Schwanz schon verdient hast, oder?«, knurrte er und zog an ihren Haaren.

»Antworte, wenn ich dich etwas frage!«

»Nein, Herr!«, stieß sie hervor.

Das Geräusch seines Reißverschlusses, mischte sich in ihr Keuchen, als er ihn öffnete.

Er zog ihre Backen weit auseinander, drückte mit seiner Spitze leicht gegen ihren Hintereingang. »Du willst ihn also genau hier, ja?«, raunte er und massierte ihr Hintertürchen, ohne jedoch in sie einzudringen. Stattdessen stieß er zwei Finger in ihre tropfnasse Pussy.

Sie stöhnte ein ersticktes »Ja, Sir!«, das in ein lang gezogenes Wimmern überging.

»Das macht mich glücklich, Kätzchen. Aber du wirst dich noch ein wenig gedulden müssen. Ich habe mir einiges ausgedacht für heute.« Er trat einen Schritt zurück. »Dreh dich um und leg dich auf den Esstisch, stell deine Fußsohlen auf die Tischkante und rutsch mit dem Hintern so weit nach vorn, wie möglich.«

Sobald sie seiner Aufforderung nachgekommen war, knotete er ein Seil in die Ösen ihrer Fußmanschetten und fesselte sie an die Tischbeine.

»Richte dich auf und umfasse deine Waden.« Er half ihr, stützte ihren Rücken, während sie seine Anweisung befolgte. Mit einem Seil, das er jeweils durch die Ösen der Hand- und Fußmanschetten schlang, fixierte er sie in der sitzenden Position. Schließlich band er ihre Ellenbogen noch an ihre Oberschenkel und drückte ihr dann einen Gummiball in den Mund.

Julian trat drei Schritte zurück und betrachtete sie voller Begierde.

»Du hast recht, das hier gefällt mir viel besser, als dich einfach nur liegend auf dem Tisch zu fixieren. Du siehst wunderschön und so herrlich hilflos aus. Eine gute Idee von dir, ein paar Bondage-Posen auszuprobieren.« Er hielt inne und schaute sie prüfend an. »Ist diese Pose einigermaßen bequem für dich?«

Erstaunen flackerte in ihrem lustverhangenen Blick auf. Sie nickte zögernd.

Es störte ihn, dass seine Aufmerksamkeit sie offenbar verblüffte. Langsam sollte sie bemerkt haben, dass ihm wichtig war, dass sie sich wohlfühlte.

»Gut! Wenn es unbequem wird oder irgendetwas, was ich mit dir anstelle zu unangenehm ist, mach dich bitte bemerkbar.« Er hob ihr Kinn mit einem Finger und sah ihr in die Augen. »Ich genieße das hier nur, wenn du es auch kannst, vergiss das nicht. Ich will nicht, dass du etwas erträgst, nur weil du glaubst, es für mich aushalten zu müssen. Daran habe ich keinen Spaß. Haben wir uns verstanden?«

Wieder nickte sie.

Er streichelte die Innenseiten ihrer weit gespreizten Schenkel, ohne ihre feuchte Mitte, die sich ihm in ihrer Position wie auf einem Präsentierteller darbot, zu berühren. Dann hob er ihre Brüste an, knetete sie, zog an beiden Nippeln und entlockte ihr ein lang gezogenes Wimmern.

»Es hat übrigens einen Grund, warum ich einen Knebelball ohne Band ausgewählt habe.« Lächelnd strich er mit dem Daumen über ihre Lippen, die sie wegen des Balls nicht schließen konnte. »Achte darauf, dass du ihn nicht ausspuckst, auch nicht versehentlich, ist das klar? Sieh es als eine Übung in Disziplin.« Für einen Moment schwieg er, genoss ihren Anblick. »Es sei denn«, fuhr er dann fort, »ich befehle es dir. So wie jetzt. Mund auf!« Er nahm den Gummiball an sich, griff nach dem Schälchen und schob zuerst ihr und dann sich selbst einen Löffel Eis in den Mund. Sie schauten einander an, während der Vanillegeschmack sich auf ihren Zungen entfaltete. Julian gestattete sich ein sardonisches Lächeln und beobachtete voller Vergnügen, dass ihr Körper mit einem leichten Beben reagierte. Er wandte sich der Küchenzeile zu und kam mit einem Kerzenständer in der Hand zurück, den er zwischen ihre gespreizten Schenkel stellte. Lächelnd entzündete er den Docht.

Saras Augen weiteten sich, als sie in die kleine Flamme starrte. Sie hatte geahnt, dass er die roten Kerzen zu einen besonderen Zweck mitgebracht hatte. Ihr Herz hämmerte. Er fütterte sie beide mit einem weiteren Löffel Eis, schob ihr den Knebel dann wieder in den Mund und wartete, bis das Wachs flüssig wurde. Dann packte er den Kerzenhalter erneut und ging damit langsam um den Tisch herum.

Dabei hielt er die Kerze so, dass Wachs auf ihren Körper treffen würde, sobald es herabtropfte. Als die Musikinstrumente am Ende des Stücks schwiegen, klangen Ihre hektischen Atemgeräusche überlaut in der Stille. Die Trommel eröffnete leise den nächsten Durchgang. Sara nahm die leichte Bewegung seiner Hand wahr. Nur einen Herzschlag später traf das heiße Wachs auf ihre rechte Brust. Mehr aus Angst, denn vor Schmerz, stieß sie einen kurzen hohen Schrei aus, der durch den Knebel gedämpft wurde. Er hatte die Kerze relativ hochgehalten und die Tropfen schon im Fallen an Temperatur verloren. Wachs erstarrte auf ihrer Haut. Er tauchte den Löffel ins Eis und strich es auf den Nippel ihrer linken Brust, wo die Kälte deutlich mehr Wirkung erzielte, als die Hitze zuvor. Geschockt schrie sie in den Knebel, der ihr um ein Haar aus dem Mund gefallen wäre. Ihre Knospe schmerzte.

Julian beugte sich herab, umschloss ihre Brustwarze mit den Lippen, leckte und saugte das Eis von ihrer Haut. Seine Körperwärme empfand sie als Segen. In ihrem Unterleib pochte es heftig. Erneut tauchte er den Löffel in das Eis, nahm ihr den Ball aus dem Mund und fütterte sie. Dann schob er ihr den Knebel wieder zwischen die Lippen und kippte Wachs auf die Innenseiten ihrer Oberschenkel, ihre Brüste, ihren Bauch. Jedes Mal hielt er die Kerze ein bisschen tiefer und es brannte etwas mehr. Unmittelbar nachdem er ihre Haut mit Hitze gereizt hatte, schmierte er Vanilleeis auf ihren Körper, wartete, bis sie sich an die Kälte gewöhnt hatte und leckte das Eis dann ab. Hitze, Kälte, Wärme ... Reize. Selten war ihre Wehrlosigkeit ihr so bewusst gewesen, wie bei diesem Spiel. Gerade grinste er sie so dunkel an, dass eine Gänsehaut über ihren Körper kroch. Er hielt den Kerzenleuchter beängstigend niedrig und genau über ihre Scham. Entsetzt riss sie die Augen auf. Schüttelte wild den Kopf. Sah erschrocken, dass sein Grinsen noch breiter wurde. Wie in Zeitlupe kippte er die Kerze. Sara schrie. Doch bevor Wachs herab auf ihre empfindliche Mitte tropfen konnte, hielt er den Kerzenständer wieder grade und den Arm etwas höher. Erleichtert atmete sie auf, ... um in nächsten Moment in den Knebel zu schreien, als heißes Wachs auf ihre Schamlippen tropfte. Er hatte es doch getan! Allerdings aus größerer Höhe. Nicht der Schmerz brachte sie an ihre Grenzen. Es war das Gefühl, vollkommen ausgeliefert zu sein. Es annehmen zu müssen, egal wie tief er die Kerze hielt. Gleichgültig, was auch immer er entschied, ihr zuzumuten. Und dennoch wusste sie, er würde nie zu weit gehen. Das absolute Vertrauen in ihn erfüllte ihr Herz, ihren Geist, schien warm durch ihre Adern zu fließen. Sie konnte und durfte sich fallen lassen. Und genau das tat sie. Sie ließ los. Den Alltag, die Gedanken, die Welt und sich selbst. Es waren nicht die Fesseln, die sie hielten, sondern er. Seine Präsenz, seine Blicke, sein sardonisches Grinsen ... Und jetzt gerade sein zärtliches, dankbares Lächeln, das ihr zeigte, seine ganze Aufmerksamkeit war auf sie gerichtet. Deshalb erlebte er diesen Moment ihrer bedingungslosen Hingabe mit ihr gemeinsam und nahm sie ganz bewusst an. Ein kurzer, stiller Augenblick, blinden Verstehens, der einen Schauder puren Glücks durch ihre Adern schickte.

Er kratzte mit dem Fingernagel über ihre Schamlippen, löste die Wachsplättchen von ihrer Haut. Dann drang er in sie ein. Tief und sehr langsam stieß er in sie. Sie glaubte zu ertrinken in seiner Nähe, in ihrer Ergebenheit und in ihrer beider Leidenschaft. Er fuhr mit der Zunge über ihre, um den Knebelball geschlossenen Lippen. Setzte kleine Knabberküsschen auf Ihren Hals, strich mit beiden Händen über ihre Schenkel, ihren Rücken. ›Oh bitte, wie hält man die Welt an? Er soll nie mehr aufhören!‹

Doch er zog sich viel zu schnell wieder aus ihr zurück. Mit einigen flehenden Lauten, an dem Ball vorbei und bettelnden Blicken bat sie ihn, weiterzumachen. Doch er schüttelte den Kopf und nahm ihr den Knebel wieder ab. »Hörst du es nicht? Bolero ist zu Ende. Es beginnt etwas Neues ... altbekannt, immer gleich und doch jedes Mal anders. Öffne dich dem Ungewissen.«

Als hätten sie nur auf sein Kommando gewartet, setzten die kleinen Trommeln erneut ein.

»Ich öffne mich dir, Herr«, wisperte sie atemlos.

Er packte ihre Schamlippen jeweils zwischen Daumen und Zeigefinger und zog.

»Das sehe ich, wie offen du bist.«

Sie hielt die Luft an, da er immer weiter zog, doch sie beschwerte sich nicht. Jammerte noch nicht einmal.

»Du weißt, dass du noch eine Strafe zu erwarten hast?«

»Ja, Sir«, schnaufte sie zwischen zusammengebissenen Zähnen.

»Bitte, züchtige mich, Herr.«

»Aus welchem Grund? Womit hast du dir die Hiebe verdient?«

»Ich ... ich habe Ravels Bolero versaut.«

Er zog fester, entlockte ihr nun doch einen kleinen Klagelaut.

»Und«, japste sie ... »Und ich habe nicht auf die Anzahl der Wörter geachtet, die du vorgegeben hattest, bei meiner Aufgabe letzte Woche.«

Er gestattete ihr keine Atempause.

»Richtig, sehr gut. Wie viele Schläge hast du dir eingehandelt?«

»Achtundzwanzig, Sir. Es waren genau achtundzwanzig.«

Jetzt endlich gab er ihre Schamlippen frei, beugte sich hinab und fuhr mit der Zunge durch ihre nasse Spalte.

Ihr entfuhr ein lang gezogenes Stöhnen. Er züngelte um ihre Klit herum, saugte sie in seinen Mund. Sie stöhnte, ballte die Hände zu Fäusten.

»Dir ist klar, dass du nicht kommen darfst, bevor du deine Strafe kassiert hast, nicht wahr?« Die Worte hauchte er direkt auf ihre Perle.

»Oh Himmel, bitte!«

Er trat zwei Schritte zurück, betrachtete sie mit dunklem Blick. »Diese Pose ist wirklich verführerisch. So sehr, dass ich überlege, alle achtundzwanzig Hiebe auf deine Schamlippen zu verteilen.«

Lüstern starrte er auf ihre Pussy. »Was hältst du von der Idee?«

Sie schluckte hart. »Ich ... äh ich weiß nicht. Ich vertraue dir vollkommen. Du hast die Macht über meinen Körper. Wenn du das willst, und glaubst, ich schaffe das ...« Sie atmete einmal tief durch und sah ihm dann fest in die Augen. »Ich gehöre dir, Herr, mach mit mir, was immer dir gefällt.«

Julian blickte sie dankbar an, umfasste ihr Gesicht mit einer Hand. Mit einem hingebungsvollen Lächeln schmiegte sie ihre Wange in seine Handfläche.

Er schüttelte bedächtig den Kopf. »Nein, das wäre zu viel.«

Er löste die Fesselung so weit, dass sie vom Tisch aufstehen konnte, doch sie blieb sitzen, wartete auf seine Anweisung.

»Dreh dich um!«

»Ja, Sir.«

Jetzt rutschte sie von der Tischplatte, legte den Oberkörper auf der Holzfläche ab und spreizte die Beine.

»Streck die Arme so weit nach vorn aus, wie du kannst. Ja so ist es gut. Ich werde dich nicht fesseln. Ich erwarte, dass du die Position hältst. Andernfalls setzt es Strafhiebe.«

»Jawohl, ganz wie du wünscht, Herr.«

»Du wirst mitzählen!«

Er streichelte ihre Backen, dann hörte sie seine Schritte. Sie konzentrierte sich mit klopfendem Herzen auf die wenigen leisen Geräusche. Lauschte angespannt, als er sich wieder näherte. Dann ein Zischen in der Luft, sie spannte sämtliche Muskeln an. Lederzotteln klatschten auf ihren Hintern. Fest, feurig.

»Ah! Eins.«

»Ich weiß, das tut weh. Das soll es auch. Das hier ist Strafe, keine Belohnung.«

»Zwei.«

Sie zählte brav mit, während er abwechselnd ihre Backen spankte. Als sie bei zehn angelangt war, machte er eine Pause. Sara wartete. Ihr Herzschlag wummerte so laut in ihren Ohren, das er sogar Bolero für einen Moment übertönte. Mit beiden Händen packte er ihre, trotz der wenigen Schläge schon glühenden Backen und knetete sie vorsichtig.

»Das waren zehn. So viele Wörter hätte ich gerne in deinen Sätzen gelesen. Glaubst du, du hast jetzt ein Gefühl für diese Zahl?«

»Ja, Sir, danke. Ich werde es nie mehr vergessen«, presste sie hervor.

Wieder entfernte er sich für einen Moment. Was hatte er jetzt vor? Er kam zurück, zog ihre Backen weit auseinander, seine Spitze klopfte sachte an ihren Hintereingang. Fühlte sich irgendwie glitschig an. ›Gleitgel‹, vermutete sie.

Sehr behutsam drückte er sich in sie. Dank der rutschigen Nässe spürte sie nicht den leisesten Schmerz. Erst als er ganz in ihr war, hielt er inne. Ließ ihr Zeit, sich an ihn zu gewöhnen. Sanft glitten seine Finger über ihre Haut. Rücken, Oberschenkel, dann über ihr Haar. Sie konzentrierte sich auf sämtliche Reize. Den Druck in ihrem Arsch. Seine zärtlichen Berührungen. Das Gefühl, ihm vollständig zu gehören, das gerade besonders intensiv war und sich unheimlich gut anfühlte. Und Bolero in ihren Ohren, in ihrem Kopf, in ihren Adern, in ihrem Magen.

Das Stück endete.

»Wie viele Hiebe bekommst du noch?«, fragte er in die Stille hinein.

»Achtzehn, Sir.«

»So ist es. Du hast Glück.«

Er schob eine Hand zwischen ihre Schenkel, rieb mit dem Daumen über ihre Perle. Ihre Lust katapultierte sie augenblicklich in eine andere Dimension. »Du brauchst nicht mehr mitzuzählen«, hörte sie ihn leise weiterreden. »Du darfst einfach nur genießen.«

Zu ihrem Bedauern nahm er die Hand wieder fort, strich über die Innenseiten ihrer Oberschenkel. Als die kleinen Trommeln sanft im Raum erklangen, begann er, sich zu bewegen. Vorsichtig, bedächtig. Sie stieß einen Seufzer aus, fühlte sich beherrscht und beschützt. Bolero. Dreivierteltakt. Sie liebte diese Art der Penetration. Das Pochen in ihrem Unterleib schwoll an. Gemächlich stieß er in sie. Wieder einmal ließ er Ravel das Tempo bestimmen. Er schob die rechte Hand erneut zwischen ihre Beine, streichelte ihre Pussy. Mit der Linken schlug er auf ihre Backe. Die Schläge waren lange nicht so fest wie die Hiebe mit dem Flogger vorher. Jedes Mal, wenn eines der Musikinstrumente hinzukam, traf seine Hand auf ihren Hintern, immer auf die linke Pobacke.

Irgendwann wechselte er die Seiten, reizte sie mit der Linken, schlug mit der Rechten. Vermutlich nach dem neunten Hieb, aber sie hatte nicht mitgezählt. Ihre Welt bestand nur noch aus Hören und Spüren. Irgendwann raunte er leise, »achtzehn«, und hörte auf, sie zu schlagen. Er stieß zwei Finger in ihre Pussy, wurde etwas schneller, blieb aber dennoch behutsam. Als er mit dem Daumen auch noch über ihre Perle rieb, konnte sie sich nicht mehr zurückhalten. Sie vergaß sogar, ihn um Erlaubnis zu bitten, ließ sich einfach überrollen von der Welle aus reiner, wilder Leidenschaft. Erbebte. Spürte, wie er seine Lust mit einem tiefen Stöhnen in sie spritzte und sich ihr dann vorsichtig entzog.

Sie drehte sich zu ihm um und fiel ihm in die Arme. Ihre Beine fühlten sich an wie Pudding, trugen sie kaum, deshalb hielt sie sich an ihm fest, während er ihren Mund zu einen nassen, langsamem, innigen Kuss eroberte.

»Bett«, murmelte er, nachdem er eine gefühlte Ewigkeit später ihre Lippen freigab. Sie gingen hinüber und ließen sich auf die Matratze fallen. Hielten einander ganz fest, streichelten und küssten sich. Sie wusste nicht, wie lange, hatte das Gefühl für Zeit und die Welt verloren. Bis er schließlich leise in ihr Ohr flüsterte. »Ich muss gehen, Kätzchen. Wir brauchen beide etwas Schlaf.«

Wieder einmal bedauerte sie, dass er nicht bleiben wollte. Doch sie nickte nur und sagte nichts dazu.

*

Sara beeilte sich. Nach der Probe hatte sie nur ein Stündchen die Beine hochlegen wollen und war auf der Couch eingeschlafen. In einer Stunde traf sie sich mit den Mädels am Kino, um sich mit ihnen den neusten Schmachtfetzen mit Matthias Schweighöfer anzuschauen. Danach würde es Cocktails in einer angesagten Bar geben. Sie freute sich auf einen tollen Abend mit ihren Freundinnen. Rabea hatte am Vormittag per WhatsApp getickert, sie habe gestern einen saugeilen Typen kennengelernt. Die Einzelheiten wollte sie nach dem Film, bei einem leckeren Caipirinha, erzählen. Sara war mächtig gespannt. Sie schlüpfte in eine graue Jeans und kombinierte ein pinkfarbenes Shirt mit einer glitzernden Aufschrift ›Bitch‹ dazu. Als sie ihre hochhackigen schwarzen Lacklederpumps aus dem Regal nahm, klingelte es.

›Herrje, wer kann das denn jetzt sein? Der Postbote? Nein nicht um diese Uhrzeit.‹

Mit einem Schuh am Fuß und dem anderen in der Hand hetzte sie zur Tür, drückte auf und hoffte, keinen lästigen Vertreter abwimmeln zu müssen. Es schellte an der Wohnungstür, bevor sie in den zweiten Pumps schlüpfen konnte. ›Verdammt, warum jetzt? Ein Paket? Ich hab doch nichts bestellt‹, dachte sie genervt, während sie die Tür öffnete.

»Ja bitte?«

Vor ihr stand der Mensch, mit dem sie so ziemlich als Letztes gerechnet hätte.
»Was willst du denn hier? Tut mir leid, ich habe gerade überhaupt keine Zeit. Wir können gerne morgen telefonieren, aber jetzt muss ich weg.«

»Hallo Sara.« Ihre Worte vollkommen ignorierend, lächelte er sie strahlend an, während er blitzschnell einen Schritt nach vorn trat.

Sie wich zurück, weil er in ihre Komfortzone eindrang. Schon stand er in ihrer Wohnung und schloss wie beiläufig die Tür hinter sich.

Empört stemmte sie die Hände in die Hüften. »Was soll das, Konrad? Ich habe dich nicht hinein gebeten! Ich hab dir gesagt, ich habe keine Zeit.«

Sie warf ihm einen genervten Blick zu. »Okay, sag, was du willst. Aber beeil dich und dann verschwinde. Ich muss dringend weg.«

Er lächelte breiter. »Du irrst dich, Mäuschen. Du hast alle Zeit der Welt. Nichts ist mehr wichtig, nur noch wir beide.«

Sara riss die Augen auf und wich weiter zurück. Dabei kickte sie den Schuh von ihrem Fuß. Furcht überkam sie.

»Was willst du hier? Hau ab!« Ihre Stimme überschlug sich.

»Warum denn so unfreundlich? Wir hatten doch eine Menge Spaß miteinander. Und heute habe ich mir etwas ganz Besonderes für dich ausgedacht.« In dem Moment, wo er sie packte, sah sie die Klinge eines Messers in seiner Hand blitzen. Mit einer Kraft, über die sie normalerweise gar nicht verfügte, riss sie sich los und rannte von ihm weg.

Tunnelblick, Tunneldenken.

›Genau, nichts ist mehr wichtig. Nur weg! Will hier raus!‹

Er stand zwischen ihr und der Tür und wirkte verblüfft. Offenbar hatte er nicht damit gerechnet, dass sie in der Lage war, sich loszureißen.

Sie auch nicht.

Sie war bis hinter den Esstisch zurückgewichen. Er folgte ihr, taxierte sie von der anderen Seite der Tischplatte. Ein Blick, der ihr das Blut in den Adern gefrieren ließ.

Doch Sara spürte noch nicht einmal mehr Panik. Ihr Überlebensinstinkt hatte die Oberhand gewonnen. Nur raus hier! Auf nichts anderes war sie fokussiert.

»Weißt du, der Kerl auf dem Dach ... Ich wusste gar nicht, dass der da oben herumlungert. Ich habe ihn erst gestern Vormittag bemerkt. Muss daran liegen, dass ich durch die Tür gehe, wie sich das für anständige Leute gehört, während der scheinbar eine andere Möglichkeit gefunden hat, aufs Dach zu gelangen.«

Konrad ging langsam vorwärts, während er redete. Keine Sekunde ließ er sie aus den Augen. »Du kannst dir nicht vorstellen, wie enttäuscht ich war, den geilen Bock dann abends hier bei dir zu sehen. Wie lange geht das schon, Sara? Ich kann nicht jeden Tag hier sein, um auf dich aufzupassen. Wie oft hast du mich betrogen? Seit wann lässt du dich von diesem Looser ficken? Ihr Beide habt mich zum Narren gehalten.« Er lachte leise. Ein Geräusch, dass ihr das Blut in den Adern gefrieren ließ.

»Dafür werdet ihr büßen. Der Feigling denkt, er könnte seinem Schicksal entgehen, indem er sein Gesicht vor mir verbirgt. Aber das nützt ihm nichts. Der kommt auch noch dran, keine Sorge! Doch zuerst wirst du erleben, was geschieht, wenn man mich hintergeht, du miese kleine rollige Schlampe!«

›Oh Gott, er ist irre! Ich habe mich mit einem Wahnsinnigen eingelassen. Bitte, ich will hier raus. Der Weg zur Tür ist frei. Bin ich schnell genug? Ich muss!‹

Konrad lief urplötzlich los. Ohne nachzudenken, rannte sie um den Tisch herum, er hinterher. Sie rempelte gegen einen Stuhl, der polternd zu Boden fiel. Abrupt blieb er stehen, sie bremste ab, um den Abstand zu halten und nicht noch in ihn hineinzurennen. Noch immer stand der Esstisch zwischen ihm und ihr. Schützte sie. Doch sie befand sich wieder auf der falschen Seite. Jetzt musste sie an ihm vorbei, um den rettenden Ausgang zu erreichen.

Abschätzend taxierte sie ihren Widersacher. Und da sah sie es. Das wilde Glitzern in seinen Augen. Freude, Erregung. Er liebte die Jagd. Ihre Gegenwehr bereitete ihm das größte Vergnügen.

In diesem Moment wurde ihr klar, dass sie sterben würde.

Heute.

Hier.

In ihrer eigenen Wohnung. Von einem Geisteskranken ermordet. ›Der wirkte doch ganz normal. Wie konnte ich mich so in ihm täuschen? Und er hat Julian und mich beobachtet.‹

»Warum?«, schrie sie ihn an. »Weil ich unsere kleine Liaison beendet habe?«

Verzweifelt schüttelte sie den Kopf.

»Nein, sag es mir nicht. Ich will es gar nicht wissen.«

So oder so würde ihr Tod sinnlos sein und ihre Gegenwehr, genauso belanglos wie seine Beweggründe.

›Vielleicht sollte ich aufhören, vor ihm wegzulaufen. Ich habe sowieso nicht den Hauch einer Chance. Er wird mich kriegen.‹ Aussichtslos. Sinnvoller, sich dem Unausweichlichen zu ergeben. Je eher er sie erwischte, desto schneller wäre dieser Wahnsinn vorbei.

Jegliche Anspannung wich aus ihrem Körper. Es war vorüber. Ihr Leben. Alles. Sie hob den Blick, schaute ihm in die Augen, sah den Irrsinn darin. Ihm entging nichts, nicht die kleinste Regung. Sein sadistisches Grinsen und die wilde Gier in seinem Gesicht versprachen Leid. Unsägliche Qual. Nein, er hatte nicht die Absicht, sie einfach nur umzubringen. So gnädig würde ihr Tod nicht werden.

Die Panik überfiel sie erneut mit voller Wucht. Blankes Entsetzen. Die Angst verlieh ihr neue Kraft. Ganz egal, dass sie die Sonne nie wieder aufgehen sah. Sie würde ihm alles entgegensetzen, was sie hatte. Vielleicht gelang es ihr zumindest, ihn zu verletzen. Oder sie erreichte, dass er sie im Kampf sofort tötete. Womöglich konnte sie dem schrecklichen Leiden entkommen.

Blindlings packte sie einen Stuhl, ging mit den Stuhlbeinen vorweg auf ihn los. Sie dachte an nichts, spürte nichts mehr, bemerkte nicht einmal, ob sie traf oder nicht.

Sie kämpfte um ihr Leben oder auch nur um einen schnellen Tod.

***

Julian brannten die Augen. Dennoch, die Weste wollte er noch fertig bekommen. Verbissen stanzte er einen Totenkopf aus Nieten auf den Rücken der Jacke. Froh, dass die Arbeit für heute endlich getan war, stand er eine halbe Stunde später auf und streckte sich. Er wusste nicht, was mit ihm los war, aber er verspürte schon seit geraumer Zeit eine unglaubliche Unruhe in sich. Kopfschüttelnd ging er zum Kühlschrank. Ein Bierchen hatte er sich jetzt redlich verdient. Mit der Flasche in der Hand schlenderte er zum Fenster. Er wusste selbst nicht warum. Sara war heute mit ihren Freundinnen verabredet. Wahrscheinlich war sie längst weg.

Er schaute rüber ... Nanu? Bei ihr brannte noch Licht. Er zuckte die Schultern. Vielleicht hatten ihre Pläne sich kurzfristig geändert. Er jedenfalls freute sich auf das Fußballspiel der Nationalmannschaft gegen Spanien, das in zehn Minuten begann. Eigentlich wollte er sich nur auf die Couch fallen lassen und den Fernseher einschalten. Doch irgendetwas stimmte nicht. Aus einem Impuls heraus, den er sich selbst nicht erklären konnte, kletterte er aufs Dach und griff nach dem Fernglas. ›Nur mal kurz nach ihr schauen.‹

Im ersten Moment sah er nur diesen Dreckskerl, den sie vor Wochen schon abserviert hatte. Das zumindest hatte sie ihm erzählt. Warum zum Teufel erschien der plötzlich wieder auf der Bildfläche? ›Trifft sie sich heimlich mit ihm? Wir haben nie über Treue gesprochen, aber zur Hölle noch mal, ich dachte, ich bedeute ihr so viel, dass Exklusivrechte selbstverständlich sind. Ein Muskel in seinem Kinn zuckte heftig. Er konnte sich nur schwer zurückhalten, das Fernglas mit Wucht auf den Boden zu schmeißen. Schnaubend wandte er sich ab, um in seine Wohnung zurückzukehren.

›Halt, da ist doch was faul.‹ In seinem Kopf schellte eine Alarmglocke. Obwohl er nicht die geringste Lust verspürte, Sara mit diesem Kerl zusammen zu sehen, trieb ihn ein mieses Gefühl dazu, erneut durch den Feldstecher zu den beiden hinüberzuschauen. Und was er sah, ließ ihm das Blut in den Adern gefrieren. Das Dreckschwein richtete ein Messer gegen Sara, das so groß war, dass es ihm eigentlich gleich hätte ins Auge springen müssen. Einen Augenblick stand er starr vor Schreck, beobachtete, wie der Typ sein Mädchen um den Esstisch jagte.

Das Fernglas fiel polternd zu Boden. ›Die Polizei! Wo ist das verdammte Handy? Nein, das dauert zu lange. So viel Zeit bleibt ihr nicht.‹ Wenn er sie lebend in die Arme schließen wollte, musste er handeln. Sofort!

Er verplemperte wertvolle Sekunden, um zurück in seine Wohnung zu klettern und von dort die Treppen im Hausflur hinunter zu stürzen. So schnell er konnte, rannte er über die Straße. Die Haustür war verschlossen. Verflixt noch mal! Blindlings drückte er auf alle Klingelknöpfe. Eine halbe Ewigkeit schien zu vergehen, bis er endlich ein Summen vernahm, und die Tür in seinem Rücken nachgab. Dabei konnten es nur Sekunden gewesen sein.

In Rekordgeschwindigkeit jagte er die Stufen hinauf. Vor der geschlossenen Wohnungstür bremste er kurz ab, dann warf er sich dagegen. Die Tür hielt stand. Er trat kräftig gegen das Schloss. Ohne Erfolg. Drinnen hörte er etwas poltern, so als würde ein Möbelstück auf den Fußboden knallen. Die Panik verlieh ihm ungeahnte Kräfte. Er spürte keinen Schmerz, weder in der Schulter, noch im Fuß. Beim vierten Tritt splitterte das Holz und die Tür gab endlich nach.

Er stürzte in die Wohnung, nahm vage eine Bewegung hinter dem Esstisch wahr. Das miese Schwein drückte Sara auf den Boden, das Messer gefährlich dicht an ihrem Hals.

»Wenn du näher kommst, töte ich sie!«

Julians Herz setzte einen Schlag aus. Wenn er nichts unternahm, würde der Kerl sie ebenfalls umbringen. Der war nicht zum Kaffeetrinken hergekommen.

»Okay, okay. Geh weg von ihr. Dann lasse ich dich gehen«, knurrte er.

Der Mistkerl begann zu lachen. Ein Geräusch, dass ihm eiskalte Schauer über den Rücken jagte. Julian dachte nicht mehr nach, er handelte einfach. Blitzschnell schoss er vor, packte den Arm, der das Messer hielt und riss ihn so heftig nach hinten, dass der Knochen mit einem hässlichen Knacken brach. Der Dreckskerl kreischte vor Schmerz. Julian schlug ihm seine Faust ins Gesicht und zog ihn an dem gebrochenen Arm von Sara fort. Der Typ brüllte wie ein verwundetes Wildschwein.

Sara sprang auf die Füße, sobald sie von dem Gewicht des Kerls befreit war. Julians Blick glitt gehetzt über ihren Körper. Sie sah zerzaust aus, schien aber unverletzt zu sein. Ihre Kleidung wirkte unordentlich aber unversehrt. ›Gott sei dank, offenbar bin ich noch rechtzeitig gekommen. Ihr ist nichts geschehen!‹

»Bring mir ein paar Seile«, wies er sie an. Widerspruchslos drehte sie sich um und hielt ihm keine Minute später zwei stabile Hanfseile hin.

Er nahm sie und fesselte den Eindringling. Der schrie und jaulte, als Julian ihm die Arme auf den Rücken bog. ›Ja das tut weh, nicht wahr? Es kann gar nicht weh genug tun!‹, dachte er mit Genugtuung, sagte jedoch kein Wort. Nachdem er auch noch die Füße des Kriminellen zusammengeschnürt hatte, stand er auf und eilte zu Sara. Die stand wie erstarrt in sicherer Entfernung und stierte auf den Gefesselten. Die Todesangst hatte sie funktionieren lassen und dafür gesorgt, dass sie tat, was möglich war, um sich zu retten. Doch jetzt war die Gefahr vorüber. Man konnte dabei zuschauen, wie das Adrenalin aus ihrem Körper wich und ihr Hirn das Geschehen zu realisieren begann. Sie fing an zu zittern.

»Sara, es ist vorbei«, sagte Julian und zog sie in seine Arme.

Sie schrie, schlug wie eine Furie auf ihn ein. Sie starrte ihn an, aber er war nicht sicher, ob sie ihn tatsächlich sah. Ihre kleinen Fäuste, die auf seinen Oberkörper prasselten, würden vermutlich ein paar blaue Flecken hinterlassen. Doch er wehrte sie nicht ab, sprach nur beruhigend auf sie ein. Sie hatte Schreckliches erlebt und es erschien ihm falsch, sie jetzt zu packen und ihre Bewegungsfreiheit einzuschränken. Besser, ihr Raum zu geben, auch wenn ihre Schläge ganz schön wehtaten.

Doch sie beruhigte sich nicht, hörte auch nach Minuten nicht auf zu schreien und ihn zu attackieren. Dass er geduldig auf sie einredete, schien sie gar nicht mitzubekommen. Schließlich packte er sie doch fest an den Oberarmen.

»Sara! Komm zu dir! Es ist vorbei! Hörst du? Du bist in Sicherheit! Er kann dir nichts mehr tun!« Laut, sehr deutlich und in seinem strengsten Befehlston, sprach er auf sie ein.

Und bewirkte, dass sie tatsächlich mit dem Geschrei aufhörte und die Fäuste sinken ließ. Stumm stand sie da. Jegliche Spannung wich aus ihrem Körper, wie eine Marionette, der man die Fäden abgeschnitten hatte. Sie stierte ihn einfach nur an.

Ein heißer Schreck fuhr ihm in die Glieder. ›Mein Gesicht ... Oh Gott, das sollte niemals geschehen! Nach dem Schock, dass jemand versucht, sie umzubringen, versetzt ihr mein Anblick sofort den Zweiten. Dieser Blick ... dieses blanke Entsetzen ... Genauso hat sie mich in meinen schlimmsten Albträumen angeschaut.‹

In ihm erstarrte alles zu Eis ... nein nicht zu Eis. Schön, wenn es so wäre, dann würde er diesen Schmerz nicht spüren, der sein Herz in tausend Splitter zerriss. Er wollte etwas sagen. Irgendetwas. Sich entschuldigen. Dafür, dass er überhaupt Kontakt zu ihr aufgenommen hatte. Doch er brachte keinen Ton heraus. Egal. Jedes weitere Wort war überflüssig. Er wandte das Gesicht ab, schaute zu Boden. Draußen ertönte eine Polizeisirene. ›Endlich. Vermutlich hatte einer der Hausbewohner den Notruf gewählt. Man würde sich um Sara kümmern. Sie war in Sicherheit. Es gab nichts mehr für ihn zu tun. Nichts mehr zu sagen. Er würde hinunter gehen und den Beamten unten auf der Straße Rede und Antwort stehen. Wie in Zeitlupe drehte er sich um und steuerte die Ausgangstür an. Am liebsten wäre er gerannt, doch jeder Schritt fiel ihm so unglaublich schwer, als hätte er Klebstoff an den Füßen. Er kam kaum zwei Meter weit, da drang ein undefinierbarer Laut aus ihrer Kehle. Einen Moment später packte sie seine Taille, schlang ihre Arme um ihn und presste sich von hinten gegen ihn. Überrascht wandte er sich um. Sie klammerte sich an ihn.

»Geh nicht, bitte!« Ihre Stimme überschlug sich. Panisch krallte sie sich an ihm fest. Sie zitterte so sehr, dass er sich wunderte, dass sie überhaupt stehen konnte. Er umarmte sie, hielt sie. »Es ist alles gut«, flüsterte er. »Er kann dir nichts mehr tun.« Er streichelte ihr Haar, murmelte beruhigende Worte in ihr Ohr, deren Sinn er selbst nicht verstand.

Polizisten stürmten in die Wohnung. Sara schien sich nicht daran zu stören. Sie bewegte sich nicht, hörte nicht auf, sich an ihn zu klammern.

»Was ist hier passiert?«, fragte ein Beamter.

Sara reagierte nicht, hielt ihr Gesicht an seine Brust gepresst.

Julian erzählte in knappen Worten, was er wusste.

»Können Sie uns mehr Details mitteilen, junge Frau?«

»Hauen Sie ab, lassen Sie uns in Ruhe!« Sie machte keine Anstalten, ihn loszulassen.

»Entschuldigen Sie«, sagte Julian. »Sie hat einen Schock.«

»Ja, sieht ganz danach aus. Ist ja auch kein Wunder. Wir haben einen Krankenwagen bestellt, der Täter muss erstversorgt werden. Der Arzt kümmert sich dann auch um Ihre Frau.«

Julian nickte. »Danke.«

Nachdem die Sanitäter den Dreckskerl in Begleitung zweier Polizisten abtransportiert hatten, kam die junge Notärztin zu ihnen herüber.

Nur mit Mühe, nachdem Julian ihr versicherte, dass er ihre Hand nicht loslassen würde, war Sara davon zu überzeugen, sich überhaupt von ihm zu lösen und der Ärztin zuzuwenden.

»Sie haben einen Schock«, bestätigte diese das Offensichtliche. »Ich würde Sie gern für eine Nacht zur Beobachtung ins Krankenhaus einweisen. Dort wird man Ihnen ein paar Medikamente verabreichen, damit Sie Ruhe finden und schlafen können.«

»Nein auf keinen Fall! Ich bleibe hier, wo Julian ist. Alles was ich brauche, ist seine Nähe.«

Ein wildes Glücksgefühl durchströmte ihn, auch wenn er sich schämte, dass er, nach allem, was geschehen war, so etwas wie Glück empfand. ›Ich bin alles, was sie braucht? Das sagt sie, obwohl sie jetzt weiß, wie ich aussehe?‹ Er atmete mehrmals tief durch, streichelte beruhigend ihren Rücken. Das kurze Hochgefühl schlug ins Gegenteil um. ›Ausgeschlossen, dass ihr das nichts ausmacht. Liegt bestimmt am Schock, dass sie so denkt. Morgen wird sie vor mir zurückweichen.‹

Die Ärztin brachte noch einige gute Argumente vor, doch Sara lehnte eigensinnig ab. Sie klammerte sich so fest an ihn, dass Frau Doktor schließlich einlenkte.

»Ich gebe Ihnen eine Spritze, damit Sie heute Nacht schlafen können. Es dauert ungefähr eine Viertelstunde, bis das Mittel wirkt. Legen Sie sich hin und ruhen sie sich aus. Und wenn Sie in den nächsten Tagen und Wochen das Bedürfnis nach psychologischer Hilfe haben, scheuen Sie sich nicht, einen Facharzt aufzusuchen.«

»Wir gehen rüber in meine Wohnung«, sagte Julian entschlossen. »Ich möchte nicht, dass du morgenfrüh hier aufwachst. Du brauchst einen Tapetenwechsel.«

Die Polizeibeamten hatten bereits einen Kundenservice verständigt, der die defekte Wohnungstür notdürftig ausbesserte.

»Wir benötigen ihre Aussagen. Kommen Sie beide bitte morgen ins Präsidium. Falls Frau Lohmann dazu nicht in der Lage sein sollte, erwarten wir Sie allein«, wandte sich der Ermittlungsbeamte an Julian.

»Ja, natürlich«, versicherte der und brachte Sara dann endlich über die Straße in seine eigene Wohnung.

›Das ist das erste Mal, dass eine Frau meine Einsiedlerbude betritt ... und es fühlt sich gut und richtig an‹, dachte er mit leichter Verwunderung.

Schon während sie sich auszog, konnte er sehen, dass ihre Augenlider schwer wurden. Das Beruhigungsmittel wirkte und sie schlief ein, kaum, dass ihr Kopf das Kissen berührte.

***

Als Sara erwachte, lag ihre Wange auf Julians Brust. Seine Haut war warm und duftete vertraut. Himmel, das hatte sie sich gewünscht, seitdem sie das erste Mal zusammen gewesen waren. Für einen kurzen Augenblick genoss sie einfach nur seine Nähe. Doch dann wunderte sie sich. Warum ließ er plötzlich zu, dass sie in seinen Armen aufwachte?

Und dann fiel ihr alles wieder ein ... Sie zuckte zusammen, versteifte sich.

»Oh mein Gott«, rief sie entsetzt. »Konrad wollte tatsächlich meinen Tod. Diesem Irren hab ich mich mal anvertraut, bin seinen Befehlen gefolgt.«

Julian schlang die Arme fester um sie. »Es ist vorbei, Kätzchen. Er kann dir nichts mehr tun.«

»Aber ich habe mich einem Mörder hingegeben, Julian. Wie konnte ich mich nur so sehr in ihm täuschen? Wie soll ich einem Dom je wieder Macht über mich und meinen Körper zugestehen, wenn ich meinem Bauchgefühl nicht trauen kann?«

»Hey.« Er hielt sie ein paar Zentimeter von sich weg und schaute ihr ernst in die Augen. »Du bist an einen Psychopathen geraten. Das ist furchtbar, aber es hat mit BDSM nichts zu tun. Gott sei dank, gibt es nicht so schrecklich viele Menschen, bei denen eine Schraube falsch eingedreht ist, aber es gibt sie nun mal. Und nach allem, was ich darüber weiß, benehmen sie sich größtenteils ganz normal. Das konntest du nicht erahnen.« Er machte eine Pause, um seinen Worten Nachdruck zu verleihen. Dann schien ihm ein Gedanke zu kommen, denn er wurde eine Spur blasser. »Traust du mir etwa zu, dass ich dir etwas antue?«

Ohne zu überlegen, schüttelte sie heftig den Kopf. »Nein ... nein, natürlich nicht, das ist doch absurd.« Sie schwieg eine Weile, überlegte. Dann schluckte sie krampfhaft. »Ich bin einfach verwirrt. Der hat mich beobachtet. Drüben vom alten Bürohaus, genau wie du. Keine Ahnung, wie lange schon. Erst nachdem ich ihn rausgeschmissen habe? Schon bevor er das erste Mal zu mir kam? Ich hab einen Killer in meine Wohnung eingeladen. Mich von ihm ...« Sie verstummte. Das Grauen lähmte sie. »Ich will hier weg, Julian. Ich kann hier nicht mehr leben«, flüsterte sie nach einer gefühlten Ewigkeit verzweifelt.

»Hey hey. Ganz ruhig, Kätzchen. Du bist in Sicherheit. Niemand tut dir etwas in meinem Bett.« Er griff nach ihrer Brust, rieb mit dem Daumen über ihren Nippel und biss ihr spielerisch in den Hals, um sie abzulenken. »Außer mir natürlich.«

Trotz aller Schrecken der vergangenen Stunden musste sie lachen. Sie sah auf und stutzte. Er trug keine Maske. Hatte er gestern auch nicht. Wie hatte sie das nur vergessen können? Nun ja, das war wohl dem Horror des gestrigen Abends geschuldet. Aufmerksam studierte sie sein Gesicht. Er schluckte, presste die Lippen aufeinander. Sie konnte sehen, wie er gegen den Drang ankämpfte, sich abzuwenden, seine linke Gesichtshälfte mit einem Kissen zu bedecken. Irgendetwas zu tun, um zu verhindern, dass sie ihn ansah, völlig egal was.

Vorsichtig streckte sie die Hand aus. Ganz langsam, als wollte sie ein scheues Tier streicheln. Mit den Fingerspitzen strich sie behutsam über seine unversehrte rechte Wange. Die Stimmung im Schlafzimmer schlug mit einem Mal um. War merkwürdig befangen. Seine Bartstoppeln kratzten unter ihren Fingerkuppen.

Schwarze, glatte Haare, umarmten sein markantes Gesicht. Wenn er ein Indianeroutfit anzog und sich auf ein Pferd setzte, könnte man ihn für einen Indianerhäuptling halten.

»Ich hatte überhaupt keine Vorstellung davon, wie du aussiehst. Du bist ein sehr attraktiver Mann.«

Er lachte bitter. »Rede keinen Unsinn. Das war einmal. Die Zeiten sind vorbei!«

Sie fuhr mit dem Daumen über seine Unterlippe. Auf der linken Seite zog sich eine lange Narbe, vom Auge hinunter und endete ungefähr einen Finger breit über seiner Oberlippe. Das Wundmal entstellte sein Gesicht, ohne Zweifel. Aber so schlimm fand sie den Anblick nun auch wieder nicht. Die Maske hatte sie als beklemmend empfunden. Sein Gesicht dagegen war schön, es hatte nur eben einen Makel. Sie verstand, dass ihn das belastete. Aber das er so ein Drama draus machte, begriff sie nicht.

»Du bist ein attraktiver Mann«, wiederholte sie. Er zuckte zusammen, verkrampfte, als sie vorsichtig mit einem Finger über die Narbe strich, sie von der Oberlippe bis zum Auge nachmalte.

»Nein, das bin ich nicht. Nicht mehr. Ich bin ein Monster!«, presste er hervor.

»Das redest du dir ein! Ich mag dein Gesicht und finde die Narbe nicht so schlimm. Ich glaube, du leidest so sehr darunter, weil sie dich ständig an den Unfall erinnert.« Sie schwieg einen Augenblick. Sah, wie schwer ihm das fiel, ihren Blick in sein Gesicht zu ertragen. Daran würde er sich gewöhnen müssen. Nie wieder wollte sie auf die verdammte Maske schauen.

»Sie ist jetzt ein Teil von dir, das musst du akzeptieren. Wenn du das nicht kannst, warum ziehst du keine Schönheits-OP in Erwägung? Ich könnte mir gut vorstellen, dass da noch eine Verbesserung möglich wäre, oder irre ich mich?«

»Nein! Steve kann auch keine Operation helfen. Er wird nie mehr laufen können!«, spie er hervor.

»Ich wusste es! Vermutlich haben die Ärzte im Krankenhaus dir damals sogar zu einer weiteren OP geraten. Aber du hast es abgelehnt, um dich selbst zu bestrafen. Ist das so?«

Er blieb stumm.

»Ich habe recht! Ich weiß es!« Sie atmete tief durch. Ungeheuerlich! Er litt und er tat mit voller Absicht nichts dagegen! Aber damit war es nun vorbei!

»Ich will dich, Julian. Und ich will dir ins Gesicht sehen, während du mich liebst. Jetzt und hier.«

»Was? Aber, warum?«, fragte er fassungslos.

»Wir haben uns auf einer ganz anderen Ebene kennengelernt. Du bist mir wichtig und es ist mir egal, wie du aussiehst. Und selbst wenn es wirklich schlimm wäre, was es nicht ist, würde das nichts an meinen Gefühlen für dich ändern.«

Sein entgeisterter Gesichtsausdruck machte sie froh und traurig zugleich.

Glücklich, weil sie ihm zeigen konnte, dass er als Mensch zählte und nichts an ihm so entsetzlich war, dass er für sie weniger liebenswert gewesen wäre. Bitter fand sie, dass er sich selbst so wenig wertschätzte, dass er sich auf die Narbe in seinem Gesicht reduzierte.

Sie schüttelte den Kopf. Ein schreckliches, traumatisches Erlebnis, lag gerade mal ein paar Stunden hinter ihr. Dennoch hatte sie keine Zeit, in ein Loch zu fallen und sich in ihren Ängsten zu suhlen.

Er brauchte sie jetzt mehr und sie war entschlossen, für ihn da zu sein. Er hatte ihr so viel gegeben. Das war sie ihm schuldig. Sie drängte ihr eigenes Trauma um seinetwillen zurück. Sie hatte so eine Ahnung, dass das besser war, als sich in einer Paranoia zu verlieren.

Er war schon oft für sie da gewesen. Nun war sie an der Reihe. Sie musste ihn dazu bringen, seine sture Selbstgeißelung um ihretwillen aufzugeben.

Sie umarmte ihn, schmiegte ihre Wange an seine. Als sie ihn wieder anschaute, gelang ihr sogar ein Lächeln.

»Ist dir bewusst, dass du mir gestern das Leben gerettet hast?« Er riss die Augen auf.

»Womöglich gab es einen triftigen Grund, warum das Schicksal dich dazu bestimmt hat, den Unfall halbwegs unbeschadet zu überleben. Vielleicht bin ich ja dein Schicksal und du meins.«

Sie schluckte. Eine gewagte These, die sie da aufstellte. Aber das hieß ja noch lange nicht, dass sie sich bis ans Ende ihrer Tage lieben würden. Es bedeutete lediglich, dass die Vorsehung sie zu einem konkreten Zweck und möglicherweise nur für eine begrenzte Zeit zusammengeführt hatte. Schnell verdrängte sie den Gedanken.

»Bitte nimm mich Julian. Ich brauche jetzt alles an Nähe, was du mir geben kannst, um nicht in Panik zu ertrinken. Ich brauche dich«, flüsterte sie.

Er atmete tief ein und aus. Sie sah, wie er alle Konzentration sammelte und auf sie richtete.

›Sehr gut, wir können uns beide nicht erlauben, in unseren Ängsten zu versinken. Je eher du das begreifst, desto besser für dich und für mich.‹

Sie sprach den Gedanken nicht aus, genoss lieber seine Lippen auf ihren, seine Zunge, die ihre streichelte. Seine Hände, die sachte über ihren Körper glitten. Sie seufzte, konzentrierte all ihre Sinne auf ihn und gab sich seinen Liebkosungen hin. Er schob sich zwischen ihre Schenkel, drang behutsam in ihre feuchte Hitze vor. Sie vergrub ihre Hände in seine Backen, presste ihn gegen ihr Becken, um ihn so tief wie nur möglich in sich aufzunehmen. Er bedeutete ihr, das linke Bein anzuwinkeln, klemmte den Arm in ihre Kniekehle, drückte sich noch weiter in sie. Den rechten Arm schlang er um ihre Taille. Stieß sehr langsam, sehr tief, raubte ihr den Atem durch seine Nähe. Wieder küsste er sie, nahm mit der Zunge den trägen Takt seiner Stöße auf. Er war ihr so unendlich nahe, dass es keinen Raum mehr für etwas anderes gab. Nicht für den Horror des gestrigen Abends. Nicht für das Trauma seines Unfalls.

Zum ersten Mal begegneten sie sich beim Sex auf Augenhöhe. Und es war schön, tröstend und intensiv. Ganz ohne Machtgefälle entwickelte dieses Erlebnis seine eigene Dynamik.

»Ich liebe dich«, raunte er in ihr Ohr. »Was gestern passiert ist, war ein Albtraum. Aber ich lasse nicht zu, dass du darin versinkst. Ich halte dich. Wir sind stark genug, um den gestrigen Tag hinter uns zulassen.«

Eine Gänsehaut kroch über ihren Körper. Er hatte recht, das spürte sie deutlich. Allerdings nur, wenn sie beide die Kraft aufbrachten, die er in ihr zu sehen glaubte.

»Ich liebe dich«, flüsterte sie ihm ins Ohr. »Aber ich kann nur stark sein, wenn du es auch bist. Ich kann nur frei sein, wenn du es auch bist.«

Er versteifte sich. Sie strich über seinen Rücken.

»Zusammen gibt es für uns nur den Weg nach vorn. Es gibt kein Zurück, Julian, das weißt du.«

Er hielt in der Bewegung inne, sackte ein wenig zusammen. Schluckte. Nickte. Atmete tief ein und wieder aus. Er müsste jetzt etwas sagen, irgendetwas, doch ihm fiel nichts ein. Er wollte keine Versprechen abgeben, von denen er nicht wusste, ob er sie würde halten können. Also schwieg er. Und um sie das Schweigen vergessen zu lassen, stieß er umso intensiver in sie. Gab ihr alles, bis sie beide erbebten und sich aneinanderklammerten.

Danach legte er sich auf den Rücken, starrte an die Decke. Er glaubte, sie würde aufstehen, aber das tat sie nicht. Sie kniete sich neben ihn, drückte ihre Lippen auf seine Stirn, setzte kleine Knabberküsschen entlang der Narbe, bis hinunter zu seinem Mund, biss zärtlich in seine Oberlippe. Ein seltsames Gefühl war das. Auf der Narbe selbst spürte er nur ein leichtes Kribbeln, doch er fühlte ihre weichen Lippen auf seiner Wange. Aber auch das war nicht das Entscheidende. Ihre Lippen auf dem verhassten Makel, der ihn immer an den größten Fehler seines Lebens erinnerte, setzte eine Welle an Emotionen frei, die ihn überrollte. Tränen traten ihm in die Augen. Er versuchte, sich zu beherrschen, doch eine einzelne Träne rann über sein Gesicht. Er schämte sich. ›Ich möchte gern ein Dom sein und bin doch nur ein Waschlappen‹, dachte er bitter.

Leider bemerkte sie die verräterische Nässe. Doch wieder überraschte sie ihn. Sie umarmte ihn fest, schmiegte ihre Wange an seine und wisperte ihm ins Ohr:

»Es gehört Stärke und Vertrauen dazu, tiefe Gefühle zu zeigen. Ich bin stolz und glücklich, dass du das kannst, und zulässt, dass ich es sehe.«

»Bist du sicher«, flüsterte er mit bebender Stimme, »dass du mich nicht für ein totales Weichei hältst?«

Wortlos löste sie sich von ihm und stieg aus dem Bett. Für einen schrecklichen Moment glaubte er, sie würde gehen. Aber das tat sie nicht. Sie kam um das Bett herum, kniete sich auf seiner Seite auf den Boden, nahm die Hände auf den Rücken und senkte den Blick. Fassungslos schüttelte er den Kopf.

»Steh auf! Und dann leg dich wieder zu mir. Sofort, du verrücktes Weib!«

Sie sprang auf und kletterte auf seine Hüften. Trotz dieses emotionsgeladenen Augenblicks erwachte sein bester Freund wieder zum Leben, als sich ihre nackten Lippen an seinen Schaft schmiegten.

Er schob seine Spitze in sie. Sie ließ sich tiefer sinken, nahm ihn komplett in sich auf, stützte sich mit beiden Händen auf seiner Brust ab und begann ihn zu reiten.

Langsam wiegte sie die Hüften.

Intensiv.

Sara raubte ihm einen langen Zungenkuss, hauchte Knabberküsschen auf sein Schlüsselbein, saugte sanft an beiden Brustwarzen. Leise stöhnend ließ er sie gewähren. Genoss das Gefühl, die Initiative abzugeben. Sie zog das Tempo an, ritt ihn fordernd, leidenschaftlich, bis sie beide sich erneut in ihrer Ekstase verloren.

»Himmel, ich bin so dankbar dafür, dass wir das noch miteinander erleben können«, keuchte sie an seinem Hals.

Die nächsten Tage verliefen ereignisreich. Ihre Aussagen wurden im Polizeipräsidium aufgenommen. Sara bat Julian, einige Sachen zum Anziehen und Toilettenartikel aus ihrem Apartment zu holen. Sie weigerte sich strikt, ihn zu begleiten, fühlte sich noch nicht in der Lage, an den Ort des Schreckens zurückzukehren. Stattdessen ließ sie sich von Julian zeigen, wie man auf das Dach des Bürogebäudes gelangte, und setzte sich in seinen Klappsessel. Im linken Glas des Feldstechers befand sich ein kleiner Sprung. Das war offenbar passiert, als er das Fernglas hatte fallenlassen, um ihr zu Hilfe zu eilen. Der Kratzer störte die Sicht ein bisschen. Trotzdem staunte sie, wie gut man von diesem Platz aus in ihre Wohnung schauen konnte. Ein wenig schämte sie sich. Dennoch prickelte es heftig zwischen ihren Schenkeln, als sie realisierte, was sie ihm in den letzten Monaten für eine Show geboten hatte. ›Allerdings nicht nur ihm allein‹, dachte sie schaudernd. Bei dem Gedanken an Konrad wurde ihr schlecht.

Die freundliche Polizeibeamtin, die ihre Aussage aufnahm, hatte ihr erzählt, dass dieser Irre für den Tod von mindestens drei Frauen verantwortlich sei. Diese Morde hatte er bereits gestanden. Sein Motiv? Ein gestörtes Verhältnis zum weiblichen Geschlecht, offenbar. Die nette Polizistin hatte ihr keine Einzelheiten erzählen wollen, vermutlich, um sie nicht zu belasten. Die Presse dagegen war weniger rücksichtsvoll.

Jetzt, wo der Ripper von Köln gefasst war, wetteiferten die Medien, um die schockierendsten Details, die Entsetzen und Übelkeit bei ihr verursachten. Unvorstellbar, was die armen Opfer vor ihrem Tod hatten erleiden müssen. Und sie hatte den Irren in ihre Wohnung, in ihr Bett gelassen. Und nicht nur das. Genau wie Julian hatte er sie von diesem leer stehenden Gebäude aus beobachtet, während sie glaubte, vollkommen unbeobachtet zu sein.

Ein Wunder, dass er gerade zu einem Zeitpunkt zuschlug, als Julian das mitbekam und ihr zu Hilfe eilen konnte.

Sara fröstelte. Sie zwang sich, an die letzten Tage und Nächte voller Wärme und Zärtlichkeit zu denken. Nach dem Willen dieses Wahnsinnigen hätte sie das nicht mehr erleben sollen. Sie schüttelte den Kopf. ›Das Leben ist ein zerbrechliches Geschenk. Es kann schneller vorbei sein, als man denkt. Zu wenig Zeit, um Chancen ungenutzt verstreichen zu lassen. Es ist ebenfalls zu kurz für unverarbeitete Schuldgefühle. Julian muss seine Vergangenheit bewältigen. Was auch immer notwendig ist, um ihm dabei zu helfen, ich tue alles dafür.‹

***

Die Eingangstür war noch nicht repariert worden. Vorsichtig drückte Julian sie auf und betrat Saras Wohnung.

›Gut, dass die Spurensicherung den Tatort so zügig wieder freigegeben hat. Auch wenn sie süß aussieht in meinen viel zu großen Hemden und T-Shirts, ist es besser für sie, wenn sie ihre eigenen, vertrauten Klamotten bekommt.‹ Er blieb einen Moment stehen, ließ den Raum auf sich wirken. Die Stühle standen wieder ordentlich um den Esstisch herum. Einer davon wirkte allerdings irgendwie schief. Vor seinem geistigen Auge sah er sie mit weit gespreizten Beinen auf diesem Tisch gefesselt und sich selbst vor ihr stehend, in ihre nasse, warme Pussy stoßend. Dann sah er sie in Panik um den Esstisch rennen und um ihr Leben kämpfen. Er schüttelte den Kopf, atmete tief durch und riss seinen Blick von dem massiven Holztisch los. Stattdessen schaute er aus dem Fenster und winkte ihr zu, als er sie auf dem Dach gegenüber auf seinem Platz sitzen sah. Sie winkte zurück. Er betrachtete Sara einen langen Moment. Genauso hatte er immer dagesessen, mit dem Fernglas vor den Augen. Eigentlich erstaunlich, dass sie ihn nie wahrgenommen hatte. Er straffte die Schultern und öffnete ihren Kleiderschrank.

Der Koffer stand im Schrank auf dem Boden, wie sie es beschrieben hatte. Er packte ihn mit Bedacht. Unterwäsche, Strümpfe, bequeme

Kleidung, wie Jeans und T-Shirts, aber auch die beiden Kleider, die sie schon für ihn getragen hatte. Das Blaue und das Rote. Er nahm das rote Kleid wieder heraus, hielt es an den Trägern hoch. Wunderschön hatte sie ausgesehen, als sie es bei ihrem ersten Treffen trug. Damals war er voller Selbstzweifel gewesen, aber diese Phase lag hinter ihm.

Er hatte die Mauern, in die er sich eingesperrt hatte nicht freiwillig gesprengt. Die Umstände zwangen ihn dazu. Und Sara, die ihm ins Gesicht geschaut hatte, ohne zurückzuzucken. Zuerst hatte er das auf den Schock zurückgeführt, inzwischen wusste er es besser. Sie hatte ihm gestanden, dass sie die Ledermaske beängstigend fand und ihn gebeten sie zu vernichten. Gestern hatte er das Teil in ihrem Beisein zerschnitten. Aus den noch brauchbaren Resten fertigte er ein Halsband, dass er mit Ornamenten und Swarovski-Steinchen verziert und mit einer stabilen Öse vorn versehen hatte.

Er lächelte, als er sie wieder vor sich sah. Wie sie vor ihm gekniet hatte, als er ihr das Band um den Hals legte. Ihre Augen hatten geleuchtet. Nein ... die ganze Frau hatte von innen heraus gestrahlt. Er faltete das Kleid zusammen und packte es in den Koffer. Dann ging er ins Bad, sammelte Toilettenartikel und Schminkutensilien ein. Als Letztes nahm er noch ihren Geigenkasten von der Kommode und verlies ihre Wohnung, ohne sich noch einmal umzudrehen. Er fühlte sich frei und voller Energie, wie schon ewig nicht mehr.

Und er spürte eine tiefe Sehnsucht in sich.

Er wollte, nein er musste nach Hause. Es drängte ihn, seine Heimat wiederzusehen. Egal, wie sehr seine Lieben ihn für das, was er getan hatte, verurteilten. Er musste in ihre Gesichter schauen und zu seinem Fehler stehen.

Und er musste Steve in die Augen sehen, um Vergebung bitten und ihn mit dem Rollstuhl spazieren fahren.

Er hatte es satt, sich zu verstecken. Er lief nicht mehr davon, nie wieder und vor nichts und niemandem! Sara würde an seiner Seite stehen. Er war sicher, sie würde sich wohlfühlen bei seinen Leuten.

Sie brauchte dringend einen Tapetenwechsel. Sie wirkte halbwegs normal, war nur etwas stiller als gewöhnlich. Doch sie hatte den Schock noch längst nicht überwunden. Das Erlebte war zu schrecklich gewesen, das Grauen zu präsent.

Auf keinen Fall würde er zulassen, dass die Angst sie umklammert hielt und sie bewegungsunfähig machte. Mehr als zwei sinnlose, endloslange Jahre seines Lebens hatte ihn diese Lethargie gekostet. Er gedachte alles zu tun, was in seiner Macht stand, um zu verhindern, dass Sara sich vor der Welt abschottete und in Angstzuständen verlor.

»Wir fahren morgen früh!«, erklärte er entschlossen, nachdem sie beide in seine Wohnung zurückgekehrt waren.

»Es drängt dich niemand, Julian. Nimm dir die Zeit, die du brauchst, damit du auch wirklich bereit für diese Reise bist.«

Daran, dass sie sofort wusste, wovon er sprach, erkannte er, dass sie auf diesen Satz von ihm gewartet hatte, auch wenn sie ihn ermutigte, es langsam anzugehen. Er straffte die Schultern.

»Ich bin so bereit, wie man es nur sein kann. Ich will nach Hause, mit dir an meiner Seite. Ich möchte, dass du die Menschen kennenlernst, die mir wichtig sind.«

Aufmerksam schaute sie ihn an. Dann lächelte sie und nickte. »In Ordnung, morgen früh gehts los.«

Und so kam es auch. Die Fahrt dauerte gute fünf Stunden. Sie redeten nicht viel, während der Wagen sich Kilometer um Kilometer ihrem Ziel näherte.

Sara fuhr, da Julian seit dem Unfall keine Fahrerlaubnis mehr besaß. Sie legte ihre Hand auf seinem Oberschenkel, als sie von der Autobahn abfuhr. Die Atmosphäre im Auto war spannungsgeladen. Sie warf ihm einen kurzen, sorgenvollen Blick zu.

»Alles klar?«, fragte sie ihn.

Er holte tief Luft. Dann nickte er entschlossen und lächelte. Ein etwas zittriges Lächeln zwar, doch neben seiner Anspannung spürte sie auch seinen Mut, Hoffnung und Freude.

Julians Herz trommelte wild. Jeder Stein, jede Pflanze erschien ihm schmerzhaft vertraut. Jedes Haus zog ihn unwiderstehlich an. Als er den jüngeren Bruder eines seiner besten Freunde sah, der mit einer Leiter unterm Arm die Straße überquerte, hätte er Sara am liebsten gebeten anzuhalten, um ihn zu begrüßen. Aber er entschied sich dagegen. Zuerst wollte er Steve sehen, alles andere war zweitrangig.

Er dirigierte Sara zu dem Haus, das Steve nach dem Tod seiner Eltern übernommen hatte. Dort parkte sie den Wagen. Julian atmete mehrmals tief durch.

›Und wenn ich mit der Gegenwart, die ich verursacht habe, nicht leben kann? Vielleicht tue ich gerade genau das Falsche? Was, wenn ich alles noch schlimmer mache, als es ohnehin schon ist?‹

Energisch schob er die Zweifel beiseite. ›Es ist richtig gewesen, hier her zu kommen. Reiß dich zusammen und zieh es durch!‹, rief er sich selbst zur Ordnung.

Sara lehnte sich zu ihm hinüber, umarmte ihn fest und gab ihm einen Kuss.

»Bis hierher hast du es schon geschafft. Ich bin stolz auf dich! Möchtest du, dass ich mitkomme, oder soll ich lieber im Auto warten?«

»Nein, bitte komm mit. Es tut gut, dass du da bist.«

Noch einmal drückte er sie an sich, dann stieg er entschlossen aus.

Vor der Haustür blieb er stehen, starrte blicklos vor sich hin. Sara schob ihre Hand in seine. Das gab ihm die Kraft, auf den Klingelknopf zu drücken. Von drinnen näherten sich Schritte.

... Schritte?

Ehe er weiter darüber nachdenken konnte, öffnete sich die Haustür und vor ihnen stand eine kleine rothaarige Frau mit strahlendblauen Augen und frechen Sommersprossen. Auf dem Arm ein Baby.

»Julian! ... Oh mein Gott, du bist es wirklich! Endlich!« Sie fiel ihm um den Hals, umarmte ihn mit einem Arm, während der Säugling anfing zu weinen.

»Steve, Steve komm her!«, rief sie ins Haus.

»Sonja?« Er drückte sie. Verwirrt. Zu keinem klaren Gedanken fähig. ›Sonja und Steve? Und das Kind? Wie ...‹

»Julian, verdammt Mann, wo hast du so lange gesteckt?«

Plötzlich war Sonja weg und er wurde in eine feste Männerumarmung gezogen. Ihm war schwindelig. Er konnte nicht ... Steve schob ihn ein Stück von sich weg und betrachtete ihn. Starrte einen langen Moment auf die Narbe in seinem Gesicht.

Steve ... auf seinen zwei Beinen stehend ... Von einem Rollstuhl keine Spur.

»Aber wie ... wie ist das möglich?« Julian fühlte sich mit der Situation vollkommen überfordert.

»Jetzt kommt erst mal rein«, sagte die kleine Rothaarige resolut. Wir müssen wirklich nicht auf der Straße herumstehen.

»Hi, ich bin Sonja.« Julian bekam am Rande mit, wie sie seiner Begleiterin die Hand entgegenstreckte und sie gleich darauf einfach in eine Umarmung zog.

»Sara, freu mich, dich kennenzulernen«, stellte die sich vor.

»Herzlich willkommen bei uns! Das muss dein Werk sein, dass er endlich nach Hause kommt, dieser Dummkopf!«, rief Sonja überschwänglich.

Julian schloss die Augen. Öffnete sie wieder. Nein, das war kein Traum. Steve stand immer noch vor ihm. Aufrecht auf zwei Beinen.

»Aber wie ... wie ist das möglich?«, wiederholte er erschüttert.

Steve schüttelte den Kopf und zog ihn ins Haus. Julian fühlte sich sofort in seine Kindheit zurückversetzt. Hier hatte sich kaum etwas verändert. Es roch sogar noch wie früher, nach einer Mischung aus Holzpolitur und frisch gebackenen Keksen.

Als alle im Wohnzimmer Platz genommen hatten, sah Steve ihn anklagend an. »Du bist meinetwegen abgehauen. Das habe ich immer gewusst. Aber verdammt noch mal, warum denn bloß, Mann? Ich habe nicht herausfinden können, wohin du verschwunden bist. Hatte überlegt, dir eine E-Mail an deine Geschäftsadresse zu schicken. Aber ich wusste einfach nicht, was ich schreiben sollte. Habe gehofft, dass du den Weg hier her irgendwann von selbst finden wirst.«

»Ich habe mit Tom gesprochen, damals im Krankenhaus. Er sagte, du wirst nie mehr laufen können. Ich ... ich konnte nicht ... Ich konnte es nicht ertragen ...«

Steve nickte. »Ja, das dachte ich mir. Tom hat mir genau dasselbe gesagt. Aber damit habe ich mich nicht abgefunden. Ich habe gekämpft, Übungen absolviert, versucht, auf die Beine zu kommen. In jeder freien Minute. Sonja arbeitete auf der Station, auf der ich lag. Sie war für mich da und hat mir Kraft gegeben, mich immer wieder ermutigt, wenn ich bereit war, das Handtuch zu werfen.« Er griff zärtlich nach dem Knie seiner Frau.

»Der Unfall ... ich glaube inzwischen, das Schicksal hatte seine Hand im Spiel. Wir kennen uns schon unser ganzes Leben. Aber ohne ihn wären wir uns vermutlich niemals näher gekommen.« Er bedachte Julian mit einem anklagenden Blick. »Mir war immer klar, dass du dir die Schuld an meinen Verletzungen gibst, aber das ist absoluter Unsinn.«

»Selbstverständlich, es war meine Schuld. Ich trage die volle Verantwortung.«

»Schwachsinn! Du erinnerst dich sicher, dass ich damals genauso viel getrunken hatte, wie du? Ich wusste, dass du nicht mehr fahrtüchtig warst. Ich hätte nicht zulassen dürfen, dass du fährst. Ich hätte auch nicht ins Auto steigen müssen. Mich trifft ebenso viel Schuld an dem Unfall. Für meine Verletzungen bin ich selbst verantwortlich! Und wenn ich heute tatsächlich an den Rollstuhl gefesselt wäre, würde ich dir das nicht vorwerfen. Ich bin ins Auto gestiegen. Niemand hat mich dazu gezwungen. Ich wollte in jener Nacht einfach nur nach Hause, genau wie du. Und ich wusste, genauso wie du, dass es falsch war, zu fahren.« Er schüttelte den Kopf. »Und was machst du? Du beschließt, die alleinige Verantwortung zu übernehmen, und haust einfach ab. Du ...« Er unterbrach sich, zögerte einen Moment. »Kann man an der Narbe nichts mehr machen?«

»Doch kann man«, schaltete Sonja sich energisch ein. »Ich weiß, dass Tom damals Kontakt mit einem sehr guten plastischen Chirurgen aufgenommen hatte, der in einem Krankenhaus in Hannover arbeitet. Der OP-Termin stand schon fest, aber es kam nicht mehr dazu, weil er vorher abgehauen ist!«

Gleich drei vorwurfsvolle Augenpaare richteten sich auf Julian, wobei der von Sara am schwersten zu ertragen war.

Julian fühlte sich einmal mehr mit der Situation überfordert.

»Ich dachte ... Ach verdammt!«

»Du dachtest, du bestrafst dich selbst für den Fehler, den wir in dieser Nacht gemacht haben, indem du dich jeden Tag daran erinnerst, wenn du in den Spiegel schaust. Du bist ein Idiot, Julian!« Steve schüttelte den Kopf.

»Ich ... ich erkenne langsam, wie feige und dumm es war, einfach wegzugehen«, murmelte Julian reuevoll.

Sara fasste nach seiner Hand und drückte sie fest und er wunderte sich, wie gut das tat.

War das wirklich möglich? Er hatte einen schwerwiegenden Fehler begangen in jener Nacht. Aber das Schicksal hatte ihn und Steve dafür gar nicht so schlimm bestraft, wie er immer geglaubt hatte. Die Welt drehte sich weiter. Steve und Sonja hatten einander gefunden, eine

Familie gegründet. Sara störte sich nicht an seiner Narbe. Steve war nach vorn gegangen, nur er selbst war stehen geblieben – wie erstarrt. Dabei gab es tatsächlich eine Zukunft. Tränen traten ihm in die Augen, so glücklich war er in diesem Moment.

Sonja fragte Sara irgendetwas und sie antwortete. Doch er bekam gar nicht mit, worum es ging, so beschäftigt war er damit, die neue Situation zu verarbeiten.

Sie blieben lange, unterhielten sich über alte Zeiten, herzten das Baby. Julian fühlte sich von einer riesengroßen Last befreit. Auch Sara wirkte entspannt und beteiligte sich rege am Gespräch, als hätte es nie einen Angriff auf ihr Leben gegeben. Es wurde schon dunkel, als Julian schließlich aufstand.

»Wir kommen wieder, aber für den Moment verabschieden wir uns«, wandte er sich an seine Freunde. »Ich möchte Sara meine Heimat zeigen und ihr meine Eltern vorstellen. Ich will durch das Dorf streifen, schauen, wer mir über den Weg läuft und das Gefühl genießen, nach Hause zu kommen.«

Steve nickte verständnisvoll. »Versprich mir, dass du nicht wieder verschwindest ...«

»Versprochen!«

Die Männer umarmten sich. »Ich bin so froh, dass du laufen kannst«, murmelte Julian stockend.

»Ich weiß mein Freund. Ich auch! Aber auch wenn es anders gekommen wäre. Ich habe dir nie die Schuld an dem Unfall gegeben. Begreif das endlich.«

Steve und Sonja verabschiedeten Sara herzlich. »Wir müssen uns unbedingt mal allein treffen«, sagte Sonja verschwörerisch, als sie Sara zum Abschied drückte. »Ich kann dir ein paar Geschichten von dem Typen da erzählen, du wirst Tränen lachen.« Dabei deutete sie grinsend auf Julian. »Und ich muss dir unbedingt die anderen Mädels vorstellen. Wir sind hier alle eine große Familie. Du wirst sie mögen.«

Als Nächstes fuhren sie zu Julians Elternhaus und nach und nach lernte Sara das ganze Dorf kennen. Ein paar wenige anklagende Blicke trafen ihn. Die meisten Leute schimpften ihn einen Idioten, aber alle waren glücklich, ihn wiederzusehen, und nahmen Sara herzlich in ihrer Mitte auf.

Julian erschien ihr wie ausgewechselt. Er lachte viel, seine Augen strahlten. Er schien die Warmherzigkeit seiner, so lange vermissten, Freunde regelrecht aufzusaugen, und begegnete ihnen mit einer Offenheit und Leichtigkeit, die sie gar nicht an ihm kannte. Ein paar Fotos bekam sie zu sehen, auf dem sein Gesicht noch unversehrt gewesen war. Wirklich ein Sahneschnittchen. Die Frauen waren ihm vermutlich scharenweise hinterhergelaufen. Doch mit der Narbe war er ihr vertraut. In seiner Vergangenheit kam sie nicht vor, aber sie war ein Teil seiner Gegenwart und, so hoffte sie, auch seiner Zukunft.

Sara fühlte sich auf eine liebevolle Art von den Leuten mitgerissen. Die Schrecken des Angriffs erschienen ihr unwirklich und in weiter Ferne.

Eigentlich hatten sie am nächsten Tag nach einem ausgiebigen Frühstück mit Julians Eltern, wieder zurück nach Köln fahren wollen. Doch es gab so viel zu erzählen, dass die alten Freunde und Nachbarn sie erst nach dem Nachmittagskaffee aufbrechen ließen. Deshalb kamen sie spät in der Nacht zu Hause an.

»Bitte Julian, bevor wir hochgehen in deine Wohnung, möchte ich gerne in mein Apartment. Nach den beiden wunderschönen Tagen habe ich die Kraft dazu. Aber ich befürchte, wenn ich das jetzt nicht sofort tue, fehlt mir morgen wieder der Mut. Aber du musst mitkommen. Ich gehe nicht allein.«

Er drückte sie an sich und küsste ihren Hals, genau hinter dem Ohr. Sie bekam eine Gänsehaut. »Kein Problem. Wir holen unsere Sachen später aus dem Auto. Komm.« Ihr Herzschlag verdoppelte sich augenblicklich. »Okay gut«, murmelte sie und hörte selbst, wie viel Verunsicherung in diesen zwei Wörtern lag.

Er nahm ihre Hand in seine. »Ich bin da«, sagte er leise.

Ihre Finger zitterten, als sie die Wohnungstür aufschloss, doch sie schaffte es. Mitten im Raum blieb sie stehen, schaute sich um. Als Erstes fiel ihr Blick auf den Esstisch, um den Konrad sie gejagt hatte. Ein eiskalter Schauer lief über ihren Rücken. Sie schlang einen Arm um Julians Taille, hielt sich an ihm fest. Ihre Küchenzeile, wo sie schon viele leckere Gerichte gezaubert hatte. Ihre türkisfarbene Couch mit dem Tisch davor, auf dem sie vor Julian gekniet hatte. Ihr Bett, in dem sie schon so viele gemütliche, aber auch aufregende und zärtliche Stunden verbracht hatte. Auf Konrads Befehl hatte sie dort auf der Matratze gekniet, dreißig Minuten, bevor er zu ihr kam. Sie fröstelte. Besser, sich daran zu erinnern, wie heimisch sie sich hier immer gefühlt und wie sehr sie ihr Miniloft geliebt hatte.

Kopfschüttelnd wandte sie sich Julian zu und griff nach seinen Händen.

»Das hier ist nicht mehr mein Zuhause«, wisperte sie. »Ich habe mich hier so wohlgefühlt, aber das gehört jetzt der Vergangenheit an.«

Sie straffte die Schultern, hob das Kinn und schaute ihm fest in die Augen.

»Ich will einen Neuanfang, Julian. Zusammen mit dir. Bist du bereit dazu?«

Sein Blick versank in ihrem. Nach einer gefühlten Ewigkeit nickte er.

»Ich ...«, er brach ab. Atmete tief durch und sie hatte das Gefühl, dass auch er sich aufrechter hinstellte.

»Einen Neubeginn mit dir. Den wünsche ich mir auch. Ich bleibe mit dir hier in Köln, wenn du das möchtest. Aber ich bin nicht an diese Stadt gebunden.«

Ihr Herz begann wild zu hämmern. Möglichkeiten, neue Wege. Die Welt stand ihnen offen. Lange sagte sie nichts, doch sie spürte, wie ihr Mund sich zu einem strahlenden Lächeln verzog. »Du willst nach Hause, nicht wahr?«

Er nickte. »Ja, das wäre ein Traum. Aber nur zusammen mit dir. Wenn ... wenn dir das Dorfleben zu langweilig erscheint, finden wir einen anderen Ort, an dem wir uns beide wohlfühlen können. Mein Zuhause ist da, wo du bist.«

Sie schlang ihre Arme um seinen Hals und nahm den Kopf etwas zurück, damit sie ihm weiterhin in die Augen schauen konnte.

»Meine Fantasie geht gerade mit mir durch. Ich sehe uns in einem ruhigen Häuschen im Grünen. Auch wenn wir vermutlich immer wieder Bolero hören werden, während wir spielen, möchte ich stöhnen und schreien können, so laut ich möchte, ohne das mich jemand hört. Ach ja, das Haus sollte bitte freistehend sein. Keine Bauruinen, noch nicht mal ein Baumhaus, nichts, von wo aus die Fenster einsehbar sind. Am Liebsten wäre mir ein Haus, das mitten in flachen Wiesen und Feldern steht, so weit das Auge reicht.« Sie hielt einen Moment inne, streichelte vorsichtig seine Wange, die Linke mit der Narbe, und freute sich, dass er noch nicht einmal zuckte. »Du hast doch früher in Hamburg gearbeitet. Das ist die Stadt der Musicals. Ich könnte mir gut vorstellen, dass ich dort ein Engagement finde. In der Elb-Philharmonie oder in einem der vielen Musicalensembles.«

Seine Augen begannen zu leuchten. »Ganz bestimmt. Ich werde nach einem neuen Ladenlokal suchen, vielleicht sogar wieder auf Sankt Pauli. Irgendwo in einer ruhigen Nebenstraße, ähnlich wie damals. Und ein Zuhause für uns finden wir. Ich habe da sogar schon ein Objekt im Sinn, das ich dir gerne zeigen möchte.« Er stockte, hob sie hoch, wirbelte sie übermütig herum, freute sich, wie gut das tat, mit ihr zu lachen. Doch dann wurde er wieder ernst, griff fest in ihren Nacken, während er mit der anderen Hand zärtlich ihre Wange streichelte.

Sie traten ans Fenster. Sara saugte den Ausblick noch mal in sich auf. Vielleicht zum letzten Mal, doch sie bedauerte es nicht. Genau wie Julian war sie bereit für den Neuanfang. Ihr Blick blieb an dem alten Bürohaus gegenüber hängen und plötzlich kam ihr eine verrückte Idee.

Mit einem breiten Grinsen im Gesicht schaute sie Julian an. Der war ihrem Blick gefolgt und lachte leise. Dann griff er nach ihrer Hand und sie verließen Saras Apartment. Schnell liefen sie über die Straße und hinauf in seine Wohnung. Von dort kletterten sie aus dem Schlafzimmerfenster hinaus aufs Dach.

Sara trat ein paar Schritte von Julian zurück und begann sich mit langsamen, verführerischen Bewegungen auszuziehen. Eine leichte Gänsehaut kroch über ihren Körper, als eine kühle Brise über ihre Haut strich. Nackt breitete sie die Arme aus, nahm den Kopf in den Nacken und rannte einmal quer über das Flachdach, während Julian ihr lächelnd nachschaute. Dann zog er sich ebenfalls aus und lief hinter ihr her. Übermütig wie Kinder tanzten sie auf dem Dach, bevor sie vor ihm auf die Knie ging und die Hände auf den Rücken legte. Mit strahlenden Augen schaute Sara zu ihm auf, leckte über seine Spitze, genoss seinen vertrauten salzigherben Geschmack auf der Zunge, bevor sie seinen Schwanz ganz in den Mund nahm. Langsam bewegte sie den Kopf vor und zurück, massierte seinen Schaft hingebungsvoll mit ihrem Lippen. Stolz registrierte sie, wie er die Zähne zusammenbiss und mit einem wohligen Schaudern für einige Sekunden die Lider schloss. Er vergrub eine Hand in ihrem Haar, bestimmte ihr Tempo. Zuerst gemächlich, dann immer schneller, bis er plötzlich stoppte und ihren Kopf so weit zurückzog, dass sie mit dem Oberkörper mitging und die Hände auf den Boden abstützte. Voller Hingabe blickte sie zu ihm auf, öffnete den Mund erneut für ihn. Mit der Hand in ihrem Haar hielt er ihren Kopf jetzt ruhig, schob seinen steinharten Schwanz zwischen ihre Lippen und stieß mit gleichmäßigem Rhythmus in sie. Ihr Pussy pochte im Takt seiner Stöße. Aber da war noch so viel mehr als nur diese unbändige Geilheit. ›So fühlt sich Glück an‹, dachte sie und wäre in Freudengebrüll ausgebrochen, wenn sie nicht gerade den Mund voll gehabt hätte. Sie spürte den harten Boden unter ihren Knien, den Wind, der über ihre empfindlichen Nippel strich und das leichte Zucken in seinem Schwanz. Nach drei weiteren kräftigen Stößen spritzte er seinen Saft tief in ihren Rachen.

Ergeben schluckte sie, leckte ihn sauber und stand dann auf, um ihn mit ungestümer Freude zu umarmen und zu küssen.

Alles hatte sich verändert, auf eine wunderbare Art zusammengefügt. Sie ließ ihn los, lief spielerisch von ihm weg, um sich in seinen Gartenstuhl zu setzen. Sie nahm das Fernglas, schaute kurz hinüber zum Fenster ihres Minilofts, das jetzt dunkel und irgendwie verlassen wirkte. Nie hätte sie das gedacht, doch sie bedauerte nicht, es aufzugeben.

›Die Zeit war schön, aber dieses Kapitel ist zu Ende. Die Zukunft sieht rosig und spannend aus. Sie wandte sich ihrem Herrn zu, der immer noch an der gleichen Stelle stand und sie beobachtete. Mit einem spitzbübischen Grinsen richtete sie den Feldstecher auf sein Becken, betrachtete seinen Schwanz, der im Moment im Ruhemodus recht harmlos aussah.

Julian musterte sie einen Augenblick vergnügt. Die pure Herausforderung, wie sie da saß und ihn keck mit dem Fernglas veralberte. Er lachte leise, schlenderte lässig zu ihr und blieb mit in die Hüften gestemmten Händen vor ihr stehen. Sie spreizte die Schenkel so weit, dass er die Nässe in ihrer Spalte im Mondlicht glitzern sah.

»Für die Frechheit bekommst du gleich noch deine Abreibung. Jetzt will ich, dass du dich streichelst. Ich habe so oft von hier aus zugesehen, wie du es dir besorgst. Ich will, dass du es jetzt tust. Hier vor meinen Augen.«

Ganz kurz schlug sie die Augen nieder. Doch dann blickte sie ihn mit einem süßen Lächeln wieder an. »Ja, Herr«, hauchte sie, tauchte den Finger in ihre Nässe und begann ihre Perle zu massieren. Einen langen Moment schaute er ihr einfach nur zu, genoss den geilen Anblick. Schließlich griff er mit beiden Händen nach ihren Nippeln und zog. Was für ein Schauspiel! Er sah die unbändige Gier, aber auch mehr und mehr die Qual in ihrem Gesicht. Sie biss sich auf die Lippen, rieb ihre Perle heftiger. Er konnte sehen, wie gerne sie jetzt laut gestöhnt hätte, doch sie war gezwungen, sich zurückhalten.

Obwohl es spät in der Nacht war, mussten sie sich möglichst unauffällig verhalten, damit sie hier oben niemand bemerkte. Er grinste teuflisch. »Gut so, ein bisschen Disziplin erwarte ich von meinem Luder.« Er ließ einen Nippel los, umklammerte stattdessen ihren Hals und sagte energisch: »Stopp! Das reicht!«

Sie wimmerte, nahm aber gehorsam den Finger aus ihrer Pussy.

»Bitte!«, stieß sie hervor. »Bin so kurz davor. Bitte, Sir.«

Er ließ auch die zweiten Knospe los, umkreiste sie nur noch sanft mit dem Zeigefinger. Unruhig bewegte Sara das Becken.

»Genauso will ich dich sehen. Zitternd und bettelnd vor Geilheit.« Er neigte den Kopf zwischen ihre Schenkel, fuhr mit der Zunge über ihre nackten, vor Erregung geschwollenen Lippen, tauchte in sie ein. Sie bäumte sich auf, als er sanft über ihre Perle leckte. Doch er zog sich gleich wieder zurück. »Noch nicht, Kätzchen.« Er richtete sich auf, zog leicht an ihrem Hals, bedeutete ihr, aufzustehen. »Schieb den Stuhl beiseite,« zischte er. Sobald sie seiner Anweisung gefolgt war, drängte er sie mit dem Rücken gegen den Fahrstuhlschacht. »Gib mir dein linkes Bein«, befahl er und klemmte seinen Unterarm unter ihre Kniekehle, als sie es anhob. Er ging ein wenig in die Knie, brachte seine Spitze an ihren Eingang und drang mit einem einzigen Stoß so tief in sie ein, dass ihr ein Stöhnen entkam. »Pst«, knurrte er und verschloss ihren Mund schnell mit seinem, küsste sie leidenschaftlich. Ganz bewusst nahm er ihre weiche, warme, nasse Pussy wahr, die seinen Schwanz eng umschloss, während seine Zunge mit ihrer focht. ›Ich hab dich und ich lasse dich nicht mehr los!‹, dachte er und genoss die Euphorie, die ihn durchströmte.

›Ich bin frei! Julian platzte fast vor Stolz, Glück und Liebe. Langsam begann er sich in ihr zu bewegen. Doch das Leben war einfach zu schön für Trägheit. Er konnte und wollte sich nicht zurücknehmen. Hart presste er sie gegen die Wand, ließ sich von seiner Gier und Lebensfreude leiten. Herrlich, wie sie sich an ihm festkrallte, ihm in die Schulter biss, nur um nicht zu schreien. Er griff in ihre Haare, zog ihren Kopf nach hinten und bedeckte ihren Mund mit seiner Hand.

Mit unverminderter Härte pumpte er in sie, bis sich ihre inneren Muskeln um seinen Schwanz zusammenzogen. Wild starrte sie in seine Augen, während sie hektisch Luft durch die Nase holte und gar nicht mehr aufhören wollte, zu beben. Sie würgte seinen Schwanz so stark, dass auch er erbebte und sich in ihr ergoss. Dann erschlaffte sie in seinen Armen, als hätte man einen Stecker gezogen. Er hielt sie fest. Minutenlang sagte keiner ein Wort, während sich ihre Atmung nur langsam beruhigte. Erst als er sicher war, dass seine Stimme wieder ruhig und fest klingen würde, schaute er ihr ins Gesicht.

»Ein Neuanfang«, knurrte er. »Du gehörst mir und ich dir. Gemeinsam lassen wir die Vergangenheit hinter uns. Die Gegenwart ist spannender.«

Über die Autorin

Zwischen Kohle und Stahl erblickte Tanja Russ im Ruhrgebiet das Licht der Welt, wo sie auch heute noch, gemeinsam mit ihrem Mann lebt.

Schon in der Schule liebte sie es, Aufsätze zu schreiben und schrieb bereits mit nur 14 Jahren ihren ersten Roman. Handschriftlich fasste sie ihn und schrieb alles in ein Schulheft. Es folgten Kurzgeschichten, hin und wieder auch Gedichte.

In Ihrer Freizeit liest sie viel: Fantasyromane, romantische Liebesgeschichten und Erotikromane mit BDSM Kontext.

Mit Ihrem Debütroman Brombeerfesseln hat sie die Genres »romantische Liebesgeschichte« und »BDSM-Roman« vereint und so ein außergewöhnliches Buch geschrieben. Von Tanja Russ angesprochen sind alle Leser/innen, die Liebesromane mögen und die BDSM gegenüber nicht abgeneigt sind. Ihre beiden erfolgreichen Romane »Brombeerfesseln« und „fesselnde Sehnsucht" sind wunderbare Mischungen aus Erotik und Story, aus hart und zart, aus BDSM und Romantik. Bücher, die man so schnell nicht wieder aus der Hand legen will.

Auch mit Ihren Kurzgeschichten begeistert sie immer wieder. Sie sind wunderbar für die anregende Lektüre zwischendurch geeignet.

Buchvorstellungen

Tanja Russ – Brombeerfesseln

Ein BDSM-Liebesroman

Lea ist 29, Fotografin und überzeugte Singlefrau. Sie steht mit beiden Beinen fest im Leben und nimmt die Männer, wie sie kommen. Doch immer fehlt ihr dabei etwas. Bis sie Lukas begegnet. Streng, dominant, leidenschaftlich, bietet er alles, was Lea sich von einem Mann wünscht. Er macht ihr das verführerische Angebot, seine Sklavin auf Zeit zu werden. Lea lässt sich darauf ein und Lukas entführt sie in die dunkle Welt des BDSM. Eine Welt voller Dominanz und Unterwerfung, Schmerz und Lust, doch auch voller fürsorglicher Liebe und gegenseitigem Respekt. Aber Ihre besondere Beziehung hat ein Verfalldatum, die Vereinbarung lautet, 6 Monate bleiben sie zusammen ...

Lieferbar als Buch im Paperback-Format und als E-Book im universellen EPUB-Format sowie für den Amazon Kindle.

Tanja Russ – Fesselnde Sehnsucht

Ein Highland BDSM-Liebesroman

Rebecka und Alec kennen sich schon eine ganze Weile und zwischen den beiden knistert es gewaltig. Doch Rebecka weiß, dass Alec auf BDSM steht und das schreckt sie ab. Alec hingegen spürt, dass tief in Rebecka die dunklen Sehnsüchte von Unterwerfung und Hingabe schlummern - aber er weiß nicht, wie er ihr so nahe kommen kann, dass er ihr behutsam den Weg zur Erfüllung ihrer geheimen Fantasien zeigen kann. Schließlich versucht er es mit der Hilfe von Rebeckas bester Freundin Lea, die Sie bereits aus dem Roman „Brombeerfesseln" kennen.

Lieferbar als Buch im Paperback-Format und als E-Book im universellen EPUB-Format sowie für den Amazon Kindle.

Tanja Russ – Fesselnde Überstunden

Maledom Kurzgeschichten

Die Lust nach Schmerz und Unterwerfung schert sich nicht um den Ort, an dem sie eine Frau überfällt. Oder haben Sie noch nie einen unzüchtigen Blick auf den knackigen Hintern Ihres Chefs geworfen? Sind Sie noch nie ins Schwitzen geraten, beim bloßen Anblick der muskelbepackten Typen im Fitnessstudio?

In vier ausgesuchten erotischen BDSM-Kurzgeschichten entführt Sie die Autorin in ihre geheime Welt des Schmerzes und dem sehnlichsten Wunsch, sich auszuliefern. Und plötzlich wird aus der Fantasie Wirklichkeit, Sie sind nackt am Schreibtisch gefesselt, der Rohrstock brennt sich tief in Ihr Fleisch ...

Lassen Sie sich entführen in eine Welt aus Romantik, Lust und Verlangen. Genießen Sie die auf- und anregende Lektüre, in der der Autorin wieder ein „Spagat aus geilem (Lese-)Porno und erotischer SM-Romanze" gelungen ist.

Lieferbar als Buch im Paperback-Format und als E-Book im universellen EPUB-Format sowie für den Amazon Kindle.

Lipuria – ich war seine Sklavin

Tagebuchaufzeichnungen

Lipuria ist eine junge Frau, die weiß, was sie will. Sie steht zu ihren sadomasochistischen Neigungen und lebt diese auch als Herrin aus. Sie genießt es, Männer zu dominieren und Ihnen erotischen Schmerz zuzufügen. Für sie ist ganz klar, sie ist eine Femdom.

Sie erfährt, dass ein befreundeter Arbeitskollege ebenfalls dominant ist, zwischen Ihnen prickelt es heftig, doch zwei dominante Menschen, das passt doch nicht – oder? Schließlich passiert das zuvor für Lipuria unvorstellbare, sie wechselt die Seite und ist verwirrt. Die überkochenden Empfindungen lösen ein Wechselbad der Gefühle in ihr aus. Sie fragt sich, wer sie ist und ob sie sich überhaupt selbst kannte. Doch am Ende weiß sie ganz genau, was sie in Zukunft sein möchte ...

Diese wahre Geschichte hat die Autorin nach ihren Tagebuchaufzeichnungen geschrieben. Sie lässt die Leserin und den Leser authentisch an ihrem Gefühlsleben teilhaben und mit ihr Empfinden. Ein packender Roman über eine ungewöhnliche Entwicklung von einer Femdom zur Sklavin.

Ein außergewöhnliches Buch - eine wahre Geschichte, rekonstruiert aus den Tagebuchaufzeichnungen der Autorin.

Lieferbar als Buch im Paperback-Format und als E-Book im universellen EPUB-Format sowie für den Amazon Kindle.

Siri S - gelebte Unterwerfung

Ein autobiografischer BDSM-Roman

Siri S lebt BDSM. Sie engagierte sich lange und intensiv in der Berliner Szene, leitete das weit über die Hauptstadt hinaus bekannte »Subbiekränzchen« und die Bondage-Gruppe »Miss Rope«. In diesem Roman, der auf wahren Erlebnissen basiert, beschreibt sie, wie sie BDSM für sich entdeckt. Aus ihren Tagebuchaufzeichnungen ließ die Autorin einen Roman entstehen, der in ihrer ganz eigenen Sprache erzählt, wie sie ihre ersten Erfahrungen empfunden hat und schließlich BDSM als Teil ihrer selbst akzeptiert.

Dieser autobiografische Roman räumt mit allen Klischees über BDSM auf. Schonungslos und ehrlich erzählt Siri S und lässt die Leser daran teilhaben, wie sie ihre Neigungen entdeckt, wie sie zweifelt und schließlich zu sich selber findet. Sie schreibt von den Schwierigkeiten, den geeigneten Partner zu finden und von dem Glück, wenn man ihn gefunden hat. Sie räumt mit gängigen Klischees über BDSMler auf und am Ende werden sie feststellen, BDSMler sind auch nur ganz normale Menschen.

Lieferbar als Buch im Paperback-Format und als E-Book im universellen EPUB-Format sowie für den Amazon Kindle.

Siri S. – Ungelebte Unterwerfung

Ein weiterer autobiografischer Roman

Die Autorin engagierte sich lange Zeit in der Berliner BDSM-Szene. Unter anderem leitete sie das weit über Berlin hinaus bekannte »Subbiekränzchen« und die Bondage-Gruppe »Miss Rope«. In ihrem ersten autobiografischen Roman beschrieb sie, wie sie BDSM für sich entdeckte und die ersten Schritte tat. Auch dieser zweite autobiografische Roman entstand aus den Tagebuchaufzeichnungen der Autorin. Mit ihrem unverwechselbaren Sprachstil können Leser und Leserinnen an ihrer Entwicklung und ihren Erlebnissen, die sie authentisch schildert, teilhaben. Das Buch ermöglicht auch für Nicht-BDSMler tiefe Einblicke in eine andere Welt. Für BDSMler ist es interessant zu lesen, wie sie ihre Neigungen tagtäglich auslebt. Authentisch schildert sie ihre eigenen Zweifel, die Probleme in Beziehungen und auch die Konflikte in Gruppen. Der Roman setzt an, als sie bereits tief in der Berliner Szene verwurzelt ist und dadurch ist er wesentlich expliziter als ihr erstes Buch. Kurzzeitig versucht sie sich auch auf der anderen Seite der Macht und muss feststellen, dass ihr die dominant-sadistische Rolle ebenfalls zusagt.

Wenn im ersten Roman am Ende die Erkenntnis stand, dass BDSMler auch nur ganz normale Menschen sind, so muss das diesmal korrigiert werden. Wenn Sie das Buch gelesen haben werden Sie feststellen: BDSMler sind auch nur ganz normale Menschen – aber anders.

Lieferbar als Buch im Paperback-Format und als E-Book im universellen EPUB-Format sowie für den Amazon Kindle.

Die hier vorgestellten Titel sind alle als Bücher und als E-Books für die meisten E-Book-Reader lieferbar.

Um mehr über weitere Titel zu erfahren, besuchen Sie auch die Webseiten des Verlags:

www.schwarze-zeilen.de

www.bdsm-buch.de

Der Verlag ist auch auf Twitter, Facebook und Instagram zu finden:

twitter.com/SchwarzeZeilen

www.facebook.com/schwarzezeilen/

www.instagram.com/schwarzezeilen1234/

Wenn Sie dort aktiv sind, lohnt es sich, uns zu folgen, so erfahren Sie regelmäßig von Neuerscheinungen und von unseren exklusiven Gewinnspielen.

Impressum

ISBN 978-3-94596-783-6

Unsere Web-Adresse: www.schwarze-zeilen.de

© 2020 Schwarze-Zeilen Verlag

Ein Imprint des Footstep Verlag,

Reichenaustr. 81c, 78467 Konstanz

info@schwarze-zeilen.de

Cover: Satz & Bild

Coverfoto: © Wisky – stock.adobe.com

Hintergrund: © BillionPhotos.com – stock.adobe.com